I0660424

ERNEST DUTOUQUET

ŒUVRES POSTHUMES

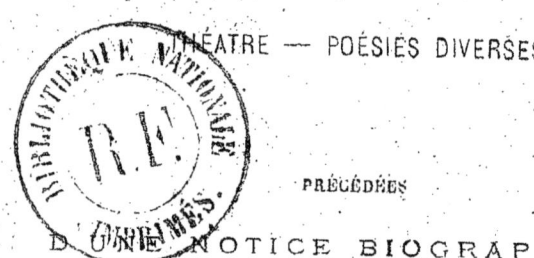

THÉATRE — POÉSIES DIVERSES

PRÉCÉDÉES

D'UNE NOTICE BIOGRAPHIQUE

PAR

GUSTAVE DROUINEAU

LA ROCHELLE

H. PETIT, LIBRAIRE-ÉDITEUR

RUE DU PALAIS, 30

1876

ERNEST DUTOUQUET

ŒUVRES POSTHUMES

THÉATRE — POÉSIES DIVERSES

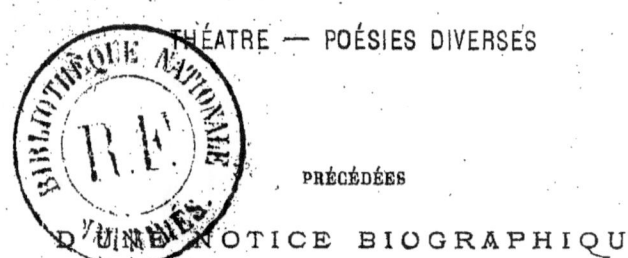

PRÉCÉDÉES

D'UNE NOTICE BIOGRAPHIQUE

PAR

GUSTAVE DROUINEAU

LA ROCHELLE

H. PETIT, LIBRAIRE-ÉDITEUR

RUE DU PALAIS, 39

—

1876

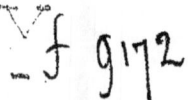

La Rochelle, 31 Juillet 1876.

A Madame Ernest Dutouquet,

Laisse-moi, ma bien chère tante, t'associer à cette œuvre faite sans autre besoin que celui du cœur et qui n'est qu'un dernier hommage rendu à l'homme de bien que la mort nous a si brusquement ravi.

Des amis dévoués, sincères de Dutouquet, les tiens, te pressaient de tirer des cartons où étaient placés ses manuscrits nombreux, ses notes de toute sorte, ce qui était en état de voir le jour et paraissait achevé ; ton cœur fut facilement accessible à cette prière et tu vins me confier ce précieux dépôt.

Une pareille mission était sans doute au-dessus de mes forces, mais je devais accepter cette tâche comme un pieux devoir à remplir et c'est avec un sentiment de respect presque filial que je livre à la publicité les dernières œuvres de Dutouquet. Initié depuis longtemps à sa vie, connaissant ses désirs, ses espérances, j'ai pu parcourir à nouveau et reconstituer toute cette existence de travail et de lutte, de joie et de douleur. Je l'ai résumée en quelques pages, cherchant non à grandir Dulouquet aux yeux de ses concitoyens, mais à le faire plus vivant dans le souvenir de ceux qui l'ont connu et aimé.

Puissè-je avoir réussi selon les désirs de ton cœur, tel est mon but, telle est mon espérance.

GUSTAVE DROUINEAU.

NOTICE BIOGRAPHIQUE

NOTICE BIOGRAPHIQUE

Dutouquet , Hyppolite-Ernest , naquit à Marans (Charente-Inférieure) , le 28 juin 1813. Son père , Benoist-Joseph Dutouquet , ancien officier de l'armée , Chevalier de la Légion-d'Honneur , y remplissait alors les fonctions de vérificateur des Douanes ; quelques années plus tard il fut appelé aux mêmes fonctions à la Rochelle où il se fixa définitivement. Son fils Ernest fit ses premières études à la Rochelle. Devenu boursier de l'Etat , il alla à Poitiers à l'âge de 12 ans , et y demeura jusqu'à l'achèvement de ses études.

Après y avoir acquis le grade de bachelier es-lettres le 31 décembre 1831 , il quitta Poitiers et retourna à la maison paternelle , indécis encore sur le choix d'une carrière. Un instant , il songea à l'école polytechnique et commença même quelques études spéciales de mathématiques , mais bientôt il abandonna ce projet pour suivre l'exemple de quelques-uns de ses amis d'enfance Garreau, Godelier qui se destinaient à la profession médicale.

Comme eux , il fut admis à l'hôpital militaire de la

Rochelle , à titre gracieux, et partagea leurs premiers travaux. Bientôt il pût être reçu comme élève à un hôpital militaire d'instruction, première étape à franchir pour entrer à cette époque dans le corps de santé militaire.

Dutouquet fut , par décision du 11 avril 1832, nommé à l'emploi de chirurgien élève à l'hôpital militaire du Val-de-Grâce. Trois ans après , le 19 mai 1835 , il était appelé avec une commission provisoire à remplir les fonctions de sous-aide à l'hôpital militaire du Gros-Caillou , qu'il ne laissa qu'en 1837 pour venir en qualité de sous-aide à l'hôpital de la Rochelle.

Le séjour de Dutouquet à Paris , à cette époque de grand mouvement littéraire et artistique, 1830, pour quelques-uns , la plus belle période et la plus féconde de notre siècle, ne fut pas sans exercer une grande influence sur les tendances de son esprit.

D'une imagination ardente , aimant les lettres , les arts et particulièrement la musique , il se laissa aisément aller aux charmes et aux enthousiasmes de la vie parisienne. Mais ses ressources étaient modestes , ses appointements d'élève-médecin étaient bien minimes et son père , avec une nombreuse famille, était sans fortune ; il songea donc à tirer parti de ses dispositions natives et de ses aptitudes afin d'augmenter ses ressources.

Ce fut à la musique qu'il consacra d'abord le temps que lui laissaient le service et les cours du Val-de-Grâce. Il l'étudia sérieusement , puis donna quelques leçons de solfège et de flute , écrivit quelques romances. Ainsi il se créa des relations qui plus tard s'étendirent et lui rendirent facile la vie à Paris.

D'un commerce agréable , d'un extérieur sympathique,

il sut même se faire, bien jeune, de véritables amis et
d'utiles protecteurs. Touchard-Lafosse, écrivain connu et
fort estimé à cette époque, aujourd'hui méconnu, oublié
comme bien d'autres, avait accepté de patronner sa première œuvre *Maria*. Cette protection devint même une
collaboration, car l'ouvrage parut chez Lachapelle (1835)
en deux volumes, sous le titre de *les Amours d'un poète*
au XVIIIe et au XIXe siècles. Le premier *Bernis* de
Touchard-Lafosse, le second *Maria* de Dutouquet.

Grâce à cette collaboration et à cet honorable parrai-
nage, Dutouquet put voir s'abaisser les barrières qui
rendaient si difficiles les débuts littéraires des jeunes et
nombreux talents de l'époque, avides du grand jour de la
publicité.

La *Revue de France*, qui venait de se fonder, lui fut
ouverte, et il donna un fragment d'un roman auquel il
travaillait depuis quelque temps et qui fut publié en deux
volumes, en 1837, par Barba, sous le titre d'*Occiput et*
Sinciput.

En outre il préparait des articles pour l'*Encyclopédie du*
XIXe siècle, dirigée par Ange de Saint-Priest et publiées
par de Sossay. Dans le premier volume il écrivit deux
articles : *Agglutinatif*, *Air* (musique), l'un de science,
l'autre d'art. Singulière coïncidence, qui montre comment
à ses débuts Dutouquet partageait son temps et devait
employer sa vie.

Ainsi, tout en poursuivant ses études et sa carrière
médicale, Dutouquait trouvait en lui-même des ressources,
écrivait des romans, et chose plus difficile peut-être, les
faisait publier. Avec son organisation sensible et impres-
sionnable, son imagination vive, ardente même, il ne
pouvait assurément demeurer calme et froid au milieu de
cette agitation morale, de cette rénovation qui envahit à

cette époque non-seulement les lettres, mais encore les arts, les sciences. Il était évidemment sincère quand il disait dans sa préface de *Maria : Du reste, j'ai suivi le torrent ; aujourd'hui c'est un besoin pour chacun de présenter sa vie en tableau, de donner un panorama de ses pensées, de mettre à nu ses actions ; dans ce siècle si expansif, il n'est personne qui n'ait jeté sur le papier quelque réforme d'abus, quelque fiel, en voyant de combien de préjugés nous sommes encore imbus. Tout le monde converge, par des sentiers variés, au même but, à une amélioration générale.*

Son second ouvrage *Occiput et Sinciput* prouve encore qu'il subissait franchement l'influence du mouvement et qu'il s'enrôlait volontiers dans la phalange romantique.

Parmi les professeurs dont Dutouquet suivait les cours, l'illustre Broussais était un des plus aimés de la jeune génération médicale ; Broussais, avec une nouvelle doctrine, voulait de grandes réformes dans l'art de guérir et son influence fut sans contredit considérable. Cependant Broussais, dont on délaissait un peu le cours de pathologie spéciale faisait à la faculté un cours de phrénologie ; l'affluence des élèves fut telle que l'amphithéâtre étant devenu insuffisant, il fallut chercher un autre local ; une souscription y pourvut, dit M. Beaugrand, et le professeur continua ses leçons dans le salon de Mars de la rue du Bac aux applaudissements d'une foule enthousiaste de jeunes médecins qui firent frapper une médaille commémorative en son honneur.

Dutouquet était de ces disciples enthousiastes ; il avait foi en cette science nouvelle et il voulut la défendre, car elle était attaquée.

« Des phrénologistes ardents à la propagation de leurs croyances arrivent à vous les faits en main ; on ne les écoute pas, ou on les raille ; jamais on n'a réfuté des faits par des plaisanteries, puis on n'insulte pas aux consciences droites, c'est une lâcheté ; on détruit une science gravement et avec dignité. » [1]

Il voulut donc défendre une cause qui lui paraissait alors juste, et il entreprit cette défense avec les armes du moment, le roman. Peut-être même pensait-il trouver dans ce rapprochement scientifique et dans ce fait d'actualité un élément de réussite. Les allures du roman d'alors étaient libres, extravagantes parfois. « Eh bien, oui, dit M. Asselineau, [2] comme aux jours de révolution et de scission, on exagérait la cocarde et l'on chargeait les couleurs du drapeau. Et plus le titre était surprenant, plus la vignette était farouche, plus l'épigraphe saugrenue, plus la préface outrecuidante et hérissée de points d'exclamation, plus on était sûr de n'être pas confondu avec l'ennemi, d'épouvanter le bourgeois et d'exaspérer le citoyen. »

Le romancier oublia peut-être un peu son but pour ne songer qu'au drame qui l'émouvait lui-même. Car un critique d'alors disait (Contemporain, janv. 1837) : « Il n'y » a guère de phrénologie dans Occiput et Sinciput, roman » phrénologique, que le titre, la préface explicative et » quelques digressions rattachées au fil du drame.

. . . .

» La qualité qui domine dans l'ouvrage de M. Dutouquet, » c'est l'agencement des scènes, l'imprévu des situations. » Il y a plusieurs chapitres d'un entrain et d'une énergie » remarquable. Nous citerons parmi les meilleurs mor- » ceaux la scène du meurtre raconté par Grandier et la » scène où Veloina s'éteint à son piano après avoir jeté

(1) Préface d'*Occiput et Sinciput.*
(2) *Bibliographie romantique*, préface,

» ses dernières inspirations. On sent en cet endroit l'in-
» fluence d'Hoffmann, soit dit sans en blâmer l'auteur.
» Le souvenir des maîtres ne saurait être reproché aux
» jeunes talents qui entrent dans la carrière. '

» M. Ernest Dutouquet a un style imagé, vif et hardi,
» mais on y rencontre quelques négligences et un peu de
» prétention. La simplicité, la pureté sont deux qualités
» aussi précieuses qu'elles sont rares et difficiles. Il y a
» bien des écrivains, vieillis dans le métier qui n'ont
» jamais pu y atteindre. M. Dutouquet est fort jeune et
» ses débuts donnent l'assurance d'un bon avenir. »

Encouragé par ses premiers succès, Dutouquet eut certainement continué l'étude des lettres ; il annonçait déjà
d'autres publications : *Dès l'Aube, Transformations.* Il avait
aussi donné à la *Revue du XIXe siècle* deux longs articles
sur l'histoire de la musique en France et avait amassé des
matériaux assez complets sur cette dernière question. Mais
tous ces projets durent rester sans exécution, car le 4
novembre 1837 Dutouquet fut nommé chirurgien sous-
aide et appelé à servir en cette qualité à l'hôpital militaire
de la Rochelle.

Ce ne fut pas sans quelque regret qu'il quitta Paris, et
cette vie insouciante et gaie du jeune étudiant, mais il se
rapprochait de sa famille, de ses amis, ses regrets n'eurent
qu'un moment.

Tout d'abord il songea à achever son éducation médicale et à prendre le grade de docteur qui lui était indispensable pour poursuivre la carrière médicale. Mais tout
en préparant ses examens de doctorat, il lui était difficile
de ne pas céder parfois à ses goûts et aussi aux appels de
ses amis.

Il écrivit quelques nouvelles dans la *Charente-Inférieure,* donna des articles de critique musicale au *Phare*, qui comptait à cette époque de nombreux rédacteurs.

Le *Phare* a disparu et bien peu de ces gais et joyeux journalistes d'alors sont encore de ce monde.

Dutouquet fit aussi partie de la Société Philharmonique, très-prospère déjà et vit les premiers efforts de l'association musicale de l'Ouest. Il aimait trop l'art musical pour rester indifférent à tout ce qui touchait la musique. Son zèle même le poussa à créer un Gymnase musical où lui-même enseigna les éléments de la musique et le solfège. Son cours dura une année et ce fut la première tentative faite pour former une société chorale à la Rochelle.

Il paya aussi de sa personne dans une circonstance spéciale, que nous raconte un chroniqueur rochelais du temps :

» Ce sera décidément demain jeudi, à 10 heures du matin, qu'aura lieu à l'église Notre-Dame, la messe funèbre que les amis de M. Souchet font dire à sa mémoire. Depuis plusieurs jours on multiplie les répétitions pour obtenir une exécution digne de l'œuvre du grand maître. On ne chante pas le *Requiem* de Mozart comme un chœur de M. Auber. On s'explique difficilement cette noble audace de la part de musiciens amateurs d'entreprendre une musique, si grandiose il est vrai, mais si ardue d'études, quand on ignore les antécédents.

» M. Souchet, qui a rendu des services à l'art musical à la Rochelle s'était, lors du Congrès, mis comme d'ordinaire, à la disposition de la Société. Pour le concert spirituel, on avait extrait le *Dies iræ*, le *Rex fremendæ*, le *Confutatis*, le *Tuba mirum* de la messe de *Requiem* de Mozart ; pendant les répétitions de ces morceaux M. Souchet qui sentait la musique comme un grand artiste se

laissait aller à l'enthousiasme, et plusieurs fois il s'est
écrié : « que je serais heureux si l'on chantait cètte messe
à ma mort ; » puis se tournant vers les dames, en souriant, il ajouta, « à la moindre faute je sortirai de mon
tombeau. » Le désir de ce vieillard sera exaucé, sinon
complètement, du moins en partie, chacun fera tous ses
efforts. »

Dans la notice de la Société Philharmonique le fait est
aussi relaté, mais sans qu'il y soit fait mention de l'àma-
teur dévoué qui se chargea de la délicate mission de
mener l'œuvre à bien.

Le 2 mai 1839, Dutouquet épousa Mlle Anne-Marguerite
Durénaud ; à partir de ce moment il s'inquiète davantage
de la nécessité de passer ses examens de doctorat. L'année
suivante il était appelé à remplir les fonctions de sous-aide
à l'hôpital militaire de Lille. L'ennui d'un éloignement si
grand le détermina à prendre un congé ; il en profita
pour se faire recevoir docteur à Montpellier, et il soutint
sa thèse le 25 janvier 1841. [1]

Reçu docteur, il revint près de sa famille et, poussé
par des raisons diverses et des intérêts très grands, il
résolut d'abandonner la carrière militaire et donna sa démission. Il s'était immédiatement choisi une résidence
et s'était établi à Saint-Aignant, chef-lieu de canton de
l'arrondissement de Marennes. Sa démission n'était pas
encore agréée et il dut même quitter pendant quelque
temps sa nouvelle résidence pour regagner Lille où il
avait été rappelé et où il dut attendre que sa démission
fut acceptée, ce qui eut lieu le 8 novembre 1841.

De ce moment une existence nouvelle commence pour

(1) Questions sur diverses branches des sciences médicales — Thèse. Montpellier, 1841.

Dutouquet. Car au milieu d'un chef-lieu de canton popu-
leux, entouré de hameaux importants, dépourvu de médecin, il eut une vie active et laborieuse. Il pouvait parler
avec autorité de la rude mission du médecin de campagne,
à la fois médecin, chirurgien, accoucheur et pharmacien,
quelquefois en voiture, souvent à cheval, parfois au milieu
de sentiers impraticables ou de véritables fondrières, traînant et soutenant de la main sa monture; Dutouquet a
passé par toutes ces épreuves pénibles. Mais il avait la
joie de voir grandir sa petite famille, Marie sa fille aînée,
Georges et Albert, ses fils; il avait eu aussi la bonne
fortune de rencontrer dans ce petit bourg quelques bons
amis, d'excellents cœurs; on s'aidait à passer le temps,
on riait de peu, et je me souviens encore des bonnes
vacances que je passais là, en plein air, libre et joyeux.

Malgré sa vie occupée, je dirai même absorbée par les
soins de sa profession, Dutouquet cherchait encore dans
l'étude, des distractions, et s'il trouvait quelques bonnes
pensées, quelque fait utile, il prenait note et se tenait
prêt pour l'avenir.

Dès la première année de son séjour à Saint-Aignant,
il acheva la publication d'un ouvrage commencé depuis
quelque temps et né à l'instigation de M. Arrault, pharmacien à Paris et inventeur d'un coffre dont Dutouquet
avait franchement approuvé les nouvelles dispositions.

Ce livre [1] destiné évidemment à compléter l'œuvre
d'un inventeur et aussi à la propager, venait cependant à
point; aucun traité de ce genre n'existait et chaque port,
ou plutôt chaque commission d'examen fournissait avec
un coffre proportionné aux besoins de l'équipage une

---

[1] La Médecine en mer ou guide médical pratique des capitaines au long-cours, à l'usage
des chirurgiens de la marine du commerce et des gens du monde, avec deux planches d'ana-
tomie lithographiées. — Paris. — Bechet. — 1841. in-8. 260 pages.

note explicative (vulgairement médecin de papier) sur les usages et les doses de chaque médicament.

Cela était souvent insuffisant et rien de surprenant que M. Arrault ait aisément convaincu Dutouquet de l'utilité de son livre. Le Ministre de la marine l'approuva et souscrivit pour un certain nombre d'exemplaires destinés aux principaux ports et aux bibliothèques des hôpitaux.

Parmi les libraires-éditeurs de la *Médecine en mer* se trouvait Desloges, avec qui Dutouquet était en relations ; Desloges éditait d'habitude peu de livres scientifiques ; au moment où Dutouquet se préoccupait de la publication de sa *Médecine en mer*, Desloges faisait paraître des petites physiologies humoristiques illustrées, qui avaient quelque succès. Il lui fallait seulement des collaborateurs sans exigence au point de vue financier. Dutouquet avec un de ses amis accepta l'offre de Desloges et la *Physiologie du parapluie par deux cochers de fiacre* parut en 1841 ; les auteurs demeurèrent inconnus, c'était l'éditeur qui seul était responsable ; il est vrai de dire qu'il y avait parfois dans ces petites brochures des allusions politiques, ce qui en augmentait l'attrait. Aussi les auteurs de la *Physiologie du parapluie* n'attachaient-ils à leur ouvrage qu'une médiocre importance :

> Quant à nous, qui n'avons ni regrets ni vergogne
> Nous partons. L'un des deux s'en va dans la Bourgogne,
> L'autre dans la Saintonge ; et vous comprenez bien
> Que si l'on rit de nous, nous n'en connaîtrons rien.
> Vaut-il pas mieux encore s'en aller tout à l'aise
> Rêver au fond des bois ou sur une falaise
> Que se faire un tourment de ce que l'on dira
> Au sujet de ce livre, alors qu'il paraîtra ?
> C'est sur notre éditeur que tombera le blâme
> Ce dont nous le plaignons dans le fond de notre âme.

Après avoir publié la *Médecine en mer*, Dutouquet absorbé par les fatigues du métier, se consacra pour ainsi dire tout entier à sa profession. Mais il ne lui fut pas facile de vivre dans ce milieu, sans être profondément ému et attristé de la situation malheureuse des habitants de la campagne. En contact permanent avec eux, les visitant, les consultant, il fut bientôt au courant de leurs besoins, de leurs désirs et conçut le projet de se faire leur défenseur. Il publia en 1846 une brochure ayant pour titre : *De la condition des classes pauvres à la campagne ; des moyens les plus efficaces de l'améliorer.* — Guillaumin en fut l'éditeur. *J'ai écrit ce petit livre par devoir*, dit-il en débutant, *je le publie pour satisfaire un besoin de mon cœur.* Ce mot traduisait très-simplement mais avec une grande vérité les sentiments de Dutouquet. Il ne comprenait pas beaucoup la philanthropie platonique qui consiste à formuler seulement des améliorations, à prêcher la charité, à désirer des lois, mais qui recule ensuite devant l'exécution, redoute les innovations, craint les réformes. Il voulait faire comprendre que ce qu'il désirait, pouvait et devait être promptement exécuté, aussi s'adressait-il, confiant, aux gouvernants, aux législateurs, aux conseils généraux, aux maires, en un mot à tous ceux qui pouvaient faire de la philanthropie pratique.

L'année suivante, sur le conseil que lui en donna M. de Chasseloup-Laubat alors ministre, il compléta sa brochure par une nouvelle publication sur l'organisation de la médecine rurale en France, point qui lui paraissait essentiel et qu'il n'avait fait qu'indiquer dans son livre.

Il ne me convient pas d'apprécier les œuvres de Dutouquet ; un biographe peut être accusé d'indulgence ou de partialité, mais on peut, restant seulement historien, faire certains rapprochements entre les idées et les faits des temps passés et des temps présents.

Dutouquet réclamait, en 1846, pour les classes pauvres de la campagne, l'instruction primaire, l'établissement de bureaux de bienfaisance, de caisses d'épargnes, la création de crèches, de salles d'asiles, l'extension des secours à domicile, l'intervention bienfaisante de l'hygiène publique. D'autres que lui sans doute émettaient de pareils vœux, mais chacun isolément demeurait impuissant. Dutouquet s'adressait aux gouvernants, espérant réussir; et maintenant, à trente ans de date, les législateurs travaillent à la réalisation de toutes ces institutions qui ne tarderont pas évidemment à devenir définitives et générales. Les désirs de Dutouquet ont mis du temps à être satisfaits; ne nous plaignons pas; de si graves questions ne veulent pas de solutions hâtives; mais l'œuvre de Dutouquet est aujourd'hui heureusement jugée, sanctionnée par les lois charitables nouvelles et les tendances irrésistibles du présent.

La révolution de 1848 apporta un grand changement à sa laborieuse existence de médecin de campagne. Il fut appelé à administrer en qualité de maire la commune de Saint-Aignant et le canton l'envoya comme son représentant au Conseil général, c'est dire qu'il entrait résolûment dans la vie publique et que la politique prenait de ce moment une part de ses préoccupations. La République trouva en lui un adepte convaincu et sincère, il comprit que l'heure était venue de faire acte de citoyen, et accepta sans hésitation les fonctions nouvelles qui lui étaient offertes.

Quant vint l'heure des élections législatives — 1849 — il publia une petite brochure : *la Sincérité électorale*, où il exposait en quelques pages ses idées en matière politique et électorale. Elle avait une forme brève, et à la rigueur eut pu servir de profession de foi politique ; quelques-uns des amis de Dutouquet y prirent prétexte pour mettre son nom en avant comme candidat à la députation.

Dans ses fonctions de maire, il apporte une sollicitude très grande à la bonne gestion de sa commune et pendant tout ce temps il y exerce une grande et légitime influence. Comme Conseiller général, il s'intéresse particulièrement à son canton où de grandes réformes étaient utiles ; il publie : en 1850, un rapport sur une enquête faite sur la question des bestiaux dans le canton de Saint-Aignant ; en 1851, un mémoire sur la question du canal de la Bridoire, considéré comme devant servir à la navigation et au dessèchement des prairies du bassin de Brouage et particulièrement sur le détournement de ses eaux fait par le service de la marine pour le service des fosses à bois du port de Rochefort...... En même temps, il prend une part active aux travaux de ses collègues et j'en ai pour preuve ce qu'il disait lui-même en 1871 à ses concitoyens :

« Je me suis associé intimement à la solution des grandes questions agitées au sein du Conseil général de la Charente-Inférieure : *Instruction publique, Enfants trouvés, Épidémies.* J'ai rapporté pour : *la création de la Ferme-École — la réglementation des marais salants — la syndication des marais de Marennes et de Rochefort, leur dessèchement, leur plantation* (agriculture). — Économiquement, *pour l'amélioration des bases du Crédit foncier — la liberté commerciale* contre des adversaires systématiques et violents.... »

Après le coup d'État du 2 décembre, il fut destitué de ses fonctions de maire et odieusement combattu par l'administration aux nouvelles élections générales. Il n'essaya pas de prolonger une lutte qui devenait absolument impossible et résolut d'abandonner Saint-Aignant ; du reste, ses enfants, devenus grands, avaient besoin de faire leur instruction ; il vint donc se fixer à Rochefort où il était parfaitement connu et où il comptait de nombreux amis.

Quelques années après il était appelé à faire partie du Conseil municipal de Rochefort et dès lors travailla de toutes ses forces à tout ce pouvait améliorer sa nouvelle cité d'adoption.

L'occasion ne se fit pas attendre, et avec la collaboration d'un de ses amis, M. Berton, il composa un prologue pour l'inauguration du théâtre de Rochefort. C'était en 1853.

A partir de son installation à Rochefort, Dutouquet retrouvant un milieu où l'art, les lettres, les sciences, étaient cultivées, sans abandonner les études politiques et économiques, s'adonna à des travaux moins arides, mais non moins agréables.

Cependant une grave question le préoccupe et appelle ses méditations : *les Enfants trouvés*. Déjà, au Conseil général, il s'était vivement ému du sort de ces infortunés petits êtres ; depuis, il avait suivi avec une scrupuleuse attention toutes les tentatives faites pour améliorer leur situation. Les rapports des commissions parlementaires de 1849, 1850, 1853, les divers travaux sur ce sujet passèrent sous ses yeux. Deux écoles surtout étaient en présence, et peut-être le sont-elles encore, procédant l'une, du sentiment du devoir, de la responsabilité personnelle, des intérêts généraux de la société, l'autre des inspirations d'une charité plus exclusivement préoccupée de la souffrance individuelle ; Dutouquet pensait concilier tous les intérêts, donner toutes les garanties en créant une association appelée : *Société de Notre-Dame de Refuge*. Elle avait pour but de secourir les mères pauvres, moraliser les filles mères, diminuer le nombre des enfants trouvés ; comme moyen, elle devait posséder des établissements ou maisons de dépôts appelés *Asiles de Notre-Dame de Refuge*. Il développe cet intéressant programme dans une brochure éditée en 1858 par Guillaumin, et cherche à associer à son idée ses concitoyens et les quelques hommes influents avec lesquels il avait des relations amicales. Peut-être lui fit-on des promesses ; mais à coup sûr son but ne fut pas rempli, car l'Etat n'intervint en aucune façon pour favoriser la création de la société qui demeura ainsi à l'état de projet.

Quel sera le sort de cette idée, reparaîtra-t-elle ? Je l'ignore, mais il est bien certain que depuis cette époque, après les révélations faites sur la mortalité de l'enfance, sur celle des enfants illégitimes et assistés, la question reprend un nouvel intérêt, se présente avec d'autres aperçus et semble solliciter une solution meilleure. L'avenir nous dira le sort de ses généreuses et philanthropiques idées.

En dehors de cette importante et sérieuse étude, Dutouquet occupait d'habitude les loisirs de sa clientèle à des travaux littéraires, aux sciences.

C'est ainsi qu'en 1856 il avait coopéré aux travaux du congrès scientifique et répondu à une des questions du programme *sur l'Eclampsie* des femmes en couches. Son mémoire fut publié dans le volume renfermant les travaux de la 23ᵉ session.

En 1854, il se fit admettre à la Société d'agriculture, sciences et arts de Rochefort, et prit une part active aux travaux de cette Société ; ce fut certainement pour elle qu'il écrivit plusieurs de ses compositions littéraires et entr'autres : *Petite pluie abat grand vent*, comédie-proverbe en un acte et en prose, dédiée à Mᵉˡˡᵉ Augustine Brohan et qu'elle voulut faire connaître elle-même à quelques habitués de ses salons.

Les publications de la société de Rochefort renferment plusieurs de ses travaux. Son talent de lecteur était fréquemment mis à contribution par ses collègues pour les séances publiques, et il eut même l'honneur de présider la société.

En 1859, il maria sa fille à un jeune sous-commissaire de la marine, sorti de l'école polytechnique, Gustave Duvauroux. Cette union comblait tous ses vœux; car il confiait sa fille chérie à un homme honnête, intelligent, travailleur, aimant le beau et le bien, plein d'avenir et portant un nom aimé et respecté dans la marine.

Cette époque fût la seule véritablement heureuse de la vie de Dutouquet; avec l'estime publique, entouré de l'affection des siens, cultivant librement les choses de l'esprit, les arts, les lettres, honoré de l'amitié d'hommes de mérite, d'artistes de talent, il jouissait d'une considération générale et intervenait avec une réelle autorité dans les questions qui intéressaient l'administration de la cité.

Mais les évènements funestes arrivèrent bientôt à la file. Duvauroux fut appelé à servir dans un autre port; puis son fils Georges, à la suite d'une longue et douloureuse maladie, succomba en 1866. Lui-même sentait sa santé s'altérer et éprouvait parfois du côté du cœur de vives souffrances.

La guerre de 1870 vint, l'Empire croula. Ce n'était point le moment de la retraite et du repos, aussi il accepta par patriotisme, avec l'aide de quelques-uns de ses collègues du conseil municipal, la délicate mission d'administrer la ville de Rochefort à cette époque agitée; en même temps qu'il s'occupa des questions d'armement et de défense, il organisa dans les locaux de l'école communale une très-belle ambulance qui rendit des services.

Son cœur de patriote, de citoyen français fut doulou-reusement touché des revers et des malheurs de la Patrie, mais son cœur de père fut encore plus durement atteint. Son gendre fut victime de l'épidémie variolique à Toulon; puis sa fille chérie, s'éteignait dans ses bras, lui laissant trois petits enfants à élever.

Cette double perte lui fut bien sensible. Il lutta cependant contre la douleur morale, en même temps qu'il cherchait par tous les moyens à apaiser les souffrances physiques qui l'accablaient et lui rendaient la vie pénible. Il voulut, malgré tout, continuer la tâche que ses conci-toyens lui avaient confiée, en l'envoyant en 1871 au Conseil général. Son esprit était devenu soucieux, son âme triste, et après le départ pour les colonies de son fils Albert, qui éprouva lui aussi de bonne heure de grands chagrins, qui vinrent rejaillir sur toute la famille, Dutouquet fut vérita-blement accablé par tant de secousses si rapides; l'affection cardiaque qu'il ressentait plus vivement depuis ses der-nières années, prit une marche plus grave et l'emporta au bout de quelques jours de grandes souffrances. Il suc-comba le 3 avril 1874. Une foule nombreuse et attendrie lui rendit les derniers devoirs et sur sa tombe, un de ses confrères et amis, le docteur Barbreau, prononça quelques paroles d'adieu et de souvenir au nom du corps médical. Bien qu'elle ait été brusquement et trop tôt brisée, la vie de Dutouquet aura été bien remplie.

Comme médecin, il laisse peu d'œuvres réellement importantes, car il fut seulement praticien. Loin de re-pousser les innovations scientifiques, il cherchait au con-traire à se rendre compte du bien qu'on pouvait en retirer; nous l'avons vu défendre la phrénologie; plus tard il

étudie sérieusement l'homœopathie et même la pratique ;
il en fit de même pour un procédé thérapeutique moins
connu : la médecine dosimétrique ; en somme il était
éclectique comme doctrine et comme application. Il ne
fut pas chirurgien et s'appliqua surtout aux maladies des
femmes et des enfants.

Il avait de la sureté comme diagnostic et un grand
tact comme praticien ; il rendit dans le canton de Saint-
Aignant de vrais services pendant le choléra de 1849 et
songea même un instant à généraliser un moyen de traitement qui lui donna beaucoup de succès — ses pilules
anti-cholériques.

Il chercha à vulgariser les notions les plus générales de
l'hygiène, science que tout le monde croit savoir, hélas !
et fit à Rochefort plusieurs entretiens sur l'hygiène de
l'enfance qui furent assidument suivis. Au collège de Rochefort il fit un cours d'hygiène aux élèves des cours
spéciaux. Il y apporta beaucoup de soin, rédigea en entier
ses leçons qui, revues, auraient certainement pu être
éditées comme bien d'autres. Il reçut à ce sujet, le 3 mars
1869, la lettre suivante du ministre :

> Monsieur,
>
> J'ai appris que vous voulez bien depuis deux ans, donner
> aux élèves des cours spéciaux du collège de Rochefort des leçons
> d'hygiène très-assidument suivies et dont les résultats sont des
> plus remarquables. Je regrette d'avoir tardé à vous exprimer
> mes remerciements. Je m'empresse de réparer aujourd'hui cet
> oubli et je fais mentionner au Bulletin administratif l'utile
> concours que vous prêtez à mon administration.
>
> Recevez, Monsieur, l'assurance de ma considération très-
> distinguée,
>
> Le Ministre de l'instruction publique,
> DURUY.

Enfin il se montra toujours soucieux des droits et des devoirs professionnels ainsi qu'il le prouva à différentes reprises pour les sociétés de secours mutuels, le bureau de bienfaisance, les enfants assistés, etc.

Comme littérateur, comme musicien, il laisse des preuves nombreuses de travail.

En même temps qu'il soutint la société philharmonique de Rochefort, défendit les congrès, encouragea et aida les artistes qui l'entouraient, lui-même fit publier quelques romances dont quelques-unes sont connues : *la Feuille du tremble* avec accompagnement de violoncelle, *l'Adieu, Ischia, le Moulin de la Cueillette, la Cocarde noire, l'Invasion*

Il aimait la peinture et, l'eut certainement cultivée, s'il en avait trouvé le temps, car il était bon dessinateur; il contribua beaucoup à la fondation du musée de Rochefort; quelques artistes lui témoignèrent une estime toute particulière : Laemlein, Henri Monnier, Corot, Auguin, etc.

Son goût pour les arts se montrait en toute occasion et ce fut là peut-être une des causes de succès d'une société qu'il présida pendant plusieurs années et à laquelle il donna un soin très-grand, la Société des fêtes de charité qui, tout en étant une œuvre de bienfaisance, donna de brillantes fêtes auxquelles s'associèrent beaucoup d'artistes de talent.

En littérature, il essaya plusieurs genres, suivant en cela les caprices de son esprit, ce qui est à coup sûr un tort bien grand, lorsqu'on veut vraiment réussir.

Cependant il aimait la poésie et se sentait surtout attiré par la forme dramatique et par les allures vives et animées du dialogue.

Très-familier avec le répertoire dramatique qu'il con-
naissait parfaitement, il voulut dans ce genre essayer ses
forces ; après la comédie *Petite pluie abat grand vent* et
quelques scènes détachées qu'il écrivit çà et là, il tenta
des œuvres plus sérieuses. Il remania une vieille pièce en
vers, l'*Honnête criminel* de Fenouillot de Falbaire et en fit
un drame en cinq actes et en prose, *Jean Fabre*, qui fut
joué à Rochefort en 1866.

« Le prologue, dit un critique, entièrement inventé et
écrit par M. Dutouquet est certainement le bouquet de la
pièce ; on y trouve, avec d'autant plus de plaisir qu'on
aime son auteur, toutes les fleurs et tous les parfums de
l'esprit et du cœur. Les quatre autres actes ne se sou-
tiennent pas à la hauteur de ce prologue. On y sent la
vieillerie, le bric à brac des greniers mélo-dramatiques du
temps jadis. Je ne saurais en dire davantage. Je veux
néanmoins bien faire observer que le drame tel que l'a
écrit Fenouillot de Falbaire n'eut pas été supportable aujourd'hui. M. Dutouquet a fait réellement en le rajeunis-
sant, œuvre de créateur ; d'une chenille il a fait un pa-
pillon ; d'un chaos une nature... »

Il fit encore le livret d'une opérette *Don Gregorio*, dont
M. J. Ollivier avait écrit la musique.

Les pièces publiées dans ce volume : *Dupes et Fripons*,
le *Mirage*, datent aussi de cette époque ; car, bien qu'imparfaites encore, il y travailla longtemps. La comédie,
Dupes et Fripons, eut d'abord pour titre *les Habiles* ; il la
lut à M. B... de l'Odéon qui lui indiqua quelques rema-
niements ; le titre déjà connu dût être changé. Il attendait
une occasion pour la soumettre de nouveau à des juges
autorisés avant d'affronter la rampe. Il en fut de même
pour le *Mirage* qui d'abord eut seulement trois actes. Un
de ses amis se chargea du soin de la faire connaître à

quelques critiques et pour cette pièce encore, on lui fit espérer le succès en lui indiquant en même temps certaines imperfections, certaines faiblessses qu'il eût fait disparaître avant de la présenter au public ; il se proposait d'y travailler encore. Le temps lui a fait défaut ; mais ces deux œuvres, tout imparfaites qu'elles sont, témoignent de certaines qualités de son esprit, de ses aptitudes littéraires, et j'ai pensé qu'il était permis de ne pas les condamner à un oubli absolu.

Comme critique il publia de nombreux articles de critique littéraire et surtout de critique d'art (musique, peinture).

Et je cite seulement pour mémoire ses dernières publications littéraires : une *Aventure de Don Juan*, poëme ; *Edith*, conte en vers ; *Marguerite ; A qui la faute*, romans.

Ami des lettres, défenseur ardent de l'instruction, il s'intéressa vivement à toutes les tentatives faites pour la diffusion des lumières, et contribua dans ces temps derniers à] la fondation de Bibliothèques populaires à Rochefort.

Administrateur, homme politique, il a fait son devoir ; suivant les tendances de son esprit, il s'associa énergiquement à toutes les mesures qui pouvaient doter sa ville d'institutions libérales et il défendit résolument les libertés commerciales : boulangerie, boucherie, sociétés coopératives et d'alimentation, etc., etc.

En politique, il n'eût jamais qu'une pensée, et malgré les insinuations calomnieuses que les luttes électorales ont cherché à répandre autour de sa personnalité, il crut toujours que seule la République était le gouvernement logique et durable d'un peuple libre, doté du suffrage universel. Sans cesse, il défendit cette cause par ses écrits en créant, en 1848, *le Travailleur,* plus tard en aidant à

la fondation du *Contribuable*, puis aussi par ses paroles et
ses actes.

Quand, en 1851, au Conseil général on vint demander
la révision de la Constitution, Dutouquet à cette demande
opposa un ordre du jour dont les derniers considérants
traduisaient nettement ses appréhensions, ses craintes rela-
tivement à cette révision.

« Considérant que les Conseils généraux, en se saisissant ou en se laissant saisir de questions politiques actuelles,
commettent une usurpation de pouvoir et entrent dans une
voie désastreuse pour l'avenir en substituant le fédéralisme,
l'anarchie et la guerre civile sur une grande échelle à la
centralisation politique, à l'unité gouvernementale et pro-
voquent des débats irritants et passionnés, dont le moindre
inconvénient sera d'absorber le temps des courtes sessions
des Conseils généraux au détriment des questions des
services départementaux qui doivent être étudiées avec sang
froid et maturité;

» Considérant en outre que demander vaguement la révision de la Constitution sans préciser les points vicieux et
en se gardant bien de déterminer ce qu'on veut substituer
à la Constitution tout entière ou à certaines dispositions
qui sont la base et le gage de la souveraineté du peuple,
c'est se jeter dans l'inconnu, remettre tout en question,
ouvrir la porte à toutes les passions, à toutes les ambi-
tions, à toutes les prétendances, que c'est en un mot
agiter le pays, arrêter dans leur libre essor le commerce,
l'agriculture, l'industrie;

» Pour ces motifs, le Conseil général de la Charente-
Inférieure, désireux de se renfermer dans le cercle de ses
attributions légales, laissant à la sagesse de l'Assemblée
législative de décider de cette importante question, passe
à l'ordre du jour. »

L'ordre du jour fut repoussé.

Quand le coup d'État fut connu en province et dans les premiers moments d'inquiétude que causa cet attentat commis contre la souveraineté populaire, Dutouquet voulut tenter et organiser une résistance légale dans le département de la Charente-Inférieure ; par lettre, il convoqua ses collègues du Conseil général à une réunion solennelle à Rochefort. Ils furent *trois* ; c'en était fait.

Certes de pareils actes pouvaient attirer sur sa tête les colères d'une commission mixte et le faire considérer comme dangereux et suspect. Il échappa aux condamnations de la commission, mais non aux inquiètes suspicions de l'autorité. Alors il rentra dans la vie privée et ne brigua aucun suffrage sous l'Empire. L'Empire disparut ; il accepta en 1871 un nouveau mandat politique et représenta le canton Sud de Rochefort, et certes on peut croire qu'il eut défendu avec la même ardeur qu'autrefois les institutions républicaines si elles eussent été menacées.

Homme d'énergie, d'action et de progrès, Dutouquet respectait toujours les convictions sincères chez autrui, luttait constamment avec courtoisie et avait horreur des moyens violents et grossiers.

Dutouquet ne sollicita jamais beaucoup les honneurs et tenait surtout à l'estime et aux suffrages de ces concitoyens. Il borna ses désirs à faire partie des associations auxquelles il pouvait utilement coopérer, fut membre fondateur de la Société de Médecine de la Rochelle en 1840 correspondant de la section littéraire de l'Académie de la Rochelle et aussi de l'Académie de l'Enseignement fondé par B. Lunel.

Enfin, c'était un homme bienfaisant ; je laisserai ignoré ce côté de sa vie ; il n'aimait pas la bienfaisance trop ostensible, trop saisissable ; mais son souvenir, j'en suis certain, vit encore dans bien des cœurs.

Je ne puis mieux terminer cet exposé impartial d'une vie laborieuse, honnête et bien remplie, que par ces paroles prononcées sur sa tombe :

« Aussi, médecin conduit par la charité et par la plus
» sincère confraternité, citoyen loyal, honnête, tout
» entier au bonheur de son pays, Dutouquet laisse de
» nombreux témoignages de sa haute intelligence et d'un
» dévouement qui lui a mérité de vives et nombreuses
» sympathies au milieu de toutes les classes de la société,
» au milieu des pauvres dont il était le médecin et qui
» l'aimaient beaucoup....... »

OUVRAGES ET PUBLICATIONS

DU Dʳ DUTOUQUET.

1835. — *Les amours d'un poète*, avec Touchard-Lafosse. — 2 vol. in-8º. — Paris, Lachapelle.

1837. — *Occiput et Sinciput*, roman phrénologique. — 2 vol. — Paris, Barba.

1841. — *Questions sur diverses branches des sciences médicales* (thèse). — Montpellier.

» — *De la Médecine en mer.* — 1 vol. in-8º. — Paris, Béchet jeune et Labé.

» — *Physiologie du parapluie.* — 1 vol. in-16, illustré de vignettes. — Paris, Desloges.

1846. — *De la condition des classes pauvres à la campagne.* 1 vol. — Paris, Guillaumin.

1847. — *De l'organisation de la médecine rurale en France.* — Brochure. — La Rochelle, Siret.

1849. — *Sincérité électorale.* — Guide des électeurs dans le département de la Charente-Inférieure. — Broch. in-32. — La Rochelle.

1850. — *Enquête faite sur la question des bestiaux dans le canton de Saint-Aignant.* — Brochure. — La Rochelle, Siret.

1851. — *Mémoire sur la question du canal de la Bridoire.*
— Brochure. — Marennes, Raïssac.

1853. — *Prologue pour l'inauguration du théâtre de Roche-fort.* — Brochure. — Rochefort, Giraud.

1856. — *De l'Eclampsie des femmes en couches* in Congrès scientifique de France (23ᵉ session).

1858. — *Enfants trouvés.* — Création de la Société de Notre-Dame du Refuge et de ses asiles. — in-8°. — Paris, Guillaumin.

    » — *Petite pluie abat grand vent.* Comédie en un acte. — in-8°. — Paris, Michel Lévy.

1862. — *Le Chansonnier des fêtes de charité.* — Brochure. — La Rochelle.

1864. — *Une aventure de Don Juan.* Poème. — Paris, Dentu.

1866. — *Édith.* Conte en vers. Paris, Dentu.

    » — *Marguerite.* — In-18. — Paris, Dentu.

1869. — *A qui la faute.* Roman in journal le *Contribuable.*

Nombreux travaux et articles in divers journaux de la Rochelle et Rochefort et publications de la Société d'agriculture, sciences et arts de Rochefort.

DUPES ET FRIPONS

COMÉDIE EN CINQ ACTES.

PERSONNAGES.

M. CHAUFFARD, faux habile.

M. MADU, type de l'habile.

Le docteur JEROBOAM MICHEL DE SAINT-FROULT, autre habile.

RAOUL CHAUFFARD, fils de M. Chauffard.

LÉON DESPRÈS, avocat.

Le Rédacteur du journal : *Les Arts utiles.*

SAINT-JEAN, domestique du docteur de Saint-Froult.

BAPT STE, vieux domestique de Desprès.

Premier malade (grime allemand).

Deuxième malade (grime italien).

Un Tapissier, créancier du docteur de Saint-Froult.

Agent MÉRIEL.

Agent BOURGET.

BACHU, aéronaute.

Domestique de M. Chauffard.

Mme CHAUFFARD.

Mlle LOUISE CHAUFFARD.

Mlle VALENTINE DUVAL.

DUPES ET FRIPONS

ACTE PREMIER

À Paris, chez M. Chauffard. — Un salon.

SCÈNE PREMIÈRE.

Mme CHAUFFARD, LOUISE CHAUFFARD, travaillant à gauche du spectateur, RAOUL CHAUFFARD, écrivant à une table à droite.

RAOUL, une plume à la main, cessant d'écrire.

Ce titre de journal : *Les Arts utiles,* fausse mes idées ; les beaux-arts, pour ne pas concourir immédiatement au progrès de l'industrie, élèvent-ils moins l'âme? Et ce résultat vaut, ce me semble, un perfectionnement dans la céramique ou dans la fabrication des aiguilles !

Mme CHAUFFARD, souriant.

Je ne discuterai pas avec toi, Raoul ! Mais, mon enfant, eusses-tu cent fois raison, pourquoi résister aux désirs de ton père? Il te demande si peu !

RAOUL.

Tu trouves, bonne mère? je ne puis me résoudre à écrire contre ma pensée ! Où cela nous mènera-t-il ?

Mme CHAUFFARD.

Dieu le sait !... Ton père a eu une vie active ; il lui faut encore du mouvement ; c'est un besoin pour lui... Il est retiré des affaires... j'aimerais mieux le voir se reposer... Après tout, que redouter?... Monsieur Chauffard est prudent ! et nous devons respecter ses volontés.

RAOUL.

Tu as raison, mère ! Allons, je vais faire une tartine ébou-
riffante... Il se remet à écrire et jette sa plume presque aussitôt. Eh ! non ! non !
c'est impossible.

Mᵐᵉ CHAUFFARD.

Enfant !

RAOUL se lève.

Je suis agacé... Mon père a fait un si mauvais accueil à
Léon Desprès, mon meilleur ami, mon frère par le cœur !

Mᵐᵉ CHAUFFARD , sévèrement et montrant à Raoul Louise très-émue.

Raoul !

RAOUL , court vers Louise.

Chère sœur !

Mᵐᵉ CHAUFFARD , se levant.

À Raoul.

Tu es jeune, mon ami, tu ne sais rien de la vie ; ne blâme
donc pas si légèrement la conduite de ton père !

RAOUL , à sa mère.

Léon aime Louise ; et si Louise, de son côté...

Mᵐᵉ CHAUFFARD , sévérité contenue.

Assez, Raoul.

RAOUL.

Léon est sans fortune ! mais son travail, son talent qui
grandit de jour en jour...

Mᵐᵉ CHAUFFARD , bas à Raoul, en montrant Louise.

Vois l'effet produit par tes paroles !

RAOUL , à sa sœur avec empressement.

Chère sœur ! malgré moi je me rappelle les délicieuses
journées que nous avons passées ensemble l'an dernier à
Enghien... toi, Léon, moi, Valentine...

Mᵐᵉ CHAUFFARD.

Encore ! Pourquoi Valentine ?...

RAOUL.

Mon cœur saigne, mère ! ne le vois-tu pas toi, dont l'âme
est si tendre ? Depuis six mois, pas de nouvelles ! mes lettres
sont restées sans réponse ! — Dussé-je passer pour un de

ces vieux et ridicules jeunes hommes blasés à vingt ans, et dont je ris le premier, j'ai en haine le genre humain... Oh ! mes croyances... mes croyances !!...

Mᵐᵉ CHAUFFARD.

Eh ! quoi, chers enfants, à votre âge, vous craignez déjà de vous briser sur des écueils !... Du désespoir ? c'est folie ! Pouvons-nous lire dans l'avenir ?

RAOUL.

Décidément tes bonnes paroles m'ont retrempé !... Sois tranquille, nous serons toujours dignes de toi, mère bien aimée ?

Mᵐᵉ CHAUFFARD.

De votre père surtout !

RAOUL.

En douterais-tu ?... je me remets au travail avec une nouvelle ardeur. Il écrit... un moment de silence.

LOUISE, à sa mère.

Je suis oppressée aujourd'hui !

Mᵐᵉ CHAUFFARD.

Hier nous n'avons pas vu l'excellent docteur Brivin... il te conseille de la distraction... de l'oubli... et tu sais... il répond de tout !

SCÈNE II.

Les Précédents, Un Domestique.

LE DOMESTIQUE.

Une dame voilée demande si Madame veut la recevoir.

Mᵐᵉ CHAUFFARD.

Son nom ? signe négatif du domestique. Pourquoi tant de précautions ?... Faites entrer.

Le domestique sort.

SCÈNE III.

LES PRÉCÉDENTS , VALENTINE DUVAL paraît, lève son voile
et s'arrête à la porte ; elle a des vêtements de deuil.

LOUISE , allant au-devant d'elle avec empressement.

Valentine !!...

Raoul se lève très ému et reste à sa place.

VALENTINE.

Ma Louise !...

Mme CHAUFFARD.

Qu'êtes-vous devenue, ma chère fille, si vous me permettez de vous appeler ainsi, depuis que nous ne vous avons
vue ?

VALENTINE.

J'ai perdu mon père !

RAOUL , faisant un mouvement vers elle.

Mademoiselle !

VALENTINE , à Mme Chauffard et à Louise.

Ma mère, mes sœurs et moi, nous sommes restées sans
ressources. Grâce au dévouement d'un ami de ma famille,
j'arrive à Paris avec l'espoir de trouver dans l'enseignement
un emploi qui nous sauvera d'une affreuse nécessité.

Mme CHAUFFARD.

Vous avez abandonné votre mère dans un pareil moment ?

VALENTINE.

Il le fallait, Madame, quelque pénible que fut pour moi
cette séparation !

Mme CHAUFFARD.

Vos confidences m'autorisent presque à vous questionner...
Comment, avec les minimes émoluments qui dédommagent
si peu des fatigues de l'enseignement, vous sera-t-il possible
de pourvoir aux besoins de votre mère et de vos sœurs ?...
Serez-vous placée dans une famille riche ?... Aurez-vous à
faire l'instruction d'une ou de plusieurs jeunes filles, ou
entrerez-vous dans un établissement comme professeur ?

VALENTINE.

Je ne sais encore !

Mme CHAUFFARD.

Et dans le doute vous avez laissé votre mère ?

VALENTINE.

Mon protecteur est puissant, considéré...

RAOUL, avec amertume.

Il est jeune peut-être ?

VALENTINE, à Mme Chauffard sans répondre à Raoul.

Il a deux fois mon âge ! Malheureux dans son ménage, il vit seul... et il veut se refaire une famille.

RAOUL, inquiet et ironiquement.

Et vous serez cette famille ?...

VALENTINE, à Mme Chauffard.

Aux yeux du monde et pour lui enlever tout prétexte de supposition malveillante, je deviens sa fille adoptive...

RAOUL, absorbé.

Sa fille adoptive !!...

LOUISE.

Si tu restes à Paris, nous te verrons... souvent !

VALENTINE, tristement.

Merci, Louise !... dans ma position je vivrai retirée, loin des plaisirs.

Mme CHAUFFARD.

Ces plaisirs-là sont toujours permis, mon enfant... Les chagrins, loin de briser les véritables amitiés, en resserrent plutôt les liens.

VALENTINE.

Les travaux importants et nombreux de mon protecteur lui laissent peu d'instants de repos ; moi-même, mes occupations...

RAOUL.

C'est donc une retraite absolue ?

VALENTINE, soupirant.

J'ai dit adieu au monde... j'aurai une existence en rapport avec les circonstances.

Mme CHAUFFARD.

Presque la vie du cloître !

VALENTINE.

Je ne m'appartiens plus !

RAOUL, ému, se rapprochant de Valentine

Mademoiselle !...

VALENTINE, froidement en se retournant.

Monsieur !

RAOUL.

Il sera difficile de vous voir ?

VALENTINE, avec un sourire triste.

Je n'ai pas dit cela !...

RAOUL, presque familier.

Où demeure votre père d'adoption ?

VALENTINE, à Mme Chauffard et à Louise.

Je ne pouvais vous oublier en venant à Paris !

Mme CHAUFFARD.

Puisse cette vie que vous acceptez avec une louable résignation ne pas être au-dessus de vos forces !... A votre âge il faut pour prendre de semblables résolutions, être douée d'une grande énergie, ou n'entrevoir la réalité qu'à travers un prisme souvent menteur... Soyez heureuse, mon enfant, je le souhaite... mais si un jour le voile tombe ou si vous ne pouvez plus lutter contre une destinée que vous vous faites bien rigoureuse, souvenez-vous que mes bras vous sont toujours ouverts...

VALENTINE.

Merci, Madame !

RAOUL.

Vous reviendrez voir ma mère ?

VALENTINE, à Louise et à Raoul.

Si ma vie est changée, mes sentiments restent les mêmes...
à Louise. Adieu !... ta place, ma Louise, est dans le monde, moi ?... adieu !..., jusqu'à des temps meilleurs.

RAOUL, lui offrant le bras.

Me permettez-vous de vous accompagner ?

VALENTINE.

N'insistez pas ! Raoul insiste. Je vous en prie !

RAOUL.

Quand pourrez-vous me recevoir ?

VALENTINE.

Bientôt !... peut-être !...

Valentine, en sortant, laisse tomber un porte-visite, Raoul le ramasse et la suit.

SCÈNE IV.

Mme CHAUFFARD, LOUISE, RAOUL.

Mme CHAUFFARD, à Louise ; elles sont sur le devant de la scène, Raoul reste à la porte, suit des yeux Valentine.

L'imagination l'emporte ; Valentine se fait illusion. Ce n'est pas de la force, cela, c'est de l'exaltation.

RAOUL, à la porte, ouvre le porte-visite et lit une carte.

Valentine Duval !... il baise la carte. Oh ! ma Valentine adorée ! Il trouve une autre carte et lit : Madu !... Madu ?... je ne connais pas ce nom ! il serre les deux cartes et redescend la scène ; à sa mère : Je suis effrayé et surpris à la fois. Quel est cet homme ? Quel intérêt ?

Mme CHAUFFARD.

Tu ne t'arrêteras pas aisément dans tes suppositions.

RAOUL, à part.

Elle ne nous a dit ni son nom, ni son adresse !

Mme CHAUFFARD.

Cette réclusion est peut-être singulière ?

RAOUL.

Il y a là-dedans de ténébreuses machinations !

On entend au dehors la voix de M. Chauffard qui dit :

M. CHAUFFARD, du dehors.

Oui, Monsieur, il le faut !

Mme CHAUFFARD.

Ton père, Raoul !

Raoul va s'asseoir et reste anéanti.

SCÈNE V.

LES PRÉCÉDENTS, M. CHAUFFARD, LE RÉDACTEUR
DU JOURNAL *Les Arts utiles*, arrivent en causant.

M. CHAUFFARD, au Rédacteur.

Le succès est à ces conditions là seulement !... A Raoul. Ah !
je ne t'avais pas aperçu ! Tu travailles, mon ami ? Pourtant,
comme je ne veux pas abuser de toi, je viens d'attacher un
rédacteur à mon journal : *Les Arts utiles !* Monsieur...

Raoul se lève avec préoccupation et s'incline.

M. CHAUFFARD.

A Louise.

Comment te trouves-tu, Louise ?

Mme CHAUFFARD.

Elle est souffrante !

LOUISE.

Oh ! presque rien, bon père !

M. CHAUFFARD, distrait.

Je l'espère !... à sa femme et à sa fille leur présentant le Rédacteur Monsieur
a une plume brillante et facile... je l'ai enlevé au journal
l'*Industrie métallurgique*... un défenseur de la protection...
c'est de bonne guerre, n'est-ce pas ? Nous nous sommes
entendus définitivement... Le Rédacteur fait un signe affirmatif.

RAOUL, avec préoccupation.

Tu n'as plus besoin de moi ?

M. CHAUFFARD.

Maintenant ? non... Attends ! je ne serais pas fâché que
tu entendisses mes dernières instructions... tu comprendras
mieux mes projets... après tout, nous en reparlerons... va.

RAOUL, bas à sa mère.

Le jour se fera, je te le promets...

Mme CHAUFFARD.

Tu te forges des chimères !

RAOUL, à Louise.

Courage, sœur ! il la baise au front ne désespère pas ! nous sommes deux... se reprenant deux ?... trois avec notre bonne mère ?

Il sort.

SCÈNE VI.

M. CHAUFFARD, LE RÉDACTEUR, sur le devant de la scène, Mme CHAUFFARD ET LOUISE, assises à gauche du spectateur, comme au lever du rideau.

M. CHAUFFARD, s'est assis devant le bureau, avance une chaise au Rédacteur.

Asseyez-vous là... nous causerons plus à l'aise. Il s'étend sur son fauteuil. J'ai longtemps végété, Monsieur, avant d'arriver où j'en suis ; puis, un jour, j'ai fait fortune, et voici comment : j'avais deviné le parti qu'on pouvait tirer d'une chose peu importante, qui vous fera rire peut-être, demeurée improductive dans des mains inhabiles. Mon Dieu, sans aller par quatre chemins, voici le fait ; vous êtes homme de sens, vous me comprendrez ! Je ne me déboutonne pas, avec tout le monde au moins ! notre siècle a des idées assez étroites à l'endroit de l'industrie ; il fait peu de cas de certaines petites affaires méconnues qui sont pourtant de véritables mines australiennes... Ma mine, Monsieur, à moi, ce fut une pommade ! une simple pommade pour faire croître les cheveux !

LE RÉDACTEUR.

Serait-ce la fameuse pommade du hérisson ?

M. CHAUFFARD.

Elle-même ! vous l'avez dit !

LE RÉDACTEUR.

Depuis dix ans je vois quotidiennement des éloges... pompeux à la quatrième page des journaux !

M. CHAUFFARD.

Eh bien, Monsieur, avec la pommade du hérisson... appuyant sur chaque syllabe et se penchant à son oreille, j'ai ga-gné-un-mill-ion !

LE RÉDACTEUR,

Vraiment, Monsieur ?

M. CHAUFFARD.

Oui ! et ce n'est pas fini !

LE RÉDACTEUR.

Recevez mes félicitations !

M. CHAUFFARD, étonné.

De quoi ? d'avoir réalisé un million ?

LE RÉDACTEUR.

Sans doute !

M. CHAUFFARD.

Vous n'y êtes pas ! ce dont je me glorifie, Monsieur, c'est de l'habileté que j'ai déployée, car entre nous, j'y ai mis une rare habileté... après tout, le produit est bon... il est même très-bon...

LE RÉDACTEUR.

Il est de vous ?

M. CHAUFFARD, d'un air capable.

Non !... vous ne me croirez pas, mais de ma vie je n'ai rien inventé.

LE RÉDACTEUR, railleur.

On peut être fort honnête homme... sans avoir...

M. CHAUFFARD.

Non seulement honnête, mais encore habile.

LE RÉDACTEUR.

Je pense comme vous.

M. CHAUFFARD.

Revenons à notre point de départ. Je me suis dit : j'ai réussi, pourquoi ne deviendrai-je pas un jour un bienfaiteur de l'humanité ?

LE RÉDACTEUR, avec emphase.

Un Francklin... un Monthyon !...

M. CHAUFFARD, avec une fausse modestie.

Non... non... je n'ai pas tant de prétention.. Des inventions susceptibles de changer la face du monde se perdent souvent parce qu'un homme de génie sans asile, sans pain même... et cela arrive, Monsieur, n'a pu donner la lumière à sa création... la produire au grand jour !...

LE RÉDACTEUR, avec une attention forcée.

Eh bien, Monsieur ?...

M. CHAUFFARD.

Eh bien, moi, je lui tends la main à cet homme de génie,
et je dote mon pays d'une sublime découverte !

LE RÉDACTEUR.

Voilà une magnanime pensée !... mais le Génie ne court
pas les rues !

M. CHAUFFARD.

Je le sais !... aussi je cherche, et le premier que je rencontre, je lui dis : Vous avez créé, que vous faut-il maintenant ?... de la publicité, des capitaux ?... venez à moi, je
vous offre tout cela !

LE RÉDACTEUR.

C'est d'une philanthropie d'autant plus admirable qu'elle
est rare... le désintéressement le plus pur...

M. CHAUFFARD.

Eh ! non... non... vous vous méprenez !

LE RÉDACTEUR.

Ah ! il s'agit alors d'une spéculation ?

M. CHAUFFARD.

Pas tout-à-fait !... Certes, je veux servir l'humanité,...
mais je compte en outre percevoir un droit assez minime
qui répété souvent finira par...

LE RÉDACTEUR.

Oui,.. oui... comme pour la pommade du hérisson.

M. CHAUFFARD.

C'est cela même !... à la gloire près... vous le voyez, je
ne me fais pas meilleur que je ne suis... or, pour réaliser
mon œuvre, il me fallait un journal avec des idées jeunes,
hardies, et un homme de talent capable de me comprendre...

LE RÉDACTEUR, s'inclinant.

Votre choix m'honore !

M. CHAUFFARD.

Une demi-heure de conversation avec vous m'a suffi pour
vous apprécier... Notre journal ne dénigre l'œuvre de per-

sonne... il ne la loue pas davantage... nous nous taisons...
nous sommes dans notre droit ! c'est de l'habileté... rudi-
mentaire, honnête sans doute, mais encore est-ce de
l'habileté ! — Que votre esprit et votre style élégant servent
mes idées, et comme je vous l'ai déjà dit, vos appointements,
en commençant, seront de dix mille francs.

LE RÉDACTEUR.

Monsieur, je suis tout à mes devoirs.

Mme CHAUFFARD , se penchant vers sa fille.

Louise... à son mari Mon ami ! Louise se trouve mal !

M. CHAUFFARD , avec empressement.

Encore !... mon enfant !

Mme CHAUFFARD , elle sonne.

Du secours !... des sels !...

Le domestique paraît, prend un flacon sur la cheminée et le présente
à Madame Chauffard.

M. CHAUFFARD.

Qu'on aille chercher le docteur Brivin.

Mme CHAUFFARD.

Il est absent !... Ma fille ! ma fille ! Elle lui fait respirer des sels.

M. CHAUFFARD.

Trouvez un médecin !... voyez au plus près !...-Ah ! au
numéro 110... au domestique, Allez. le domestique sort; à Madame Chauffard
Monsieur le docteur Michel Jeroboam de Saint-Froult... tous
les jours de nombreux équipages stationnent à sa porte...

Mme CHAUFFARD.

Comme elle est pâle !

M. CHAUFFARD , à part.

Je ne serai pas fâché d'avoir son avis ! Le docteur Brivin
a du mérite, c'est incontestable; il nous donne ses soins
depuis de longues années, autre considération !... mais sa
manière de faire ne me satisfait qu'à demi... ses ordonnances
sont d'une simplicité !... puis il console trop ! Que diantre,
quand on appelle un médecin, c'est pour connaître la vérité... et savoir à quoi s'en tenir !

LE DOMESTIQUE , ouvrant la porte du fond à deux battants.

Monsieur le docteur Jeroboam Michel de Saint-Froult !

M. CHAUFFARD , au Rédacteur qui sort.

Vous reviendrez !... à bientôt !

SCÈNE VII.

M. CHAUFFARD , Mme CHAUFFARD , LOUISE ,
LE DOCTEUR DE SAINT-FROULT.

M. CHAUFFARD , allant à la rencontre du Docteur.

Arrivez, Monsieur le Docteur ! ma fille est bien malade !...
Mademoiselle Chauffard !.., Le mal est-il dangereux ?

Moment d'attente ; Jéroboam qui a pris le bras de Louise, reste plongé dans une profonde méditation.

Qu'en pensez-vous ?

Mme CHAUFFARD.

Cette crise doit-elle se prolonger ?

LE DOCTEUR , emphatiquement.

Le système nerveux est profondément atteint !

Mme CHAUFFARD.

Vous m'effrayez !

M. CHAUFFARD , dans l'admiration.

Parlez, Monsieur le Docteur, ne cachez rien, je suis fort,
je puis supporter !...

LE DOCTEUR , froidement.

Ces syncopes sont fréquentes ?

Mme CHAUFFARD.

Oui, Monsieur, surtout depuis quelque temps. De grâce,
qu'ordonnez-vous ?

LE DOCTEUR.

Vous avez fait respirer des sels à Mademoiselle ?

M. CHAUFFARD , avec hésitation.

Mais oui !

LE DOCTEUR , sèchement.

C'est à tort !

Mme CHAUFFARD , timidement.

Cependant, le docteur Brivin...

LE DOCTEUR , avec dédain.

Je respecte toutes les convictions sans me croire obligé de les partager.

M. CHAUFFARD.

Monsieur... veuillez croire !

LE DOCTEUR.

J'ai beaucoup étudié les affections nerveuses , et je le dis sans orgueil : mes travaux ont jeté de la lumière sur ce point capital et nébuleux jusqu'alors de la pathologie.

M. CHAUFFARD.

Je suis heureux , Monsieur le Docteur , de vous avoir mandé ! votre opinion sur une santé si chère me sera précieuse.

LE DOCTEUR , d'un ton bref.

De l'eau s'il vous plait.

Le Docteur tire de sa poche de paletot une pharmacie homœopathique, dépose un globule dans le verre d'eau qu'il agite.

Buvez , Mademoiselle !... Louise boit. L'effet sera presque instantané... tenez, la chaleur revient... les couleurs reparaissent... à Madame Chauffard Mademoiselle votre fille ouvre les yeux... Parlez-lui , Madame... elle vous entend, elle peut vous répondre.

Mme CHAUFFARD.

Louise !...

LOUISE , regardant autour d'elle.

Ma mère !

Mme CHAUFFARD , à Louise, en lui présentant le Docteur.

Monsieur le docteur de Saint-Froult !

LE DOCTEUR.

Rassurez-vous, Mademoiselle , je vous rendrai à la santé !

M. CHAUFFARD , prenant la main du Docteur.

Monsieur !... je n'oublierai jamais.

LE DOCTEUR.

Il faut prévenir le retour de ces crises !...

Mᵐᵉ CHAUFFARD.

Monsieur Brivin acceptera, je n'en doute pas, votre concours avec empressement.

LE DOCTEUR.

Je suis désolé de refuser !... je vois seul mes malades !

M. CHAUFFARD.

Pour quelle raison, Monsieur le Docteur ?

LE DOCTEUR, fausse modestie.

J'ai à ce sujet des principes... croyez qu'il m'en coûte...

M. CHAUFFARD, à sa femme.

C'est tout simple ! les hommes comme Monsieur le Docteur se passent d'auxiliaires. bas Dit-on de ces choses-là ?

LE DOCTEUR.

Je tiens par dessus tout à faire suivre librement, sans entraves, mon traitement... et, je réponds de Mademoiselle... bas à Monsieur Chauffard Je ne vous cache pas que la maladie est grave !

M. CHAUFFARD.

Vraiment?... oh ! dès ce moment, Monsieur le Docteur, la vie de Louise est entre vos mains ! Venez, venez souvent nous voir.

A cet instant, le domestique de M. Chauffard introduit Saint-Jean, le valet de Jéroboam, en grande livrée, culotte courte, bas de soie, aiguillettes.

SAINT-JEAN, s'arrête à la porte et dit à haute voix,

Madame la duchesse de Cadignan demande Monsieur le docteur de Saint-Froult.

LE DOCTEUR.

Saint-Jean, je vous ai déjà dit de ne jamais me déranger, votre zèle vous égare... la duchesse attendra !

M. CHAUFFARD.

Cependant, M. de Saint-Froult ! une duchesse !

LE DOCTEUR.

Je n'abandonne point un malade tant que ma présence lui est nécessaire ; je me crois encore utile ici, rien ne saurait me détourner d'un devoir !

2

M. CHAUFFARD.

Si la Duchesse !...

LE DOCTEUR, gravement.

N'insistez pas, Monsieur ! il approche de Louise. Comment vous trouvez-vous, Mademoiselle ?... Quelques gouttes encore...

LOUISE, après avoir bu.

Merci, Monsieur !...

LE DOCTEUR, applique sa main sur le cœur de Louise.

Permettez !... les mouvements du cœur sont plus réguliers.

SCÈNE VIII.

M. ET Mme CHAUFFARD, LE DOCTEUR, groupés autour de Louise... Entrée brusque de RAOUL.

RAOUL, à son père qui est le plus rapproché de la porte.

Quel succès ! On fondait en larmes ! Les huissiers, le procureur impérial lui-même et le président, qui a prononcé d'une voix émue le verdict d'acquittement !... Dès aujourd'hui Léon Desprès compte parmi les célébrités du barreau !

Au nom de Desprès, Louise se soulève pour voir Raoul.

LE DOCTEUR.

Voilà Mademoiselle tout à fait bien !.

RAOUL, apercevant Louise qui est entourée, accourt près d'elle.

Ah ! Louise ! tu as souffert ? tu vas mieux ? — Je suis encore sous le charme de la chaleureuse improvisation de Léon... Quelle verve ! Quels accents déchirants !

En se retournant, Raoul se trouve face à face avec le Docteur.

M. CHAUFFARD, à Raoul.

Monsieur le Docteur Jéroboam-Michel de Saint-Froult, dont la science a rendu ta sœur à la vie !

RAOUL, cherchant à le dévisager.

Monsieur ! ah ! pardieu ! il me semble ! nous étions à Louis-le-Grand !

LE DOCTEUR, embarrassé.

J'y ai fait mes études !

RAOUL.

C'est cela !... mais alors vous vous nommiez Michel ?

LE DOCTEUR.

Ne m'en parlez pas !... un enfantillage !... presque un ridicule ! Un oncle en me faisant son héritier m'a obligé de prendre le nom... d'une de ses terres... en Saintonge... et vous comprenez... les dernières volontés d'un mourant sont sacrées.

RAOUL.

Si j'ai bien entendu ?... Monsieur le docteur Jéroboam-Michel de Saint-Froult ?... c'est gentil ! c'est ronflant. Jéroboam fait un signe de dénégation. Si , si , tenez ; moi qui vous parle , je ne serais pas fâché d'être... Chauffard de quelque chose.

LE DOCTEUR.

Les hommes sérieux comme vous..., comme moi , ne font aucun cas de ces puérilités... ils les acceptent et ne les recherchent pas !

RAOUL.

Mais vous connaissez Léon Després !

LE DOCTEUR.

Assez vaguement.

RAOUL.

Léon Després !... pardieu. — Le sage..., le misanthrope...

LE DOCTEUR , avec fatuité.

Il se pourrait... Depuis cette époque j'ai vécu isolé...

RAOUL.

Vous étiez très liés au collége !...

LE DOCTEUR.

Si l'occasion s'en présentait , je lui tendrais volontiers la main...

RAOUL.

Il est pauvre... mais laborieux.

LE DOCTEUR.

Sa pauvreté serait un titre de plus pour que je lui fisse accueil.

RAOUL.

Dame ! nous sommes restés comme devant, nous autres...
lui Després , moi Chauffard !

LE DOCTEUR.

C'est presque une épigramme.

RAOUL , lui prenant la main.

Oh ! mon cher Michel !

LE DOCTEUR , se dégageant.

Dans le monde je suis connu sous le nom du docteur de
Saint-Froult ; en me désignant autrement, vous courriez le
risque de ne pas être compris...

Il lui tourne le dos.

RAOUL , déconcerté.

Bien ! bien ! c'est entendu !... se retournant vers son père. Léon a
de l'avenir , mon père.

Mᵐᵉ CHAUFFARD.

Il a du talent !

M . CHAUFFARD.

Després ?... ce petit clerc de basoche ? Son père était
marchand de je ne sais quoi !... un pauvre homme, le fils
ne s'élèvera jamais plus haut que le père !

Mᵐᵉ CHAUFFARD.

Que d'illustrations contemporaines ont débuté par le
barreau !

M. CHAUFFARD.

D'accord ! mais il faut encore avoir ce que n'aura de sa
vie ce Després !... Ce garçon attendra peut-être qu'on le
découvre !... A notre époque, on tend résolument au but !

RAOUL.

Léon n'est ni intrigant , ni imbécile.

LOUISE.

Monsieur Després est très-timide.

M. CHAUFFARD , regardant Louise.

Hein, petite ?... cela n'est pas de la compétence d'une
jeune fille de dix-huit ans... l'embrassant. rétablis-toi, mon enfant , suis les conseils de notre illustre docteur et ne t'oc-

cupe pas du reste , laisse à mon expérience le soin d'assurer le bonheur de ma Louise... à sa femme et à sa fille. Si vous rentriez ?

MᵐᵉCHAUFFARD.

Nous irons plutôt au jardin ?

M. CHAUFFARD.

Soit ! — Qu'en dites-vous , Docteur ?

LE DOCTEUR.

Le grand air fera du bien à Mademoiselle !

Mᵐᵉ et Mˡˡᵉ Chauffard sortent.

SCÈNE IX.

M. CHAUFFARD , LE DOCTEUR , RAOUL.

RAOUL.

Je vais terminer mon article.

Il se rassied au bureau.

M. CHAUFFARD.

Je t'en saurai gré !

LE DOCTEUR , à part.

Vous recevez Monsieur Desprès , l'ami de votre fils ?

M. CHAUFFARD , à demi-voix.

Il venait familièrement chez moi ; Raoul était le prétexte , mais il avait un but qui ne m'échappait pas , et j'y ai mis ordre.

LE DOCTEUR , d'un air de doute.

Ah ! vraiment !

M. CHAUFFARD.

A force de travail , il plaidera peut-être un jour ! La belle affaire ! Mademoiselle Chauffard ne sera jamais la femme d'un Robin !

LE DOCTEUR.

La science mène loin !

M. CHAUFFARD.

Sans le savoir faire ? — Jamais !

LE DOCTEUR.

Vous avez peut-être raison ; il y a le chapitre des circonstances dont peu de gens profitent... le vulgaire n'y prend
garde. Les natures d'élite seules les font naître et les ex-
ploitent ; voilà les habiles, ceux qui dominent la situation.
A quoi servent, je vous le demande, vertus, talents, probité
si on les enfouit dans l'obscurité ? On les discrédite, c'est
immoral !... Le monde n'est pas comme on le dit souvent
aux plus audacieux..., il est aux plus forts, aux habiles !

M. CHAUFFARD.

Vous avez sur les hommes et sur les choses des idées que
j'admire. Oui, Monsieur le Docteur, voilà ce que je ne cesse
de répéter ; c'est le but de mon journal : les *Arts utiles !*

LE DOCTEUR.

Ah ! vous faites un journal !

M. CHAUFFARD.

Il représente mes idées, l'alliance des arts et de l'industrie. Je le mets à votre disposition ; je serais heureux de
voir une sommité médicale l'honorer de sa collaboration.

LE DOCTEUR.

Je vous rends grâces, monsieur, mais je ne m'occupe
pas d'industrie ; tout mon temps est consacré à l'étude de
mon art.

M. CHAUFFARD.

Sans doute ! pourtant il est impossible qu'un homme tel
que vous n'y vienne pas tôt ou tard. On est à la science par
goût, et par besoin on arrive aux affaires. Remuer des
idées ; c'est quelque chose, mais donner à ces idées une
forme pratique, réalisable ?...

LE DOCTEUR.

La science a ses journaux. Notre art ne saurait être assi-
milé à une spéculation !... Un cabinet de consultation se
recommande par lui-même. On doit repousser ces petits et
honteux moyens employés cyniquement par des confrères
que leur charlatanisme voue au mépris du corps entier. Une

réputation qui s'appuie sur la réclame, est éphémère... Feu
de paille sans chaleur qui s'évapore en fumée.

M. CHAUFFARD.

Du savoir? De la délicatesse? Pour les savants, voilà le
droit chemin !... à Raoul. Et vous, êtes-vous de cet avis?

RAOUL, distrait.

Toujours!... toujours, mon père.

M. CHAUFFARD, au docteur.

Comme je vous le disais, et je me suis rarement trompé
dans mes prophéties, vous êtes un homme trop supérieur
pour ne pas reconnaître avant peu le besoin de vous lancer
dans les affaires.

RAOUL, se levant.

J'ai fini !... à son père. Tu trouveras là réunies la force et la
grâce, la logique et la rhétorique.

M. CHAUFFARD.

Que d'éloges ! Nous allons voir !

SCÈNE X.

Les Précédents, Le Rédacteur.

M. CHAUFFARD, continuant, au Rédacteur en allant à sa rencontre.

Vous arrivez à propos... Raoul s'est piqué au jeu ; il a
voulu terminer son article pour le numéro de demain... Il
va vous en donner lecture ; je ne serai pas fâché d'avoir
votre opinion...

RAOUL, saluant ironiquement le Rédacteur.

Môssieu !...

LE RÉDACTEUR.

Môssieu... et cher confrère... ils se donnent la main avec affectation.

M. CHAUFFARD, au Docteur.

Vous permettez ?

LE DOCTEUR.

Comment donc ?

M. CHAUFFARD, à Raoul.

Nous t'écoutons !...

RAOUL, lisant.

« A notre époque éminemment industrielle, tous les esprits sont tendus vers l'Utile. Les vieilles théories de l'Art pour l'Art ont fait leur temps. Notre devise l'Art pour l'Utilité est l'expression la plus vraie des besoins du siècle. »

M. CHAUFFARD.

Bravo !...

RAOUL, froid et ironique.

Ce n'est rien encore, ménage ton enthousiasme !...

M. CHAUFFARD.

Poursuis !

RAOUL, avec emphase.

« Les Grecs, aux temps si vantés de Périclès, cultivaient l'Art pour l'Art ; ils recherchaient l'idéal de la forme. Les œuvres d'imagination des derniers siècles n'ont rien fait ou presque rien pour le bien être matériel ! L'Art considéré en lui-même et pour lui-même est indigne de nos sympathies... Ce qu'il nous faut à nous, c'est l'art qui progresse, l'art qui pousse l'industrie et lui prête son concours... l'Art !... »

M. CHAUFFARD.

Ah ! bravo ! bravo !

RAOUL, s'animant de plus en plus.

« La vapeur est désormais une vieillerie... L'électricité n'a pas dit son dernier mot, et il nous reste à conquérir la navigation aérienne ! »

M. CHAUFFARD.

La transition est adroite pour nous conduire à la découverte de Bachu !... l'embrassant. Tu es l'interprète le plus vrai et le plus chaleureux de mes aspirations...

RAOUL, fausse modestie.

On n'est pas parfait !... Je ne puis davantage !...

LE DOCTEUR, à M. Chauffard qui semble l'interroger du regard.

C'est très-beau !

M. CHAUFFARD, au Docteur à part:

Que ne ferait Raoul s'il se mettait sérieusement à l'étude?

LE DOCTEUR.

Il y a de l'étoffe !... Qu'il grandirait sous votre direction !

Le Docteur et M. Chauffard continuent à converser,

LE RÉDACTEUR, à l'écart à Raoul.

Et tous ces pauvres grands hommes qui se nomment Raphaël, Mozart, Milton, Shakspeare, nous les enterrons donc sans pitié ?

RAOUL, regarde fixement le rédacteur puis se met à rire et lui présente la main.

Touchez-là ! Mais chut ! Avant tout j'aime et je respecte mon père... Décidément nous pourrons collaborer !

LE RÉDACTEUR.

Nous serons les prêtres de la forme !... Pour des artistes, c'est quelque chose !

RAOUL.

Oui, oui !... Le génie de la forme au service du génie de l'idée.

M. CHAUFFARD, au rédacteur.

Vous ne vous y attendiez pas, je le parierais !

LE RÉDACTEUR.

Franchement, non !

M. CHAUFFARD, à Raoul.

Avant de finir, annonce la réunion de demain. Hâte-toi, le journal doit être composé ce soir.

RAOUL, qui s'est dirigé avec le rédacteur vers le bureau.

Quelques mots bien sentis ! n'est-ce pas ?... un entrefilet ?

M. CHAUFFARD.

Oui... en gros caractères... à Jéroboam. Vous serez des nôtres ? Et avant peu...

LE DOCTEUR.

Vos projets sont séduisants !...

UN DOMESTIQUE, annonçant.

Monsieur Madu !

SCÈNE XI.

Les Précédents, M. Madu.

RAOUL, assis au bureau fait un a parte avec le rédacteur.

Se parlant. Madu?... Je connais ce nom là... Madu paraît. Non, je n'ai jamais vu ce visage. Il continue à tenir les yeux fixés sur M. Madu.

M. MADU, allant à M. Chauffard.

Monsieur Chauffard?

M. CHAUFFARD.

Moi-même, Monsieur !

M. MADU.

Monsieur, je prends la liberté de venir droit à vous, sans présentation. Votre estimable journal aborde des théories qui vous gagneront les sympathies de tous les hommes honnêtes et soucieux de l'avenir.

LE RÉDACTEUR, bas à Raoul.

Un Utiliste !

RAOUL.

Du positif !... peu d'imagination !

M. CHAUFFARD.

Pourrai-je savoir, Monsieur, qui j'ai l'honneur de recevoir?

M. MADU.

Monsieur, je vous suis sans doute inconnu quoique nos préoccupations à l'un et à l'autre ne soient pas sans analogie ! Ce que vous tentez pour l'industrie, moi, je m'efforce de le faire pour améliorer l'homme moral !

M. CHAUFFARD.

Si vous vous donniez la peine de vous asseoir?

M. MADU.

Merci, Monsieur, je ne dispose à regret que de quelques minutes.

M. CHAUFFARD, faisant sa présentation.

L'illustre docteur Jéroboam-Michel de Saint-Froult, un

savant de l'époque !... Monsieur Raoul Chauffard, mon fils...
Monsieur le Rédacteur en chef du journal : *les Arts utiles.*

Chacun salue à son tour.

M. MADU , à part, regardant le Docteur.

Monsieur de Saint-Froult , un médecin , je retiendrai ce
nom !

RAOUL , bas, se parlant.

Madu !... Madu !...

LE RÉDACTEUR , toisant M. Madu.

Un pauvre diable comme moi ! plus adroit peut-être...
mais à coup sûr moins honnête... je veux dire moins niais...

RAOUL.

Depuis quelque temps les habiles abondent chez mon
père !

SAINT-JEAN , même tenue, ouvrant la porte à deux battants.

Madame la duchesse de Cadignan fait mander en toute
hâte Monsieur le docteur de Saint-Froult !

LE DOCTEUR.

Messieurs, pardonnez-moi , ma malade est mieux ; je me
retire.

M. CHAUFFARD.

Cette malheureuse duchesse , nous l'avions oubliée...
au docteur qu'il accompagne. Nous vous reverrons.

Le docteur sort.

SCÈNE XII.

LES PRÉCÉDENTS , moins LE DOCTEUR.

M. MADU , à M. Chauffard.

J'ai dirigé quelques entreprises avec succès.

M. CHAUFFARD.

Quand on allie la probité à l'intelligence...

M. MADU.

Le peuple lit trop et pas assez..,

M. CHAUFFARD.

Il ne lit pas assez de livres de science.

M. MADU.

Et encore moins de morale. La librairie au rabais porte le poison dans les familles et au sein des plus petits hameaux.

M. CHAUFFARD.

De bons traités élémentaires de physique, de mécanique, d'agriculture prépareraient les enfants des écoles primaires aux grands et utiles travaux industriels.

RAOUL, à part, regardant le porte-visite.

Madu ! le nom de la carte ! Madu ?... Serait-ce ?...

M. MADU, continuant.

Il faudrait des livres à bon marché, bien pensés, bien écrits, présentant le contre-poison sous une forme attrayante... Il faudrait aussi de grandes facilités pour les répandre partout, dans les ateliers, dans les casernes, dans les villages ..

RAOUL, s'approche précipitamment de M. Madu et dit avec amertume.

Excellente pensée, Monsieur !... Ces livres ne seraient pas bons seulement pour le peuple !... Tout le monde devrait les lire !... Ils redresseraient les erreurs d'une société qui n'est pas assez éclairée pour distinguer la vertu du vice, la vraie philanthropie d'une philanthropie bâtarde et mensongère, trop commune, hélas ! et la bonne religion de la tartufferie !

M. MADU, avec un calme qui contraste.

Oui, Monsieur !... la plaie de notre siècle !

M. CHAUFFARD, ébahi, à Raoul en lui prenant la main.

Bien Raoul... continue....

RAOUL.

Je t'étonne ? J'ai tout bêtement le sens du juste et de l'injuste, du faux et du vrai... c'est d'instinct chez moi ; d'ordinaire cette expérience ne s'acquiert que par les années.

M. Chauffard se dirige vers le Rédacteur.

M. MADU, à Raoul.

Ces sentiments révèlent du cœur.

RAOUL, à brule-pourpoint.

Vous connaissez Valentine ?.... se reprenant. Mademoiselle
Valentine Duval ?

M. MADU, sans s'émouvoir.

Ma fille adoptive !

RAOUL, avec dédain.

Oui, votre fille adoptive !

M. MADU.

J'étais fort lié avec le pauvre Duval ! Aujourd'hui j'accom-
plis un devoir... Ah ! vous la connaissez ?

RAOUL.

Nos deux familles sont amies.

M. MADU.

Monsieur, je serai fort heureux de vous recevoir... Vou-
drez-vous venir sans façon nous demander à dîner... à Mont-
rouge chez ma fille, car moi, j'habite rue de la Paix.

RAOUL, stupéfait.

J'accepte !...

Raoul confondu retourne au bureau.

M. CHAUFFARD, au rédacteur qu'il entraîne sur la scène.

Tenez-vous prêt pour la séance de demain ; elle sera dé-
cisive !... Comme nous en rendrons compte, vous ne ferez
peut-être pas mal de la sténographier... j'exposerai mes idées.

LE RÉDACTEUR.

Je serai à mon poste. Il salue et sort.

SCÈNE XIII.

LES PRÉCÉDENTS, moins LE RÉDACTEUR.

M. MADU, à M. Chauffard.

Permettez-moi, Monsieur, de prendre congé de vous, et
de vous remercier de votre gracieux accueil.

M. CHAUFFARD.

Puis-je compter sur votre concours ?

M. MADU.

J'assisterai à la réunion... à Raoul. Et vous, mon jeune ami, j'ai votre promesse, ne l'oubliez pas.

Raoul s'incline froidement, Madu sort.

SCÈNE XIV.

M. CHAUFFARD, RAOUL.

M. CHAUFFARD.

Voilà un homme fort distingué !

RAOUL, distrait.

Oui...

M. CHAUFFARD.

A remuer des idées !... Que te disait-il ?

RAOUL.

Il m'a invité à dîner.

M. CHAUFFARD.

Je t'en fais mon compliment !

RAOUL.

Avec Valentine Duval ! Tu sais que depuis la mort de son père, elle est devenue sa fille adoptive ?

M. CHAUFFARD.

Ce dévouement me le fait estimer davantage.

RAOUL.

Cependant !

M. CHAUFFARD.

Quoi, cependant ?... j'en aurais fait autant que Monsieur mon fils me blâmerait ?

RAOUL.

Ah ! mon père ! tu approuves qu'une jeune fille aille scandaleusement habiter avec un homme...

M. CHAUFFARD.

Où voyez-vous le scandale ? Un homme honorable de l'âge de M. Madu... qui recueille une jeune fille !...

RAOUL.

Pourquoi Valentine a-t-elle refusé de nous donner le nom de cet homme et sa demeure que le hasard seul vient de me livrer ?

M. CHAUFFARD.

En a-t-il fait mystère , lui , M. Madu ?

RAOUL.

En se taisant , il s'avouait coupable !

M. CHAUFFARD.

En parlant il dissipe tous les doutes !

RAOUL.

Tu me comprends mon père ?

M. CHAUFFARD.

Moi? c'est assez difficile !... Oh! après tout, vas au diable... il suffit que je reçoive quelqu'un chez moi pour que tu le dénigres.

RAOUL.

Tu es cruel ! tu sais mes angoisses !

M. CHAUFFARD , se radoucissant.

Mais aussi , mon ami , pourquoi n'es-tu pas plus réservé dans tes suppositions !... Adieu , je vais chez Bachu !

M. Chauffard sort.

SCÈNE XV.

RAOUL , seul, prend son chapeau et sort.

Et moi aux renseignements ! Il me faut la vérité !

ACTE DEUXIÈME.

La scène est divisée en deux étages ; au premier , une somptueuse salle d'attente chez le Docteur de Saint-Froult. Au deuxième, un très-modeste cabinet de travail chez Léon Desprès.
Si cette division en deux étages était impossible , les deux pièces seraient construites sur le même plan.

Au lever du rideau, Saint-Jean, domestique du Docteur, en grande livrée, range, époussète les meubles.
Léon Desprès assis devant un bureau chargé de livres et de papiers, écrit, compulse.

CHEZ LE DOCTEUR.

SAINT-JEAN , regarde la pendule , midi sonne.

Ah ! midi ! l'heure des consultations. Il range les meubles. Les meubles... comme ça... il faut faire croire que de nombreux clients se sont pressés dans le cabinet de mon illustre maître, le docteur Jéroboam-Michel de Saint-Froult... On entend un bruit de voitures, Saint-Jean regarde à la fenêtre. Voici les voitures !... une... deux... trois... les maladroits ! arriveraient-ils encore tous ensemble ?... Non... elles passent... En attendant les clients... en aurons-nous aujourd'hui ? voyons donc un peu où en sont nos affaires ?...

Il prend un grand livre , s'assied et le feuillette attentivement.

CHEZ LÉON DESPRÈS.

LÉON DESPRÈS, seul.

Heures fortunées de l'étude ! oh ! mes livres chéris , que les journées passent vite avec vous !... Je ne sais rien encore,

arriverai-je jamais ? Que désirè-je ?... Une position qui me
permette d'aspirer à la main... Oh ! alors , alors , comme
j'irai bien loin enfouir mon bonheur !...

Il se remet au travail.

CHEZ LE DOCTEUR.

SAINT-JEAN , seul, toujours le registre à la main.

Aye ! aye ! l'actif !... Le passif ? c'est autre chose !

« A Durand carrossier , loueur de voitures, 5,000 francs ;
donné à valoir 150 francs.

» 1er novembre , à Philippe , tapissier , 4,379 francs 79
centimes ; donné le 1er novembre à valoir 200 francs, etc., etc.

» Total du passif, 50,000 francs. »

Encaisse nul.... débet 50,000 francs !... du moins la situation est nette... serait-ce le motif des boutades de Monsieur
le Docteur ? — Bast ! ne sommes-nous pas sûrs de réussir !
M. de Saint-Froult est si savant !... et puis, point maladroit ;
moi aidant, c'est entendu !... tout marchera ! Comme je suis
entré dans le cœur de l'affaire !... Que de tours ingénieux !...
L'autre jour, par exemple : M. le Docteur se poste en évidence dans une loge à l'Opéra, on jouait l'*Africaine !* Au
milieu de la fameuse ritournelle, je parcours les couloirs, je
heurte les portes avec fracas en criant d'une voix de stentor :
*M. le docteur de Saint-Froult !... on demande M. le docteur
de Saint-Froult pour Madame la princesse de Lichtenberg
qui expire !* L'effet est étourdissant ! Ces deux noms accou-
plés : M. le docteur de Saint-Froult, Madame la princesse de
Lichtenberg , volent de bouche en bouche , et mon maître
que je trouve enfin après de laborieuses recherches ; j'avais
à dessein arpenté tout le théâtre avant d'arriver jusqu'à lui ,
mon maître , dis-je , se lève lentement au milieu de l'impression produite sur les spectateurs... les lorgnettes se braquent
sur lui... il sort de l'Opéra et... rentre fort tranquillement
se coucher. Le lendemain je cours aux bureaux des journaux les plus répandus dans le monde aristocratique et j'y

fais insérer ces mots... de la part de la Princesse : « Hier ,
Madame la princesse de Lichtenberg, frappée à l'Opéra d'une
attaque d'apoplexie , a fait rechercher son médecin , M. le
docteur de Saint-Froult, qui par hasard se trouvait dans la
salle. Le célèbre Docteur , que le faubourg Saint-Germain
s'est approprié , a prodigué tous les soins de son art à son
illustre malade , et nous pouvons annoncer aujourd'hui que
la princesse est hors de danger... » Dans chaque réclame
nous varions la forme ; quant au fond, il reste le même. S'il
arrive à Paris un étranger de distinction , je porte immédiatement à son hôtel la carte de mon maître. Qu'il appartienne
aux chancelleries , nous accompagnons notre nom de cette
qualification : médecin du Corps Diplomatique ; s'il est digni-
taire des armées Russe , Prussienne ou Espagnole , nous
modifions en conséquence nos titres et qualités... Ces moyens
réussissent toujours , et cependant la dette augmente !
il regarde par la fenêtre. Personne ! il reprend son registre et le compulse très-attenti-
vément.

CHEZ LÉON DESPRÈS.

LÉON DESPRÈS, seul,

Oui, mon bonheur est à ce prix !... je me ferai un nom !...
découragé. Monsieur Chauffard m'a brutalement donné congé ,
m'accordera-t-il jamais la main de sa fille ?
On frappe, Léon répond sans se déranger.
Entrez !

BAPTISTE , entrebaillant la porte.

Monsieur , je venais...

LÉON , de mauvaise humeur.

C'est toi, Baptiste ?... faut-il te le répéter encore ?... à cette
heure , je n'y suis pour personne...

BAPTISTE , souriant.

C'est la consigne ordinaire !... oui, mais est-il des règles
sans exception ?

LÉON, impatienté.

Je n'en admets pas aujourd'hui... laisse moi tranquille, je n'ai pas le temps de discuter.

BAPTISTE.

Pourtant, Monsieur !...

LÉON, sans se détourner.

Tiens-toi le dit une fois pour toutes !

BAPTISTE.

Monsieur... je vous assure !...

LÉON.

Baptiste !... tu me feras perdre patience !

BAPTISTE.

Madame Chauffard...

LÉON, se lève précipitamment.

Tu as dit : Madame Chauffard ?...

BAPTISTE, toujours narquois.

Je savais bien !...

LÉON.

Parle !... Madame Chauffard, dis-tu...

BAPTISTE.

Désire savoir à quelle heure Monsieur la recevra ?...

LÉON.

Ici ?...

BAPTISTE.

Oui, Monsieur !...

LÉON.

Mais tout de suite... non... dans une demi-heure... On attend la réponse, n'est-ce pas... presse-toi ! — Mon pauvre Baptiste, comme je t'ai maltraité.

BAPTISTE.

J'agis parfois trop librement avec vous !...

LÉON, lui prenant les mains.

Fidèle ami !

BAPTISTE.

Monsieur, ne me flattez pas ainsi.

LÉON.

N'es-tu pas ma famille tout entière ?

BAPTISTE,

Vous me comblez Monsieur !

LÉON.

Quoi, tu restes-là ?... tu n'y penses plus , et la réponse !

BAPTISTE.

Je cours Monsieur... je suis encore en défaut.

Baptiste sort.

LÉON , le regardant sortir.

Oui, tu es mon véritable ami ! Que d'abnégation et de faiblesse pour moi... tu m'as consacré ta vie , et comme nous sommes injustes tous ! je m'oublie souvent à te dire de dures paroles. Il revient s'asseoir. Madame Chauffard vient-elle me parler de cette affaire délicate ?... Une reprise de droits ! M. Chauffard pourra s'offenser d'une pareille défiance !... d'autre part l'excellente Madame Chauffard, qui veut sauvegarder les intérêts de ses enfants dans le cas où son mari les compromettrait par des imprudences , ignore qu'elle ne peut rien revendiquer dans le plus clair de la fortune commune. Le total aujourd'hui est d'un million environ et les apports de chaque époux ne comptent pas dans le capital pour plus de cent mille francs... c'est embarrassant... voyons. Il se remet à lire.

CHEZ LE DOCTEUR.

On frappe, Saint-Jean endormi se réveille en sursaut et court précipitamment à la porte. Il ouvre.

PREMIER MALADE.

Mise ridicule, accent germanique ; il se tient la mâchoire enveloppée dans un foulard.

Monsieur le docteur Jéroboam Michel de Saint-Froult !

SAINT-JEAN , avec empressement.

Monsieur , donnez-vous la peine d'entrer... Monsieur le Docteur est fort occupé.

PREMIER MALADE, gravement.

Monsieur le docteur Jéroboam Michel de Saint-Froult !

SAINT-JEAN.

J'ai compris, Monsieur... criant un peu. dans un moment ! à part. C'est un prince Allemand ! approchant un fauteuil.

PREMIER MALADE, à part, ôtant son foulard.

Ce nigaud de Saint-Jean me prend pour un véritable malade... ne le détrompons pas ! Il remet son foulard. — On frappe.

SAINT-JEAN.

Pardon ! voici l'heure des consultations... on va arriver en foule... c'est ainsi tous les jours !... Il va ouvrir.

PREMIER MALADE, à part.

Tenons-nous sur nos gardes... et jouons notre rôle !

On frappe de nouveau ; Saint-Jean ouvre ; apparaît un individu grotesquement vêtu ; grime italien, grandes lunettes vertes, gros favoris.

DEUXIÈME MALADE, accent italien.

Monsieur le docteur Jéroboam Michel de Saint-Froult !

SAINT-JEAN.

Je tâcherai de vous introduire bientôt dans le cabinet de mon savant maître. bas. Un prince Allemand attend aussi.

DEUXIÈME MALADE.

Ah ! bah !

SAINT-JEAN.

Monsieur n'a de clients que parmi les têtes couronnées.

DEUXIÈME MALADE.

Moi, je suis duc !

SAINT-JEAN.

Italien ?

DEUXIÈME MALADE.

Oui ; de la principauté de Monaco... pour vous servir il fait la grimace.

SAINT-JEAN, étonné.

Ah ! Monseigneur, trop honnête !

DEUXIÈME MALADE, à part.

S'il me fait parler, je dirai des bêtises, c'est sûr !

SAINT-JEAN , au premier malade.

Mon Prince !

PREMIER MALADE.

Comment ? à part. m'aurait-il reconnu ?

SAINT-JEAN , au premier malade.

Si votre Altesse veut bien tenir compagnie à Monseigneur le Duc ? j'irai voir si mon illustre maître reçoit.

Saint-Jean disparaît.

Les deux malades se saluent très cérémonieusement, en cherchant à dissimuler leurs visages de peur d'être reconnus.

PREMIER MALADE.

Monsieur le Duc vient consulter le soleil de la science, l'astre du siècle, l'illustrissime docteur ?

DEUXIÈME MALADE.

Oui, Prince, j'ai pris en vain l'avis de tous les savants de notre belle Italie ; j'ai visité les universités de Bologne , de Madrid..., de Nanterre , de Modène... , d'Arpajon...

SAINT-JEAN , qui a reparu, se tient à la porte.

Hein ?... les universités de Nanterre et d'Arpajon ?... Ai-je bien entendu ?

DEUXIÈME MALADE , continuant.

Monsieur le docteur de Saint-Froult traite spécialement mon affection.

PREMIER MALADE.

Monsieur de Saint-Froult seul peut me guérir !

SAINT-JEAN , toujours à la porte, à part.

Bravo !... ces nobles étrangers s'entendent mieux que nous à faire la réclame.

PREMIER MALADE , continuant.

J'ai parcouru l'Europe entière sans trouver de soulagement à mes horribles souffrances ! J'ai prodigué l'or inutilement. Mais j'ai foi dans les lumières du grand docteur : je guérirai... et je ne suis pas homme à regarder à quelques vingt mille francs !...

SAINT-JEAN , même jeu.

Bravissimo !

DEUXIÈME MALADE.

Prince, je pense comme vous; après guérison, ce n'est pas une centaine de mille...

SAINT-JEAN.

J'entends mal !

PREMIER MALADE, avec emphase.

On ne saurait payer de tels services !... A quoi bon les richesses, les grandeurs sans la santé ?...

DEUXIÈME MALADE, renchérissant.

La gratitude d'un noble cœur !...

SAINT-JEAN, d'un air de doute.

Quel langage, qu'est-ce à dire ? s'avançant. Messeigneurs, vous vous lassez peut-être d'attendre !... au premier malade. Mon Prince !

PREMIER MALADE, bas à Saint-Jean.

Ne faut-il pas gagner son argent ? il ôte son foulard.

SAINT-JEAN, le reconnaissant.

Comment, c'est toi ? Sournois!... Tu te grimes d'une telle façon !... Sois prudent ! se tournant vers le deuxième. Monsieur le Duc est pressé ?

DEUXIÈME MALADE, ôtant ses lunettes.

Je vous ai fait au même, Monsieur de Saint-Jean !...

SAINT-JEAN.

Germain !

DEUXIÈME MALADE.

N'est-ce pas l'ordre du jour ? Toilette soignée, coiffure dans le dernier goût ! parfums des pieds à la tête !...

SAINT-JEAN.

J'aurais dû pourtant te reconnaître, imbécile, avec tes universités de Nanterre et d'Arpajon !

DEUXIÈME MALADE.

Est-ce que je sais ça moi ?...

SAINT-JEAN.

On se tait alors !

DEUXIÈME MALADE.

Crois-tu que le prince allemand s'en soit aperçu ?

SAINT-JEAN.

Non ! Il sait à peine le français, et toi, tu le parles si bien !... *à part.* Je les laisse aux prises. *au premier.* Attention ! *au deuxième.* Tiens-toi sur tes gardes ! *à tous deux.* Je vais voir si je peux vous introduire ; deux minutes seulement !

Il disparaît.

Les deux malades se parlent bas pendant la scène suivante, avec un grand cérémonial, ils s'assoient à une table au milieu du théâtre, chargée de brochures et de journaux.

CHEZ LÉON DESPRÈS.

LÉON DESPRÈS, *seul d'abord.*

Voilà le moyen de concilier tout à la fois et la susceptibilité de Monsieur Chauffard et les intérêts de sa famille.

Raoul est entré sans frapper ; il a l'air sombre. Léon l'aperçoit, et serre ses papiers avec précipitation.

LÉON.

C'est toi Raoul ! Quel air lugubre ! Tu as forcé la consigne ; j'avais défendu à Baptiste de recevoir.

RAOUL.

Je suis entré malgré lui.

LÉON.

Oh ! Tu as bien fait. *Raoul s'assied.* Mais qu'as-tu ?

RAOUL.

Je suis désespéré ! j'ai revu Valentine !

LÉON, *continuant à ranger ses livres.*

Tant mieux !

RAOUL.

Tant pis !... Ce n'est plus la Valentine d'autrefois !... Ami, qu'elle est changée !... Léon, plains moi ! Valentine a perdu son père, je te l'ai dit ; sans fortune, sans appui, elle est tombée dans un infernal guet-à-pens.

LÉON, *se lève.*

Encore de l'exagération !...

RAOUL, *se lève aussi.*

Eh ! non, mille fois non ! mes pressentiments ne m'ont pas trompé. Le hasard, si l'on appelle ainsi certains faits fatidiques, incompréhensibles, le hasard, si tu veux, m'a tout appris. J'ai vu chez mon père, Monsieur Madu, le protecteur en question. C'est un petit homme ; tout en lui, jusqu'au son de sa voix, trahit la fausseté... Je l'ai deviné ; je suis allé droit à lui, exigeant des explications, et il m'a répondu avec un calme imperturbable par ces mots : « Mademoiselle Valentine est ma fille adoptive...... Ses qualités personnelles, la position fâcheuse de sa famille m'ont tracé mes devoirs ! » Et sa beauté, ai-je repris ? « Sa beauté, a dit sur le champ Monsieur Madu, avec un sourire indéfinissable qui semblait me prendre en pitié, sa beauté, que je sache, n'a rien à démêler là-dedans !... » Et en ce moment je lisais dans ses yeux, en caractères flamboyants : hypocrisie, luxure.

LÉON.

Ta perspicacité n'était pas en défaut ?

RAOUL.

Juge toi-même par ce dernier trait ; il m'a offert de la meilleure grâce du monde d'aller dîner chez elle, avec lui.

LÉON.

Et tes préventions se sont évanouies ?

RAOUL.

Tu t'y serais laissé prendre ?

LÉON.

Sans aucun doute !... Tu as refusé ?

RAOUL.

Non !

LÉON.

Alors tu as dîné avec elle ?

RAOUL.

Oui, pour mon malheur ! Là, j'ai tout compris. Valentine est devenue un instrument dont cet homme joue au gré de ses fantaisies. Ce qu'il y avait autrefois de spontané, de si charmant a fait place à la contrainte. Avant d'ouvrir la bouche elle scrute la physionomie de Madu pour savoir quel sens elle donnera à ses paroles. Cet homme est une muraille d'airain dressée entre elle et moi. Pour la revoir, j'ai employé la ruse, et toutes mes tentatives ont échoué... la fille adoptive ne reçoit personne sans l'assentiment et le bon vouloir de son père... dérision !...

LÉON.

Je ne vois encore rien qui justifie tes craintes !

RAOUL.

Si tu l'aimais, tu penserais autrement...

LÉON.

D'accord ! je serais aveugle.

RAOUL.

Je ne me tiens pas pour battu ; je me mettrai en campagne et je scruterai jusqu'à la dernière fibre de cet homme... Oh ! alors, alors !

LÉON, lui prend la main.

Si jamais tu as besoin de moi ?...

RAOUL.

Tout conspire contre notre bonheur ; mon pauvre ami !

LÉON.

Quoi encore ?

RAOUL.

Michel, notre ancien et très-vaniteux condisciple de Louis-le-Grand, et qui se fait fastueusement appeler aujourd'hui Monsieur le docteur Jéroboam-Michel de Saint-Froult, est reçu par mon père.

LÉON.

Qu'importe ?

RAOUL.

Mon père, dans son engouement, ne serait pas éloigné de lui donner la main de ma sœur.

LÉON.

Et Louise.

RAOUL.

Louise résistera-t-elle toujours aux ordres de mon père ?... Je l'ignore.

LÉON.

Mais ta mère ?

RAOUL.

Tu la connais ! ferme, inébranlable, elle a la force en
partage... une force qui persévère et ne s'affiche pas !

LÉON.

Accueille-t-elle favorablement Michel ?

RAOUL.

Semblable au mineur elle creuse silencieusement sa tran-
chée. Comme lui, elle arrive inopinément au cœur de la
place, puis quand on s'y attend le moins, on voit sauter
bastions et forteresses, et la position est enlevée.

LÉON.

Elle ne m'est pas hostile ?

RAOUL.

Non, non, rassure-toi. — Eh bien, ce Michel et ce Madu,
à l'abri de la confiance de mon père, trament des choses
dont je n'ai pas encore le secret, mais je les redoute et je
les surveille.

LÉON, dérisoirement.

Ce sont des habiles.

RAOUL.

Dis plutôt des chevaliers d'industrie.

LÉON, sardoniquement.

Erreur ! Les chevaliers d'industrie occupent les premiers
degrés de l'échelon, et n'ont rien de commun avec les habiles.
La tactique de ceux-là est équivoque. La police les observe ;
ce sont des gibiers de la correctionnelle... Les habiles au
contraire, personnages haut placés, entourés de la considération publique, sacrifient, à les entendre, leur repos, leur
fortune à l'intérêt général ; leur but caché est d'arriver, de
conquérir une position, et alors ils dirigent le monde plus
que jamais avec des fils invisibles qu'ils tiennent à la main
et font mouvoir à leur gré.

RAOUL.

A quoi peut prétendre un Madu, un misérable dont le
masque de philanthropie ne saurait tromper personne ?

LÉON.

A quoi? — A tout ! c'est triste à dire mais.c'est ainsi !

RAOUL.

·On traque· ces gens là... On les cloue au pilori !

LÉON.

Jeunes comme nous, pourrions-nous soutenir avec avantage une lutte contre pareils athlètes? Ils sont maîtres d'eux, Ils nous écraseraient !.... Nos emportements ·voilà leurs armes, et il les retournent contre nous ?

RAOUL.

Quand j'aurai démontré ouvertement que sa lâcheté et sa dangereuse adresse lui ont attiré une confiance dont il est indigne, Valentine...

LÉON.

Valentine te dira elle-même, si ce n'est déjà fait, qu'elle a accepté sa nouvelle position avec toutes ses conséquences. Le monde vous blâme, lui diras-tu? Elle te répondra : ma conscience ne me reproche rien !... Tu ne soupçonneras pas la pureté de celle que tu aimes ! Tu la défendrais le premier si on l'accusait en ta présence !

RAOUL.

Madu est un infâme !

LÉON.

Avant tout, c'est un habile !... Près de lui Michel n'est qu'un enfant incapable de risquer son honneur..... je le crois... et. cependant....

RAOUL.

Pourquoi cette restriction ?

LÉON.

Oh ! rien... quand on est engagé dans cette voie, la pente est glissante...

RAOUL.

Tu sais quelque chose?

LÉON.

Rien, te dis-je !... mais l'avenir est facile à prévoir !

RAOUL.

Que cet avenir soit prochain! voilà ce que je demande...
puisque le mariage de ma sœur est reculé.

LÉON.

Il était décidé?... Tu me le cachais?...

RAOUL.

Je ne m'empresse jamais d'annoncer de mauvaises nouvelles! Mais grâce à ma mère!...

LÉON.

Mon malheur n'en est pas moins certain; il n'est qu'a-
journé.

RAOUL.

Tout n'est pas désespéré.

LÉON.

Que suis-je en effet?

RAOUL.

Comment?... et cette parole éloquente qui m'a fait tres-
saillir moi et tant d'autres?... Je me rappellerai toute ma
vie, ton élan oratoire, les juges qui pleuraient...

LÉON.

Ton amitié t'aveugle!

RAOUL.

Vienne une occasion solennelle, et ta place est marquée!

LÉON.

Merci, ami!... Je te demande pardon, laisse moi revoir
une affaire pressée.

RAOUL., s'assied et ouvre un livre.

A ton aise.

CHEZ LE DOCTEUR.

LES DEUX MALADES conversent à la table.

SAINT-JEAN, à la porte.

Touchant accord! les roués coquins! ils sont ici pour
tromper les clients, s'il en venait, et ils ont assez d'adresse

pour se tromper eux-mêmes. *haut.* Allons, sus, Messeigneurs!
les deux malades se lèvent ; Saint-Jean se place entre eux.

PREMIER MALADE , à Saint-Jean.

Y pensez-vous?

DEUXIÈME MALADE , à Saint-Jean.

Le Prince!

PREMIER MALADE.

Le Duc!

SAINT-JEAN , au premier malade.

Le Duc est aussi fin que toi!

PREMIER MALADE.

Que voulez-vous dire?

SAINT-JEAN , au premier malade.

Bien joué!

PREMIER MALADE.

Il m'a pris pour un Prince!

SAINT-JEAN.

Ne l'as-tu pas pris pour un Duc?

PREMIER MALADE.

Sans doute!

DEUXIÈME MALADE , à Saint-Jean.

Il n'est pas fort ton Prince!

PREMIER MALADE.

Je l'ai roulé ton Duc!

SAINT-JEAN , faisant deux pas en arrière.

Or ça, Messeigneurs, retournez chacun chez vous.

PREMIER MALADE ET DEUXIÈME , en même temps.

Quoi! comment?

SAINT-JEAN.

La farce est jouée!... Duc, ôtez vos lunettes et vos favoris
qui vous déguisaient assez bien! Et vous, Prince, montrez
à nu votre face! *ils se démasquent.*

PREMIER MALADE , reconnaissant l'autre.

Germain!

DEUXIÈME MALADE.

Dupuy!

SAINT-JEAN.

Vous êtes de fiers lapins !... Vous m'avez fourré dedans !...
Et ce qui est plus fort, vous vous êtes floués l'un l'autre.

PREMIER MALADE , au deuxième.

Je t'avais reconnu !

DEUXIÈME MALADE , au premier.

Et moi donc ?

SAINT-JEAN.

Toujours les mêmes ! Vous n'êtes jamais en défaut, mes
drôles ! On vous prend la main dans le sac , et vous niez !

PREMIER MALADE , riant.

Ça fait plaisir de passer pour ce qu'on n'est pas !

SAINT-JEAN.

Oui, quand on n'a rien à perdre !

DEUXIÈME MALADE.

Vrai, je ne me savais pas si fort !

SAINT-JEAN.

Je vous délivrerai des brevets , quand il vous plaira !
Allons ! Retournez dans vos carrosses armoriés et attendez
mes ordres...

PREMIER MALADE.

Ne me payez-vous pas ?...

DEUXIÈME MALADE.

Et moi ?...

SAINT-JEAN.

De quoi, de quoi ?... Vous moquez-vous ?

PREMIER MALADE.

J'attends depuis trop longtemps !

DEUXIÈME MALADE.

Je ne pars pas sans être payé.

SAINT-JEAN.

Ai-je refusé ?

PREMIER MALADE.

C'est ce que nous demandons , Monsieur Saint-Jean.

DEUXIÈME MALADE.

Alors ?

SAINT-JEAN.

Nous sommes d'accord !

PREMIER MALADE.

Sans doute !

DEUXIÈME MALADE.

C'est juste !

SAINT-JEAN.

Eh bien !... revenez demain.

PREMIER MALADE.

Demain ?... c'est toujours la même chanson !

SAINT-JEAN.

On n'est pas satisfait ? Vous êtes pressés , vous autres ?

DEUXIÈME MALADE.

Ce qui est dû est dû !

SAINT-JEAN.

Axiôme des universités d'Arpajon... ou de Nanterre ! En voilà de la logique ! Imbécile ! on dit ce qui est dû sera payé !

PREMIER MALADE.

Demain ?

DEUXIÈME MALADE.

Sûr ?...

SAINT-JEAN.

Je n'ai qu'une parole ! Allons, mes agneaux, déguerpissez !

PREMIER MALADE.

N'oubliez pas !... nous reviendrons !

DEUXIÈME MALADE.

A la même heure !

SAINT-JEAN , les poussant par les épaules.

Je baise les mains à vos Seigneuries... ils sortent. — Saint-Jean leur crie à la porte. Mes respects à Mesdames les Princesse et Duchesse vos épouses... il revient... puis retourne à la porte en criant... et à Messieurs et Mesdemoiselles vos sérénissimes enfants... il revient. Le moment devenait critique, s'ils avaient persisté ?... Voilà pourtant à quoi l'on s'expose en faisant son devoir !... allant à la fenêtre. Monsieur le Docteur n'est pas encore de retour !...

CHEZ LÉON DESPRÈS.

LÉON , écrit. — RAOUL , est endormi.

RAOUL , rêvant.

Valentine ! Valentine !

LÉON , écrivant toujours.

Hein, que dis-tu ?

RAOUL , rêvant toujours.

Valentine !... Entends-moi !

LÉON , même jeu.

Es-tu fou ?

RAOUL , même jeu.

Le Dragon ailé l'emporte dans les nuages. il pousse un cri. Ah !

LÉON , se lève.

Il rêve !...

RAOUL , s'écriant.

C'en est fait. Perdue ! perdue !

LÉON , le réveille.

Quel horrible cauchemar !... Pauvre ami !

RAOUL , se frottant les yeux.

Qu'y a-t-il ?

LÉON , souriant.

Tu rêvais !

RAOUL.

Je ne sais !... En effet ! une abominable torture !

On frappe.

LÉON , inquiet.

Oui , oui... Si tu faisais un tour sur le boulevard ?

RAOUL.

N'a-t-on pas frappé ?

LÉON , préoccupé le conduisant à la porte.

Au revoir Raoul !... Tiens... par ici.

RAOUL.

Songe à ce que je t'ai dit... Ce Madu menace notre fortune
et notre honneur peut-être... et Jéroboam !...

4

LÉON.

Ton rêve n'est-il pas fini?...

RAOUL.

Adieu!...

LÉON.

Adieu, frère!...

Raoul sort ; on frappe de nouveau , Léon va ouvrir.

BAPTISTE , entrebaillant la porte; d'un air narquois.

Monsieur travaille?... On ne peut pas le déranger?...

LÉON , souriant.

Baptiste! tu es un méchant homme!

BAPTISTE.

Madame Chauffard ne tardera pas...

LÉON.

Je suis à ses ordres... tu la feras entrer!

BAPTISTE , s'en allant.

Je n'étais pas fâché de prouver à Monsieur qu'il n'y a pas de règle sans exception , quoiqu'il en dise!

Léon se remet à sa table , et écrit.

CHEZ LE DOCTEUR.

Le Docteur entre et trouve Saint-Jean à la fenêtre.

JÉROBOAM , de mauvaise humeur.

Que fais-tu là?... est-ce ta place? si quelqu'un entrait... tu paraîtrais inoccupé?.... je te l'ai défendu ; je veux que tu sois affairé. Il lui jette son paletot à la figure. Est-il venu quelqu'un?

SAINT-JEAN.

Un Prince allemand et un Duc italien.

LE DOCTEUR.

Tu ne m'en parlais pas?

SAINT-JEAN.

Ils sont partis , Monsieur le Docteur! Soyez sans regret... c'était deux de nos hommes!

LE DOCTEUR , avec mépris.

Niais !... il s'assied. J'ai beau faire... mes ressources s'épui-
sent ! les dettes s'accroissent !... Oh ! la vie , la vie ! En dix
ans un épicier fait fortune ! et moi? toujours le dénuement !
Ce luxe emprunté n'aboutit à rien ;. et mon mariage encore
ajourné !... Serait-ce une défaite? Cette petite pensionnaire
me jouerait-elle? La mère , le frère me sont hostiles !...
se ravisant. Bah ! M. Chauffard commande et il n'acceptera jamais pour gendre ce Léon Després, un avocat sans causes ?
réfléchissant. Ne suis-je pas moi-même un médecin sans malades ?
oui , mais entre nous la différence est grande !...

SAINT-JEAN.

Monsieur...

LE DOCTEUR.

Quoi encore ?...

SAINT-JEAN.

Le tapissier de Monsieur est revenu ; sa note se monte à
4,379 francs 79 centimes !... Il ne veut plus attendre !

LE DOCTEUR.

Ferme lui ma porte ! Il n'attendra pas.

SAINT-JEAN.

J'ai beau faire, il s'obstine, il connaît vos heures de consultations ; en voyant l'embarras des voitures qui stationnent
en bas , il ne peut se persuader que vous soyez absent !

LE DOCTEUR , ironiquement.

Cette affluence de clients devrait pourtant le rassurer...
s'il craint pour sa créance ?

SAINT-JEAN.

Je ne cesse de le lui répéter... Malgré tout il devient exigeant ! Comme chaque jour il reçoit la même réponse , il
doute !

LE DOCTEUR.

S'il veut absolument me voir, conduis-le dans mon cabinet... je m'en charge , puisque tu es assez sot pour ne pas
lui faire entendre raison.

SAINT-JEAN.

Il suffit, Monsieur le Docteur.

LE DOCTEUR , se levant.

A deux heures précises il viendra quelqu'un. il regarde la pendule. Dans cinq minutes ! Tu feras attendre un quart d'heure...
puis tu me préviendras... et lorsqu'il sera temps, tu intro-
duiras. se parlant. Que me veut Monsieur Madu ? Je me perds
en conjectures !... C'est un homme important et à ne pas
négliger. à Saint-Jean. Congédie les voitures , et surtout qu'on
ne relève les stores qu'au détour de la rue.

Jéroboam sort.

SAINT-JEAN.

Excellente précaution !

Saint-Jean sort.

CHEZ LÉON DESPRÈS.

(Léon écrit ; on frappe à sa porte ; il se lève et va ouvrir.

LÉON, MADAME ET MADEMOISELLE CHAUFFARD entrent.

LÉON , très-ému.

Madame !... Mademoiselle !... il offre des chaises ; elles s'asseoient.

Mme CHAUFFARD.

Vous paraissez surpris ?... Je comptais amener Raoul,
mais de la journée je ne l'ai vu !

LÉON.

Il était ici il y a quelques minutes !

Mme CHAUFFARD.

Comme j'agis dans l'intérêt de ma famille, je désirais que
mes enfants assistâssent à l'entretien.

LOUISE , à Léon.

J'ignorais le motif !

LÉON.

Je suis fier de votre confiance , Madame , je m'efforcerai
de la mériter.

Mᵐᵉ CHAUFFARD.

Ma visite vous en dira plus que mes paroles.

LÉON.

Merci, Madame, merci!...

Mᵐᵉ CHAUFFARD, changeant de ton.

Que faire, Monsieur Desprès, dans la prévision d'éventualités désastreuses?... M'en prendrai-je brutalement à mes droits?... La publicité donnée à un pareil acte ne sera-t-elle pas de nature à ébranler le crédit de Monsieur Chauffard?... Je renoncerais plutôt à tout, l'avenir de mes enfants dût-il en souffrir.

CHEZ LE DOCTEUR.

(Deux heures sonnent chez le Docteur.)

SAINT-JEAN.

Ah ! deux heures !...

CHEZ LÉON DESPRÈS.

LÉON.

La question est délicate ; elle demande des réflexions !

Il feuillète son Code.

CHEZ LE DOCTEUR.

(On frappe ; Saint-Jean va ouvrir.)

M. MADU.

Monsieur le docteur Jéroboam de Saint-Froult.

SAINT-JEAN.

Le nom de Monsieur ?

M. MADU.

C'est inutile !

SAINT-JEAN.

Monsieur le Docteur est fort occupé ; si Monsieur voulait se donner la peine d'attendre, j'irais voir !

Saint-Jean sort, M. Madu ouvre un journal.

CHEZ LÉON.

(Léon lit l'article de la loi.

CHEZ LE DOCTEUR.

(M. Madu qui s'est assis et levé plusieurs fois avec impatience, s'arrête devant un tableau et lorgne.)

M. MADU.

Hippocrate refusant les présents d'Artaxerces !... Bien ! Règle générale : Quiconque fait parade de sa vertu est vicieux, de sa probité est un fourbe !... Par ce tableau j'augure favorablement de ma visite. Décidemment M. de Saint-Froult est mon homme !... à Saint-Jean qui reparaît. Votre maître est visible !

SAINT-JEAN.

Quelques minutes encore, Monsieur, s'il vous plaît !

Saint-Jean sort.

CHEZ LÉON.

Mme CHAUFFARD.

Je vous remercie, Monsieur, de vos excellents avis ; une reprise de droits dans de pareilles conditions serait un acte malhonnête, j'y renonce.... et je n'oublierai jamais vos conseils.

LÉON.

Que ne puis-je davantage ?.... Si des exigences rigoureuses m'éloignent de votre maison, j'emporte du moins le souvenir ineffaçable de vos bontés.

Mme CHAUFFARD, se dispose à partir ; bas à Léon.

Me serais-je fait accompagner par Louise, si je ne vous considérais pas toujours comme un second fils ?

LÉON.

Merci mille fois, Madame ! il la salue très-respectueusement et saisit la main de Louise qu'il porte à ses lèvres.

Léon, Mme et Mlle Chauffard sortent, Baptiste rentre.

CHEZ LE DOCTEUR.

M. MADU, puis un TAPISSIER.

SAINT-JEAN, rentrant.

Monsieur le docteur de Saint-Froult m'a donné l'ordre d'introduire Monsieur.

M. Madu entre dans le cabinet dont Saint-Jean ouvre la porte. — Saint-Jean revient sur la scène.

SAINT-JEAN.

Pour le coup, voilà un vrai client !... on frappe. Qu'est-ce encore ? entre le tapissier. Toujours vous, Monsieur ?

LE TAPISSIER.

C'est moi ! Il faut en finir !... Trouverez-vous de nouveaux subterfuges ?

SAINT-JEAN.

Mon ami, vous le prenez sur un ton singulier ! Vous choisissez mal votre temps !

LE TAPISSIER.

Je sais à quoi m'en tenir sur la solvabilité de votre maître !

SAINT-JEAN, d'un ton de mépris,

Si nous faisons l'honneur à un homme comme vous de lui accorder quelque confiance, et c'est un tort, dans aucun cas, sachez-le, nous ne tolérons ses impertinences.

LE TAPISSIER.

Quand on est si fier, on paie ses dettes !

SAINT-JEAN.

Qui vous dit le contraire.

LE TAPISSIER, tendant la main.

Nous sommes d'accord ; j'attends !

SAINT-JEAN, avec hauteur.

N'avez-vous pas un compte à régler avec nous ?

LE TAPISSIER.

Peut-être !... Lequel doit à l'autre ?

SAINT-JEAN.

Présentez le vôtre , nous verrons. Vous le demandez ?

Il cherche son grand livre.

LE TAPISSIER.

Je me suis cassé une jambe , j'ai mandé mon médecin...
A ce moment votre maître tombé par hasard chez moi pour
m'acheter un meuble de salon... celui-ci précisément, qu'il
me doit encore , a voulu me voir... il a tellement entortillé
ma femme qu'il a supplanté son confrère.

SAINT-JEAN.

Vous reconnaissez la dette ?

LE TAPISSIER.

Il ne m'a pas guéri !

SAINT-JEAN.

Toujours l'ingratitude ! On choie les médecins quand on
a besoin d'eux ; plus tard, on ne leur tire même pas un coup
de chapeau !

LE TAPISSIER.

Je ne suis pas guéri , vous dis-je... je boiterai le reste de
ma vie.

SAINT-JEAN , avec dédain.

Votre médecin vous aurait tué !

LE TAPISSIER.

Bah !

SAINT-JEAN.

J'en suis sûr !

LE TAPISSIER.

Finissons !

SAINT-JEAN , présentant un compte.

Voici la note des honoraires de M. le docteur de Saint-
Froult.

LE TAPISSIER , lisant.

Quatre mille cinq cents francs soixante-quinze centimes !...
C'est une horreur ! A ce compte-là je lui devrais ?...

SAINT-JEAN.

Que voulez-vous ?... Monsieur ne surfait pas !

LE TAPISSIER.

Maîs je suis père de famille !

SAINT-JEAN.

Il ne fallait pas vous casser la jambe... Et Monsieur ?

LE TAPISSIER.

Il est marié ?

SAINT-JEAN.

Vous et vos pareils, ses créanciers, n'êtes-vous pas sa famille ?... Et comment voulez-vous qu'il vous paie, vous ses créanciers, si vous ses débiteurs ne le payez pas ?...

LE TAPISSIER.

Vous plaisantez ?...

SAINT-JEAN.

Jamais *Môssieu*, quand il s'agit des affaires de mon illustre maître !...

LE TAPISSIER.

Je plaiderai !...

SAINT-JEAN.

Nous plaiderons ! à part, La publicité ne préjudicie pas !. Nous connaissons notre art et nous exigeons des honoraires en rapport avec nos éminents services, deux conditions essentielles pour s'enrichir !... Vous perdrez !...

LE TAPISSIER.

Je gagnerai !...

SAINT-JEAN.

Et vous paierez les frais !...

LE TAPISSIER.

J'en aurai le cœur net ; je cours chez un huissier.

Il sort.

SAINT-JEAN, l'accompagnant.

Au plaisir de ne plus vous revoir ! à part. Monsieur le Docteur sera content de moi !... Je n'ai pas trop mal mené cette affaire !

Entrent le Docteur et M. Madu.

LE DOCTEUR.

Saint-Jean, sortez !

Saint-Jean sort ; le Docteur ferme la porte.

M. MADU.

Donc, je ne vous connais pas... je ne suis pas venu chez vous, aujourd'hui, 4 septembre 1867... *s'interrompant.* Répondez-vous de ce domestique ?

LE DOCTEUR.

Comme de moi-même !...

M. MADU.

Je vous ai rencontré une fois... chez M. Chauffard... par hasard ! Lorsque le moment sera venu, une voiture s'arrêtera à votre porte, vous y monterez et vous laisserez conduire sans chercher à savoir jamais le nom de la rue ou des personnes chez lesquelles vous irez ; et si... par hasard on vous interroge jamais... vous auriez tout oublié.

LE DOCTEUR.

Cependant ?...

M. MADU.

Rappelez-vous, Monsieur ! S'il en était autrement, serais-je ici, chez vous, à cette heure ? Rappelez-vous qu'une grande fortune passerait dans des mains indignes, et qu'une action condamnée peut-être par notre société, trouvera sa justification devant un autre juge !

LE DOCTEUR.

Je ne fais pas d'appréciation... la loi m'oblige au secret... et ce secret, je le garde, voilà tout !

M. MADU.

Cela ne me suffit pas à moi ! car, à vos yeux je paraîtrais entrer dans quelque complicité coupable ; or, sachez qu'il n'en est rien !

LE DOCTEUR.

Vous m'avez demandé mon concours pour un acte secret de mon ministère, j'accepte, et en me taisant je remplis un devoir.

M. MADU.

Votre haute raison vous amènera, je n'en doute pas, à mieux me comprendre ! — Nous sommes d'accord sur le

secret, nous nous entendrons sur le reste!.... Voici les
20,000 francs convenus... je compte sur vous !

LE DOCTEUR.

Vous avez ma parole !

M. Madu sort.

C'est le chemin de la fortune ! Un mariage qui ne m'échap-
pera pas... il le faut, je le veux ! Une clientelle assurée !...
Un brillant patronage ! 20,000 francs qui me sauvent des
criailleries des créanciers les plus exigeants !... Dans cette
affaire, après tout, je me conforme à la loi... je garde le
secret !... D'ailleurs, qui pourrait l'ébruiter ?... Allons, encore un peu d'habileté et l'avenir est à moi !

Saint-Jean reparaît, lui met son paletot et le docteur sort triomphant.

CHEZ LÉON.

LÉON DESPRÈS , *rentre pendant les derniers mots , se dirige vers son bureau.*

Je ne puis me faire un mérite de mon travail ! L'étude,
c'est un besoin, c'est toute ma vie ! Mais Louise ? Pour
l'obtenir il me faut une position digne d'elle !... Allons, pas
de défaillance et Dieu, je l'espère, me viendra en aide.

ACTE TROISIÈME.

Un salon chez M. Chauffard.

SCÈNE PREMIÈRE.

M. CHAUFFARD, Mme CHAUFFARD, RAOUL.

M. CHAUFFARD.

Louise serait difficile !... Monsieur le docteur Jéroboam-Michel de Saint-Froult a un nom !

RAOUL.

Comment donc ? Les Montmorency tiennent leurs titres de leurs aïeux ; Monsieur de Saint-Froult, lui, a conquis le sien par sa valeur personnelle.

M. CHAUFFARD, à Raoul.

Qui vous parle ? —

RAOUL.

Autrefois il se nommait Michel tout court.

M. CHAUFFARD, à Raoul.

Paix !... à sa femme. Ses relations sont on ne peut plus recommandables !

RAOUL, emphatiquement.

L'amitié d'un Madu, c'est un bienfait des dieux !

M. CHAUFFARD, à Raoul.

Te tairas-tu ? à sa femme. Une clientelle considérable !

RAOUL.

Et des mieux méritées !... Il n'est pas d'indisposition qu'il ne transforme en maladie ; aucun de ses malades gravement atteints n'en réchappe... il est vrai qu'ils ne s'en sont jamais plaints !

M. CHAUFFARD.

Encore ?

RAOUL.

Ces choses-là arrivent aux plus grands médecins !

M. CHAUFFARD , lève les épaules.

A sa femme. Du talent réel !

RAOUL.

Votre tapissier , qui est le sien, vous en dira long à cet égard. Ce malheureux s'était cassé la jambe... une fracture simple qui guérissait d'elle-même en la confiant aux seules forces de la nature... mais grâce aux soins éclairés de M. de Saint-Froult son malade marche droit... très-droit... à la condition pourtant d'avoir un pied dans l'allée des orangers et l'autre sur la terrasse des Feuillants.

M. CHAUFFARD , fait un geste de menace à Raoul.

A sa femme. Son humanité lui gagne tous les cœurs !

RAOUL.

Il n'a demandé à ce même tapissier pour l'avoir estropié , qu'une bagatelle de 4,500 francs 75 centimes , il est vrai que M. de Saint-Froult lui devait un peu moins.

M. CHAUFFARD , exaspéré.

Tant d'insolence !

RAOUL.

Tu ne le connais pas , mon père , et moi , je lis dans mon Jéroboam à livre ouvert.

M. CHAUFFARD , à sa femme.

Il mène un train de prince !

RAOUL.

Tant va la cruche à l'eau !... Patience !

M. CHAUFFARD.

Monsieur le bien informé , où puisez-vous ces renseignements ?

RAOUL.

A des sources certaines.

M. CHAUFFARD.

Malveillance !

RAOUL.

Je m'indigne de voir un fourbe s'emparer de ton estime...
un effronté charlatan se poser en savant... j'ai déclaré la
guerre à tout ce qui est fausseté et mensonge... tu ne ma-
rieras pas Louise à cet homme ?

M. CHAUFFARD.

Ah ! vous avez décidé ?

Mme CHAUFFARD , sévèrement à Raoul.

Raoul !

RAOUL , à son père en souriant.

Mes fautes, mon père, ne seront jamais à la hauteur de
ton indulgence.

M. CHAUFFARD.

C'est heureux !

RAOUL.

Et jamais tu ne mettras en doute mon respect et mon
amour pour toi... mais la vérité se fera !

M. CHAUFFARD.

C'est cela ! vous vous garderez de me dire en face : je ne
veux pas quand j'ai dit : je veux ! mais par vos insinuations
vous amoindrirez mon pouvoir ! vous ne vous révoltez pas
ouvertement contre votre père, ce qui serait un crime, mais
vous sapez sourdement mon autorité.... ce qui est une
lâcheté.

RAOUL.

Mon père !

M. CHAUFFARD.

Cette tactique réussit quelquefois... mais avec d'autres !...
Je ne suis pas de ces hommes qui tournent à tout vent ! j'ai
la force de mon opinion et rien ne me fait changer ! Votre
sœur épousera dans huit jours le docteur de Saint-Froult ;
j'ai dit, ce sera !

RAOUL.

Si Louise est malheureuse ?

M. CHAUFFARD.

Parbleu je vous trouve osé ! Est-ce que cela vous regarde ? vous servez ici je ne sais quelle cause, et par votre maladresse, sans vous en douter, vous nuisez à vos prétendus amis.

RAOUL.

Je t'assure...

M. CHAUFFARD.

Plus un mot !

Mme CHAUFFARD, à Raoul.

Enfant, tu as irrité ton père !

RAOUL, à sa mère avec étonnement.

Ma pensée, c'est la tienne.

Mme CHAUFFARD, souriant.

Nous nous exprimons différemment !

Raoul se met à l'écart.

M. CHAUFFARD, à sa femme.

Le caractère de Raoul devient de plus en plus difficile ! Il me heurte sans cesse ! Je prendrai un parti violent à son égard...

Mme CHAUFFARD.

Il est meilleur qu'il ne paraît !

M. CHAUFFARD, à sa femme.

Tu m'as entendu ?... J'ai décidé que ce mariage se célébrerait dans huit jours, et rien au monde ne me fera revenir sur cette décision.

RAOUL, à part.

C'est ce que nous allons voir !

Mme CHAUFFARD, doucereusement.

Je crois M. de Saint-Froult un galant homme !

M. CHAUFFARD, étonné.

N'est-ce pas ?... Je craignais de l'opposition de ta part !

Mme CHAUFFARD.

Et pourquoi ?

M. CHAUFFARD.

Pardonne-moi, chère amie !

Mme CHAUFFARD.

Je me soumets toujours à ta volonté , et ce n'est pas dans
une circonstance aussi grave que je voudrais te contrarier.

M. CHAUFFARD.

Digne et excellente femme , tu ne saurais croire combien
je suis heureux de te voir dans de semblables dispositions...
Eh bien , te le dirai-je ? plus on m'aurait résisté, et plus je
me serais opiniâtré... je l'aurais peut-être regretté plus tard,
mais j'aurais été inflexible !

RAOUL , à part.

Vraiment ?... Alors c'eût été la première fois.

Mme CHAUFFARD.

Tu n'as personne ici à consulter , il me semble !

RAOUL , à part.

Oh ! ma mère ! ma mère !

Mme CHAUFFARD.

Chef de la famille, tu juges souverainement !

M. CHAUFFARD.

Non , non , tu vas trop loin. Je suis fort dans mes convictions , c'est vrai, mais jamais exigè-je quelque chose de
déraisonnable ?

RAOUL , à part.

Mère, comment sortiras-tu de cette impasse ?

Mme CHAUFFARD.

Tu as arrêté ce mariage ? ce mariage se fera ! — Louise
n'y est pas opposée.

M. CHAUFFARD.

Je le crois pardieu bien !

Mme CHAUFFARD.

Si elle avait eu de ces répugnances invincibles ?...

M. CHAUFFARD , brusquement.

Elle les aurait surmontées !

Mme CHAUFFARD.

Sans doute !... comme il n'en est rien , je ne vois pas la
nécessité de créer des impossibilités pour se donner le
plaisir de les combattre.

M. CHAUFFARD.

Je suis meilleur juge qu'elle là dedans.

RAOUL, à part.

C'est un peu fort !

Mme CHAUFFARD.

Ses folles rêveries de jeune fille ont dû s'envoler devant les sages mesures que tu as prises... et aujourd'hui, tout souvenir est effacé.

M. CHAUFFARD.

Ah ! tu fais allusion à ce Desprès !

RAOUL, à part.

A propos, parlons-en.

M. CHAUFFARD.

Louise avait trop de bon sens pour persister ; j'ai tranché un peu dans le vif.

Mme CHAUFFARD.

Oh ! très-nettement !... très-lentement et épiant son mari. Tu n'aurais jamais consenti ?

M. CHAUFFARD.

Moi ?... je serais une poule mouillée ?... je n'aurais plus osé me regarder en face !

Mme CHAUFFARD.

Alors, il était prudent d'en finir tout d'un coup.

M. RAOUL, à part.

Pauvre Léon !

M. CHAUFFARD.

Quelle différence entre les deux prétendants !

RAOUL, à part, avec un soupir.

Ah ! oui !

M. CHAUFFARD.

L'un sans avenir, sans connaissance du monde, dépourvu des qualités nécessaires à notre époque pour parvenir ; l'autre, au contraire, admirablement doué !... une réputation solidement établie !

5

Mme CHAUFFARD , distraite.

Très-certainement... cependant... il y aurait peut-être du danger à brusquer les choses.

RAOUL , à part.

Allons donc ! arrivons-nous ?

Mme CHAUFFARD , continuant.

Ne vaudrait-il pas mieux attendre que les illusions de Louise , dont elle est revenue du reste , tombassent complètement et d'elles-mêmes ?

M. CHAUFFARD.

Je ne vois pas trop pourquoi !... Après tout je ne dis pas non.

Mme CHAUFFARD.

En paraissant imposer à une jeune fille quelque soumise qu'elle soit, une volonté même très-légitime, on doit redouter d'éveiller en elle un sentiment de résistance.

M. CHAUFFARD , d'un air de doute.

De la part de Louise ?...

RAOUL , à part, mais plus haut.

Je le craindrais !...

M. CHAUFFARD , à Raoul.

De quoi vous mêlez-vous ?

Mme CHAUFFARD.

Le temps fait bonne justice de ces fantaisies d'enfant !

M. CHAUFFARD , hésitant.

Je tenais à ce que ce mariage se fît promptement.

Mme CHAUFFARD.

Pas plus que moi !... seulement...

RAOUL , à part.

Enfin... nous y voilà !

M. CHAUFFARD.

Comme toi je n'y vois pas grand inconvénient. Un ajournement n'est pas une rupture ; puis la santé de Louise est loin d'être parfaite.

Mme CHAUFFARD , avec câlinerie.

Un mois, qu'en penses-tu ?

M. CHAUFFARD.

Va pour un mois ! Si après ce temps elle ne se rétablissait pas ?...

Mme CHAUFFARD, vivement.

La maladie serait sérieuse ! .. Alors... il faudrait....

M. CHAUFFARD, hésitant.

Eh ! oui... ce mariage:...

RAOUL, à part.

Bien joué !

Mme CHAUFFARD, vivement, s'apercevant qu'elle a entraîné M. Chauffard plus loin qu'elle ne voulait.

Ne nous arrêtons pas à de semblables suppositions... d'ailleurs „ tu as résolu !

M. CHAUFFARD, se réveillant en sursaut.

Sans doute, et quand j'ai pris une résolution, je ne transige pas.

Mme CHAUFFARD, à part à Raoul.

Maintenant je suis tranquille !

RAOUL, à sa mère.

Avant un mois, je le jure, le Jéroboam aura vécu dans l'estime paternelle.

M. CHAUFFARD, revenant... à sa femme.

Ce délai ne paraîtra pas trop long à Louise ?

Mme CHAUFFARD.

A-t-elle jamais murmuré contre tes ordres ?

M. CHAUFFARD, à Raoul.

Il n'en est pas même de toi !

Mme CHAUFFARD.

Tu le traites durement.

M. CHAUFFARD.

Il le mérite !..... Comment, il me résiste avec de tels exemples sous les yeux !... Car toi, as-tu jamais combattu mes projets... à Raoul. et tu prétendrais me diriger ? Eh bien, oui !

SCÈNE II.

LES PRÉCÉDENTS, LOUISE.

RAOUL, allant au-devant de Louise.

Un mois de gagné, c'est plus qu'il ne faut !

Louise chancelle, sa mère se précipite vers elle.

Mme CHAUFFARD.

Tu pâlis ! mon enfant !

M. CHAUFFARD.

Eh ! quoi !... lorsque je m'occupe de son bonheur ?

Mme CHAUFFARD.

Je n'y comprends rien ; au moment où elle allait mieux !

M. CHAUFFARD.

Qu'on amène le docteur de Saint-Froult.

LOUISE, se remettant.

Non, non, bon père, ce ne sera rien !

M. CHAUFFARD.

Voyez, son nom seul opère !

Mme CHAUFFARD.

Nous suivrons les conseils de l'excellent docteur Brivin ; aux premiers jours du printemps nous irons à la campagne.

M. CHAUFFARD.

Qu'en pense le docteur de Saint-Frould ?

Mme CHAUFFARD.

Je ne lui en ai pas parlé.

M. CHAUFFARD.

Il faut le consulter !... Je tâcherai d'être de la partie. J'ai lorgné un cottage à Ville-d'Avray où vous trouverez tous les charmes de la villégiature... Auparavant, je mettrai mon affaire en bon chemin... j'attends ces messieurs !

Mme CHAUFFARD.

Prends garde ! les spéculations, les plus belles en apparence sont souvent illusoires ; si malgré tes prévisions, ta fortune était compromise ?

M. CHAUFFARD.

Comment dis-tu cela?

Mme CHAUFFARD.

Tu es très expérimenté... mais tu es aussi très honnête*
homme; et en affaires...

M. CHAUFFARD.

Il y a des maladroits !... Cet ingénieur serait un niais qui
laisserait à un vaisseau une fissure par laquelle l'eau s'infil-
trant peu à peu le ferait sombrer infailliblement tôt ou tard...
En affaires, je me gare des fissures.

Mme CHAUFFARD.

Oh! je le sais, tu prévoiras tout ce qu'il est donné à la
sagesse humaine de prévoir, mais il est des accidents...

M. CHAUFFARD.

Alors, tu comprends !

Mme CHAUFFARD.

N'est-ce pas assez pour inquiéter ?

M. CHAUFFARD.

Le seul risque à courir !...

Mme CHAUFFARD.

As-tu trouvé des capitalistes associés?

M. CHAUFFARD.

Les premières maisons de la finance... MM. Mériel et Cie,
Bourget frères, etc., etc., puis MM. Delacroix, Madu,
Sylvestre, le docteur de Saint-Froult...

Mme CHAUFFARD.

MM. Madu; de Saint-Froult?

M. CHAUFFARD.

Sans occuper précisément une haute position financière,
ils jouissent d'un immense crédit. Ne t'y trompe pas, leurs
relations, leur expérience, leur habileté, nous seront d'un
grand secours.

Mme CHAUFFARD.

M. Madu, te le dirai-je, m'inspire peu de sympathie; il a
le regard froid et scrutateur.

M. CHAUFFARD.

Raoul aura déteint sur toi !

RAOUL.

Moi, je n'ai pas de prévention... je suis convaincu !

M. CHAUFFARD, à Raoul.

Que m'importe... MM. Madu et de Saint-Froult sont des hommes éminents, je m'honore de leur amitié... Voilà d'excellentes raisons pour que monsieur mon fils n'en fasse aucun cas.

RAOUL, avec dédain.

Je n'ai pour eux que du mépris !

Mme CHAUFFARD, bas à Raoul.

Tu gâterais la meilleure cause !

M. CHAUFFARD.

Ah ! on le prend sur ce ton avec moi !... Tu ne crains donc pas ma colère ?

RAOUL.

Mon père !

Mme CHAUFFARD, à Raoul.

Mauvais enfant !

M. CHAUFFARD.

Sors à l'instant ! — Non, non, reste... je sortirai plutôt puisque je ne suis plus rien ici.

M. Chauffard sort.

SCÈNE III.

Mme CHAUFFARD, LOUISE, RAOUL.

Mme CHAUFFARD, sévèrement à Raoul.

Tu manques de respect à ton père !

RAOUL.

Je n'ai pas ta prudence et je combats à visage découvert...

Mme CHAUFFARD.

En es-tu plus sage ?

RAOUL , prend son chapeau.

Je vais de ce pas...

Mᵐᵉ CHAUFFARD.

Où encore... Raoul, tu me rendras folle !

RAOUL.

J'ai besoin d'un dernier renseignement , et alors je t'assure...

SCÈNE IV.

Mᵐᵉ CHAUFFARD , LOUISE , CHAUFFARD.

M. CHAUFFARD , entrant par une porte de cabinet au moment où Raoul sort par la porte du fond.

Va ! va ! passe ta vie dans l'oisiveté... Prodigue , tandis que je vieillis et m'use dans les soucis de toutes sortes... il revient. Il m'a mis hors de moi !

Mᵐᵉ CHAUFFARD.

Il a un bon cœur.

M. CHAUFFARD.

Ouais !... n'en parlons plus... j'ai perdu le fil de mes idées... Trois heures bientôt ! On entend sonner. On sonne !

Mᵐᵉ CHAUFFARD , se retirant.

Il est inutile de te recommander de te tenir sur tes gardes !

M. CHAUFFARD.

Ce qui dans ta bouche équivaut à ces paroles : ne tente rien , brise plutôt le destin qui t'entraîne !... C'est impossible , tu ne le vois donc pas ? à Louise. Je serai encore , moi , ton meilleur médecin !... Je réussirai et de bonnes petites couleurs ne tarderont pas à reparaître sur ces joues que j'embrasse... Allez, allez.

Elles sortent.

SCÈNE V.

M. CHAUFFARD , seul.

Ah ! on doute de ma force, et chez moi ! Leur crainte
décuple ma puissance ! Oui, je saurai réunir des intérêts qui
semblent s'exclure. En faisant de bons placements de capitaux , je réaliserai des inventions dues au génie humain...
j'immortaliserai le nom de Chauffard ! Trois heures sonnent... il regarde
la pendule. Ah ! déjà !...

SCÈNE VI.

Des fauteuils sont disposés des deux côtés de la scène ; à droite pour les Capitalistes , à gauche pour les Inventeurs. Une table au milieu, un verre d'eau sucrée , une carafe ; un domestique range.

M. CHAUFFARD , un Domestique.

LE DOMESTIQUE , annonce.

Monsieur Mériel et Compagnie !...

M. CHAUFFARD , saluant.

Monsieur !

AGENT MÉRIEL.

Monsieur , je me rends avec empressement à votre invi-
tation. M. Mériel et Cie vous prie de recevoir ses excuses.

M. CHAUFFARD.

Vous n'êtes pas M. Mériel lui-même ? Comme je n'ai pas
l'honneur de le connaître personnellement...

AGENT MÉRIEL.

Je suis fondé de pouvoirs.

M. CHAUFFARD , désappointé.

Monsieur , soyez le bienvenu.

LE DOMESTIQUE , annonçant.

Monsieur Bachu !

M. CHAUFFARD , va à sa rencontre , lui donne la main.

Mon cher Bachu , que je suis heureux de vous voir ! La

question est sérieuse... nous tirons l'épée ; vous avez résolu le problème ; grâce à vous , la navigation aérienne est une vérité.

M. BACHU.

Oui , oui , je changerai la face du monde !

M. CHAUFFARD.

Reposez-vous sur moi !

M. BACHU.

Vous m'y avez habitué... nos deux noms sont désormais inséparables !

LE DOMESTIQUE , annonçant.

MM. Bourget frères et Compagnie !

M. CHAUFFARD , allant au-devant.

Que je vous remercie M. Bourget frères et Cie d'être venu...

AGENT BOURGET.

MM. Bourget frères et Cie m'ont délégué près de vous.

M. CHAUFFARD , désappointé.

Ah ! MM. Bourget frères et Cie !...

AGENT BOURGET.

Ils sortaient , quand des banquiers allemands sont entrés chez eux pour traiter d'un chemin de fer qui reliera la France et la Russie.

M. CHAUFFARD.

Ah ! une nouvelle voie ferrée ! Question purement industrielle offrant peu d'attrait aux esprits élevés...

AGENT BOURGET , se récriant.

L'affaire est superbe !

M. CHAUFFARD , d'un air de doute.

Oui , oui... je n'en disconviens pas du moment que vous l'affirmez.... Mais MM. Bourget frères seront autrement séduits dès qu'ils connaîtront nos projets... du reste vous allez en juger par vous même.

Ils se saluent.

LE DOMESTIQUE , annonce successivement.

M. Sylvestre !... M. Lannoy... M. Chauffard va au-devant de chacun d'eux.
M. le docteur Jéroboam de Saint-Froult !

M. CHAUFFARD.

Arrivez donc, cher Docteur... les troupes sont au complet,
la bataille sera chaude !

LE DOMESTIQUE , annonçant.

Monsieur Madu !

M. CHAUFFARD , avec empressement.

J'étais dans l'anxiété , vous n'arriviez pas ! Je n'aurais pas
ouvert la séance sans vous !

M. MADU.

Vous vous exagérez mon importance !

M. CHAUFFARD.

Pas de modestie avec moi !... ce serait inutile ! indiquant les
sièges. Voici des sièges , Messieurs ! Tout le monde s'assied , les capitalistes
à droite , les inventeurs à gauche , en avant, d'un côté , agent Mériel , et agent Bourget , et de
l'autre Bachu ; le docteur et Madu se placent près de M. Chauffard , qui reste debout devant la
table.

M. CHAUFFARD , lisant.

« Messieurs ,

» Mon journal les *Arts Utiles* , dont le succès a dépassé
mes espérances, vous a initiés déjà au but de cette réunion...
permettez-moi, Messieurs , néanmoins de faire une récapi-
tulation sommaire... D'abord, Messieurs, je vous remercie !...
L'empressement des sommités financières... Il s'arrête et rectifie son
idée... cessant de lire. Elles se sont fait représenter , vu leurs nombreuses occupations... et j'ose dire qu'elles sont bien honorablement représentées..... Il salue MM les agents Bourget et Mériel qui se
lèvent et rendent le salut. — M. Chauffard reprend sa lecture.

» L'empressement des sommités financières..... embarras.
prouve plus que tous les discours , la nécessité de l'union
de l'invention et du capital. Il est en outre une manifes-
tation éclatante et la protestation la plus énergique contre
les accusations banales et dérisoires, sans portée, d'égoïsme,
adressées aux hommes d'argent.... L'Europe tressaillira en
l'apprenant. Du côté des capitalistes on entend des : Bravo , bravo.

» Quant à vous , Messieurs les inventeurs, dont les travaux , les veilles , ont arraché , une à une , à la science, ses

plus sublimes découvertes, portez la tête haute... vous êtes
l'orgueil de l'humanité, le chaînon qui relie la créature au
créateur !... Venez à nous, et vous verrez bientôt que nous
sommes dignes de vous comprendre !

Du côté des inventeurs on entend : bravo ! bravo ! — M. Chauffard
boit de l'eau sucrée et reprend sa lecture.

» Messieurs !... hum, hum !... nos opérations ne sont pas
aléatoires... nous tenons à la main le flambeau de la cer-
titude... Je ne vous propose pas de ces spéculations fréné-
tiques où s'engloutissent en une heure les fortunes les plus
considérables, et dont on ne se relève qu'en recourant à
des expédients honteux souvent, ou à des nouvelles men-
songères...

AGENT BOURGET, se lève.

Les jeux de bourse sont qualifiés durement par l'honorable M. Chauffard... Si de fausses nouvelles répandues à
dessein ont produit des hausses ou des baisses dans les
cours, il ne faut pas en inférer que les choses se passent
toujours ainsi... du reste, de pareilles supercheries sont
rendues désormais impossibles.

M. CHAUFFARD.

Je respecte l'opinion de l'honorable M. Bourget frères
et Cie, mais quoi qu'il en soit, je persiste à mettre les affaires
dont nous nous occupons bien au-dessus de celles de la
Bourse.

AGENT BOURGET, froidement.

Libre à vous, Monsieur... cette pensée vous est personnelle ; on ne saurait la généraliser d'une manière absolue.
Il se rassied.

BACHU, se levant, se frappe la poitrine.

Moi qui vous parle, Messieurs, j'ai inventé une mécanique qui bouleversera l'univers, et je n'entends rien à tout
ce que vous dites... seulement je suis de l'avis de ce bon
Monsieur Chauffard. On rit, il se rassied.

M. CHAUFFARD, calmant Bachu.

Bachu !... Bachu !... ce n'est pas le moment !.

AGENT BOURGET , se lève.

Messieurs , la bourse est la bourse ; je sais qu'il n'est pas donné à tout le monde de comprendre ces opérations !

Agitation.

M. CHAUFFARD.

Messieurs !... Messieurs... nous sommes en dehors de la question...

UN CAPITALISTE , de mauvaise humeur.

Grâce à vous !

M. CHAUFFARD.

Je croyais utile de caractériser nos intentions , pour que personne ne prit le change sur notre moralité , car à la Bourse...

AGENT BOURGET , se lève.

Vous y revenez , c'est intolérable !

M. CHAUFFARD.

Eh bien , non , non ! je vous demande pardon, messieurs, je rentre dans la question...

UNE VOIX , parmi les capitalistes.

C'est plus prudent ! Agitation ; on entend : chut ! chut ! le bruit redouble. M. Chauffard agite sa sonnette à plusieurs reprises ; enfin le silence se rétablit , M. Chauffard tousse, boit et lit. Que de découvertes admirables sont restées enfouies dans l'obscurité faute d'une protection honnête et désintéressée !

Du côté des inventeurs on entend : « Bravo , c'est cela ! » — Du côté des capitalistes on entend : « Hein ? comment ? désintéressée. »

M. CHAUFFARD.

Dès qu'une invention utile apparaît , il faut s'en emparer !

On entend confusément parmi les inventeurs : « Comment , s'en emparer , s'en emparer ! »

M. CHAUFFARD.

Messieurs , je réclame votre indulgence ; mes paroles rendent imparfaitement ma pensée.... Depuis que nous n'avons plus de régime parlementaire , il n'est plus permis à tout le monde d'être orateur !...

M. BACHU , se levant.

Pourquoi avez-vous dit qu'il fallait s'emparer des inventions !

M. CHAUFFARD.

Cela signifie, je crois, qu'une fois l'utilité d'une invention reconnue, nous lui donnerons aide et protection.

M. BACHU, se rassied.

A la bonne heure !... rires.

M. CHAUFFARD.

Messieurs, faisons la part à chacun, aux inventeurs de génie, la gloire ! mais comme ils ne peuvent se produire seuls, ils s'appuieront sur les capitalistes.

Du côté des inventeurs on entend : « Comment, comment ? »

LES CAPITALISTES.

Ecoutez !

M. CHAUFFARD, aux inventeurs.

Offrez des avantages sérieux au capital.

LES CAPITALISTES.

Oui, oui, c'est la question !

M. CHAUFFARD.

Sinon il vous échappe, et vous êtes obligés de recourir à des moyens fallacieux et vous devenez la proie d'une honteuse exploitation.

BACHU.

Précisez !

LES INVENTEURS, faisant chorus.

Oui, oui, précisez, précisez !

M. CHAUFFARD.

Nous entrons dans le vif. On entend : « écoutez, écoutez ! » Dans mon projet, le capital commandite la découverte.

TOUS.

Très-bien ! très-bien !

AGENT MÉRIEL.

A quelles conditions ?

BACHU.

L'invention n'est-elle pas un capital ?

M. CHAUFFARD.

Qui le conteste ? Voici ma proposition ; je la formule très succinctement. L'invention considérée par l'association

comme digne de patronage est capitalisée pour le tiers...
bruit. en d'autres termes, si deux millions, par exemple, sont
nécessaires pour réaliser une découverte, l'invention est
estimée un million et le capital social est de trois millions.

AGENT BOURGET.

Le tiers?... allons donc, le sixième tout au plus !

BACHU.

La moitié !

AGENT MÉRIEL , dominant le tumulte.

Le dixième ! le dixième !

Agitation prolongée , pendant laquelle on entend les capitalistes crier : « le
quart, le sixième, le dixième , » et les inventeurs : « c'est une horreur !
exploitation !» M. Chauffard cherche en vain à rétablir le silence; au milieu
du tumulte entrent Raoul et Léon Desprès.

SCÈNE VII.

LES PRÉCÉDENTS. — RAOUL, LÉON.

M. CHAUFFARD , s'approchant de Raoul.

Vous ici , que voulez-vous ?

RAOUL.

Léon Desprès, avocat, mon meilleur ami !

M. CHAUFFARD.

Je n'ai pas besoin de lui !

RAOUL.

Peut être ; qui sait ? flairant et regardant Madu et le Docteur. Il y a ici
tout à l'entour comme un fumet de friponnerie qui vous
porte à la tête.

LÉON , saluant M. Chauffard.

Monsieur Chauffard!... M. Chauffard le toise et lui tourne le dos. Tu vois ;
j'avais prévu l'accueil !

M. RAOUL.

Peu importe ; la brèche est ouverte , j'y monte, suis moi !
à son père. Présente-nous à ces Messieurs.

M. CHAUFFARD.

Par exemple, voilà de l'audace. il lui tourne le dos et revient à sa place.

RAOUL , à Léon.

Nous ne consentirons pas à passer ici pour des intrus.
s'adressant à l'assemblée. Messieurs, j'ai l'honneur de vous présenter
au nom de mon père, M. Chauffard, Monsieur Léon Desprès,
avocat de mérite , que j'ai décidé à accepter des fonctions
dans votre comité d'administration.

On se salue.

BACHU.

Nous avons dit la moitié... nous n'en rabattrons rien.

Les inventeurs font chorus : « la moitié. »

LES CAPITALISTES.

Le sixième ! le dixième !

Brouhaha indéfinissable.

M. CHAUFFARD , essaie en vain d'apaiser le tumulte , il profite d'un
moment de silence.

Messieurs ! Messieurs ! j'avais proposé le tiers... la moitié
me semble équitable... aux capitalistes. si vous n'acceptez pas ces
conditions...

AGENT MÉRIEL.

Eh bien ?

M. CHAUFFARD.

Nous nous passerons de votre concours.

AGENTS BOURGET ET MÉRIEL.

C'est scandaleux !... bruit. Nous ne demandons pas mieux.
On se lève.

M. CHAUFFARD , au Docteur et à Madu.

Alors , à nous trois !

RAOUL , à Léon.

Tu as entendu !... Surveillons ces deux hommes.

LÉON.

Empêchons à tout prix cette alliance !

M. CHAUFFARD, aux capitalistes.

Ma fortune ne vous offre donc aucune garantie ?... J'ai un
million en portefeuille !... Mouvements divers.

LES CAPITALISTES.

Écoutez , écoutez !...

AGENT MÉRIEL , se radoucissant.

Le nom de M. Chauffard est honorablement connu !

LÉON , à Raoul.

Malheureusement ta mère n'a pas voulu exercer une reprise de ses droits... puis cette mesure était insignifiante !

RAOUL.

Pourquoi ?

LÉON.

La fortune de ton père acquise depuis la communauté est en valeurs.

RAOUL.

Qu'importe !... faisons leur croire le contraire.

LÉON.

Attends encore !

M. CHAUFFARD , après avoir apaisé les conversations particulières pendant le dialogue de Léon et de Raoul. — Aux capitalistes.

Prononcez-vous Messieurs ! Mes propositions vous conviennent-elles , oui ou non ?

AGENT MÉRIEL.

Si M. Chauffard prend sous sa responsabilité, à ses risques et périls les chances de l'opération , je souscris au nom de ma maison pour quatre actions quel qu'en soit d'ailleurs le taux.

M. CHAUFFARD , ironiquement

Merci , merci , Monsieur !

LÉON , à Raoul.

Nous sommes dans une caverne de voleurs ! Ton père ne connaît donc pas ces hommes ?

M. CHAUFFARD , bas à Madu.

Qu'en pensez-vous ?

M. MADU , à M. Chauffard.

Dérision !

LE DOCTEUR.

Ils ne sont pas à la hauteur de la question...

RAOUL , à Léon.

Que trament-ils ?

M. CHAUFFARD , au Docteur et à Madu.

S'ils renoncent , puis-je compter sur vous ?

M. MADU , avec réserve.

C'est selon !

M. CHAUFFARD , à Jéroboam.

Et vous , Docteur ?

LE DOCTEUR , regardant Madu.

Si Monsieur Madu accepte... il se pourrait...

RAOUL , à Léon.

Voilà le moment de frapper un grand coup.

LÉON , résolument.

Oui , dussè-je encourir la colère de ton père !

RAOUL.

De ce côté-là, tu n'as rien à perdre.

M. CHAUFFARD , aux capitalistes.

J'attends votre réponse.

AGENT BOURGET , à M. Chauffard.

Je partage l'avis de l'honorable préopinant ; si vous avez tant d'espérance, tout d'abord engagez-vous !

M. CHAUFFARD , animé.

Oui , Messieurs, je m'engage... et pour la totalité de ce que je possède !

AGENT MÉRIEL.

Oh ! alors !

AGENT BOURGET.

Voilà la garantie la plus sérieuse , et rien ne saurait nous empêcher d'accepter.

M. CHAUFFARD.

Vous m'avez mal compris !... Désormais je fais seul l'opé-ration... il regarde avec intelligence le Docteur et Madu.

RAOUL.

De mal en pis ; nous tombons en plein dans le Madu et le Saint-Froult !

LÉON.

Il n'y a plus à reculer ! D'abord déblayons le terrain , dé-masquons nos adversaires et nous les attaquerons en face.

RAOUL , regardant Madu et de Saint-Froult qui causent bas avec M. Chauffard.

Vois leur sourire infernal !... Allons , courage !

6

LÉON , se lève.

Messieurs ; au milieu de vos hésitations permettez-moi quelques mots... je ne suis pas capitaliste... je ne prétends en rien à la gloire d'avoir fait des découvertes profitables à l'humanité...

PLUSIEURS VOIX.

Alors , que voulez-vous ?

M. CHAUFFARD.

Oui , Monsieur , que voulez-vous ?

LÉON.

Je désire jeter quelque lumière sur un point capital de la question.

M. CHAUFFARD. .

De quel droit vous immiscer dans mes affaires ?

LÉON.

Vous allez le savoir , Monsieur Chauffard !

M. CHAUFFARD.

Mais encore !

LÉON.

Je n'abuserai pas de vos instants. Désignant les capitalistes. Messieurs les capitalistes croient l'opération bonne , du moins ils le disent, mais ils ne s'engageront , ajoutent-ils , qu'à la condition que M. Chauffard mettra toute sa fortune dans l'affaire... Cela est moins compréhensible : si l'affaire est bonne , comme vous le reconnaissez , elle l'est toujours quelle que soit la quotité de l'apport de M. Chauffard. Si elle ne vaut rien , pourquoi ne pas vous retirer en refusant toute participation ?

M. CHAUFFARD , étonné.

Tiens , c'est bien , cela !

LES INVENTEURS.

Très-bien , très-bien !

M. MADU , au Docteur.

Ce Monsieur me fait l'effet d'un honnête homme !

LE DOCTEUR.

Peut-être !

M. MADU.

Les honnêtes gens sont rares !... j'y songerai.

AGENT MÉRIEL.

Le raisonnement de Monsieur est captieux ! Notre confiance se base presque en entier sur l'honorabilité de M. Chauffard... M. Chauffard connaît à fond la question... sa probité... sa grande habileté !

M. CHAUFFARD , confondu.

Ah ! Messieurs , Messieurs !...

AGENT MÉRIEL.

Le thermomètre de notre confiance s'élève d'autant plus que l'honorable M. Chauffard engage plus de fonds.

M. CHAUFFARD , de plus en plus confondu.

Certainement.... Messieurs.... cependant.... néanmoins....

LÉON , ironiquement.

Oh ! je comprends fort bien... si bien même que je prends sur moi de divulguer un secret qui fera changer vos dispositions.

AGENT MÉRIEL , avec hauteur.

Quoi donc , Monsieur !

M. CHAUFFARD.

Que signifie ce langage ?

LÉON.

La fortune de M. Chauffard n'est pas d'un million !

M. CHAUFFARD , furieux.

Calomnie , Messieurs... Comment , chez moi ?... Je vous prouverai...

LÉON.

M. Chauffard est marié sous le régime de la communauté.

M. CHAUFFARD , exaspéré.

Auriez-vous l'audace d'insinuer que Mme Chauffard...

LÉON.

Faire une supposition c'est admettre sa possibilité à moins de raisonner par l'absurde.

M. CHAUFFARD , à Léon.

Monsieur !...

AGENT MÉRIEL , à Chauffard.

Il sera difficile , je crois , de nous entendre aujourd'hui.

M. CHAUFFARD , furieux.

Les suppositions de Monsieur ! ses inventions !

RAOUL , riant à Léon.

Tu disais n'avoir jamais rien inventé ?

AGENT MÉRIEL.

Nous verrons plus tard.

LES CAPITALISTES.

Oui , oui , plus tard... peut-être ! .. ils se préparent à sortir.

M. CHAUFFARD.

Je ne m'abaisserai pas à combattre des calomnies...

AGENT BOURGET.

Comptez du reste sur notre dévouement !

M. CHAUFFARD , d'une voix forte.

La séance est levée... et renvoyée à quinzaine...

AGENT MÉRIEL , à part.

Qu'on m'y rattrape !

AGENT BOURGET.

Je suis satisfait !

M. CHAUFFARD,

Et nous nous constituerons définitivement ! aux inventeurs , à part. Messieurs c'est plus particulièrement à vous que je m'adresse ; La foule s'écoule. — A Bachu. Avant vingt-quatre heures une société pour réaliser votre découverte de la navigation aérienne , sera fondée , je vous en donne ma parole de Chauffard. Il serre la main de Bachu qui sort.

SCÈNE VIII.

M. CHAUFFARD , LÉON DESPRÈS , RAOUL , MADU , LE DOCTEUR.

M. CHAUFFARD , à Léon en se croisant les bras.

Monsieur , m'expliquerez-vous votre conduite ? Quel est votre but ? Je croyais vous avoir fait comprendre...

LÉON.

Si j'ai manqué aux convenances, je remplissais un devoir sacré que m'imposait mon affection pour votre famille.

M. CHAUFFARD.

Jusqu'à ce jour je n'ai invoqué ni le dévouement de votre affection ni le concours de vos lumières.

LÉON.

Vos paroles sont dures, Monsieur, pourtant je ne me repens pas.... on compromettait votre honneur, votre fortune, je n'ai pu me refuser de me rendre à l'appel de mon ami.

M. CHAUFFARD.

De Monsieur mon fils ? — Est-ce tout ?

LÉON, d'une voix ferme.

Je désirerais encore...

M. CHAUFFARD.

J'en suis fâché, Monsieur... comme j'ai à causer un instant.... avec mes amis MM. Madu et de Saint-Froult.... veuillez...

LÉON.

On ne signifie pas un congé en termes plus précis.

M. CHAUFFARD.

Comme vous voudrez, Monsieur... ce serait alors le second ?

LÉON, à Raoul.

Tu le vois Raoul, j'ai bu le calice jusqu'à la lie.... et tous nos efforts sont vains.

RAOUL, lui prenant les mains.

Merci, frère... pars... Quant à moi je reste !

LÉON.

Ne les ménage pas !... Ils sont les maîtres !

Léon sort.

SCÈNE IX.

M. CHAUFFARD, RAOUL, MADU, LE DOCTEUR.

M. CHAUFFARD, à Raoul.

Pourquoi ne suivez-vous pas votre ami ?

RAOUL.

C'est bien simple, mon père.... Léon ne t'est rien, tu le chasses.... mais moi, je suis un peu de ta famille et comme ta fortune et ton honneur peut-être, ainsi que le disait Léon, vont se discuter ici, j'ai dû rester...

M. CHAUFFARD.

Voilà, Messieurs, en quels termes mon fils me parle !

RAOUL.

Ecoute-moi, mon père.... si des étrangers...

M. CHAUFFARD.

Des étrangers ?... M. Madu, M. de Saint-Froult ? M. Madu est un flambeau qui me guide dans le dédale des affaires, et M. de Saint-Froult sera bientôt de ma famille...

RAOUL, regardant le docteur.

Je l'en défie !

M. CHAUFFARD, ironiquement.

N'as-tu pas toi aussi, des droits à revendiquer dans les biens que j'ai amassés à la sueur de mon front ?

RAOUL.

Oh ! mon père !

M. CHAUFFARD.

Dès aujourd'hui je ne te connais plus... mon joug te pèse, il te devient insupportable... allons brise tes chaînes.

RAOUL.

Tu te méprends sur mes intentions !

M. CHAUFFARD, sentimentalement.

J'ai épuisé le langage de la raison... je n'ai rien obtenu...
avec force. je t'ordonne de sortir !...

RAOUL.

Je respecte tes volontés... je...

M. CHAUFFARD.

Pas un mot de plus... il fait le geste de le chasser.

RAOUL.

Prenez garde, Messieurs !... votre présence ici, c'est la discorde ; vous voulez la guerre ! je vous la ferai sans merci !

Il sort menaçant.

SCÈNE X.

M. CHAUFFARD, M. MADU, Le Docteur.

M. CHAUFFARD.

Mes amis, plaignez-moi.... je suis le plus malheureux des hommes !

M. MADU.

Monsieur votre fils a la fougue irréfléchie de la jeunesse, j'aime assez ces ardeurs... ne vous alarmez pas, les années le mûriront.

M. CHAUFFARD.

Il ne mérite pas votre indulgence... à Madu. mais il vous déteste vous, M. Madu !

M. MADU, souriant.

Je lui pardonne de grand cœur.

M. CHAUFFARD.

Votre bonté vous aveugle !... Mais parlons d'affaires sérieuses... les expériences de Bachu sont concluantes ; je les ai suivies avec intérêt ; il dirige véritablement les ballons...

LE DOCTEUR.

Mettez-vous en garde contre les illusions !

M. CHAUFFARD.

J'ai vu ! vous dis-je !

M. MADU.

S'il est ainsi, la vapeur, la télégraphie électrique sont distancées.

M. CHAUFFARD.

Certes !... mais le pauvre diable avec son invention merveilleuse, n'est pas plus avancé pour çà.

LE DOCTEUR.

En s'associant à son œuvre, on accouple son nom à un nom qui traversera tous les âges !

M. CHAUFFARD.

L'opération est magnifique !.... Faisons l'affaire à nous trois !

M. MADU.

Oh ! des considérations puissantes et de toute nature ... Votre famille d'abord...

M. CHAUFFARD.

Je voudrais bien voir !...

M. MADU.

En outre, je m'occupe peu d'industrie... j'ai consacré ma vie au développement de l'instruction morale, à la propagation des saines doctrines... au progrès...

M. CHAUFFARD.

Vous proposè-je autre chose ?... je le sais, vous êtes de ces généreux et magnanimes cœurs dévoués à la cause de l'humanité.

M. MADU.

Je n'ai pas de capitaux disponibles !

M. CHAUFFARD.

Forte excuse... et vous, Docteur ?

LE DOCTEUR.

Je ferai plus tard des rentrées importantes... mais en ce moment...

M. CHAUFFARD.

Voilà ce qui vous inquiète ! Je ne suis pas un homme comme vous, mais vous me permettrez bien de me charger des premières avances... mon crédit...

LE DOCTEUR.

Oui... oui... pourtant les épreuves ?

M. CHAUFFARD

Quelle incrédulité ! J'ai vu les résultats, je les ai vus, faut-il vous le répéter ? Autrement me lancerais-je dans cette entreprise ?

M. MADU.

Avez-vous avec M. Bachu, calculé approximativement les dépenses ?

M. CHAUFFARD.

Approximativement ? Ah bien oui ? A cinq cents francs près... une misère !

M. MADU.

Là, rigoureusement !

M. CHAUFFARD.

Très rigoureusement. — Quels hommes êtes-vous donc ?... après tout, réfléchissez, je ne voudrais pas qu'un jour vous m'accusiez de vous avoir surpris.

M. MADU.

Votre excellent jugement, votre habileté !

M. CHAUFFARD, avec explosion.

Vous m'accordez de l'habileté, vous ? Comment ne seriez-vous pas mes meilleurs amis ? Dans ma famille on doute de moi !

LE DOCTEUR.

En êtes-vous bien sûr ?

M. CHAUFFARD.

Pas ouvertement, c'est vrai ! Car il faudrait être bien hardi pour tenter de me mettre en tutelle ! Tenez, franchement, je ne serais pas éloigné de croire que la brusque apparition de mon charmant fils et de ce Desprès était chose convenue entre eux, pour contrôler mes actes...

LE DOCTEUR.

Plus les hommes sont forts, plus on les méconnaît.

M. CHAUFFARD.

Je vous révèle mes plus secrètes pensées, vous connaissez

le cœur humain, vous, vous avez l'intuition des affaires....
avec votre concours, j'aurai le levier d'Archimède... nous
soulèverons le monde...

LE DOCTEUR.

Vos vues ont une portée qui me confond !

M. MADU.

N'oubliez pas que pour le moment je ne pourrai !...

M. CHAUFFARD.

Eh quoi?... encore !

LE DOCTEUR.

Dans un temps assez éloigné seulement !

M. CHAUFFARD , souriant.

Que vous faut-il donc? une année?

LE DOCTEUR , hésitant.

Peut-être ! un peu plus... un peu moins !

M. CHAUFFARD.

Et vous, Monsieur Madu? puisque nous devons absolument, pour vous plaire, descendre à de si misérables
détails?

M. MADU , s'interrogeant.

Je ne sais trop si ce délai ?...

M. CHAUFFARD.

Vous n'avez pas d'autre objection ?... alors terminons !

M. MADU.

Vous ne nous avez pas dit la somme...

M. CHAUFFARD.

Etourdi, j'oubliais... huit cent mille francs...

LE DOCTEUR.

Diable !

M. MADU.

C'est capital !

M. CHAUFFARD , souriant.

Je retiendrai le mot !... il est joli !... changeant de ton. Pour une
opération gigantesque? Vous n'y songez pas? Un mono-
pole dans l'univers entier et pour champ l'espace? Vous
n'envisagez pas la question comme il convient !.... Si à

l'époque vous n'étiez pas prêts, je verserais, cela va sans dire, nous réglerions ultérieurement.... mais j'attends de vous, de surveiller les travaux préparatoires; dès aujourd'hui je vous mets en relations avec Bachu, cet excellent Bachu, qui sous une écorce un peu grossière, cache le génie!.... Allons, à l'œuvre et sans perdre une minute! La promptitude est un des éléments du succès.... — Hésitez-vous encore?

M. MADU.

Je ne vous tais pas que cette association entre nous trois, lorsque vous apportez seul des capitaux, ne me semble pas très-délicate.

M. CHAUFFARD.

Ah! à la fin, vous m'étourdissez de vos scrupules! je fais les premières avances; après? Ne réglerons-nous pas plus tard? Je vous l'ai déjà dit, je suis votre obligé; en activant et en surveillant les travaux, vous faites un apport de talent et de temps, le vrai capital, et dans lequel je ne suis pour rien!

LE DOCTEUR.

Vous exagérez l'importance de notre coopération...

M. CHAUFFARD, au docteur.

La modestie vous sied bien, monsieur mon gendre!

LE DOCTEUR.

Vous me comblez!

M. MADU.

Mais le monde?...

M. CHAUFFARD.

Vous me la donnez belle; est-ce que cela le regarde? Nous n'irons pas bramer nos conventions sur les toits?

M. MADU.

Comment?

M. CHAUFFARD.

Nous nous lions à l'instant, ici même, par un sous-seing privé que nous gardons par devers nous, sans le faire enregistrer. — Nous accomplirons plus tard cette formalité, en riant moi peut-être pour vous contraindre à exécuter les clauses du contrat ?.... Tenez , voilà ce qu'il faut pour écrire... des plumes , du papier timbré... en double expédition, un exemplaire pour moi, et l'autre pour vous deux... et à jour fixe, vous entendez ! dam ! c'est ainsi... emphatiquement. vous venez l'un ou l'autre, l'acte en main, exiger le premier versement'des cinq cent mille francs, riant. si je n'étais pas en mesure... gravement. avec recors , huissiers , tout l'attirail du protêt et de la saisie.

M. MADU.

Oh ! Monsieur Chauffard !

M. CHAUFFARD.

Que voulez-vous ?... je ne connais que cela , moi ! En affaires l'exactitude , la probité... et la loi au besoin ! Autrement , ce ne serait qu'abus de confiance et brigandage... Voyons , M. Madu , asseyez-vous là et rédigez.

M. MADU , se dirigeant vers la table.

Si tel est votre bon plaisir !

M. CHAUFFARD.

Et le vôtre , je l'espère bien... sinon , rien de fait ! je vous le dis à cœur ouvert , vous manquez d'entrain ; si vos hésitations duraient cinq minutes de plus, vous me mettriez à la glace.

LE DOCTEUR.

Décidément , j'accepte avec toutes leurs conséquences les propositions de l'honorable M. Chauffard.

M. CHAUFFARD.

Les conséquences , je crois, ne sont pas très-compromettantes pour l'avenir !

LE DOCTEUR.

Je n'ai pas la moindre crainte.

M. CHAUFFARD.

C'est heureux !... Donc , puisqu'il n'y a pas de surprise... vous en êtes convenus tout à l'heure et j'en prends acte, ne refroidissons rien , et vous M. Madu, veuillez écrire le sous-seing... à peu près dans ce sens, car vous le libellerez mieux que moi...

Entre les soussignés, MM. Madu, de Saint-Froult d'une part et Chauffard de l'autre.

M. MADU, à la table, prêt à écrire, doucereusement.

Permettez, permettez... votre nom doit figurer le premier.

M. CHAUFFARD, flatté.

Enfantillage !...

M. MADU, lisant et écrivant.

Entre les soussignés, M. Chauffard, d'une part, et MM. de Saint-Froult et Madu, de l'autre...

M. CHAUFFARD.

Si vous le voulez ?... semblant dicter. Entre les soussignés, avons-nous dit, se forme à dater d'aujourd'hui, une société au capital de huit cent mille francs, à l'effet de propager les découvertes utiles et notamment celle de l'aéronaute Bachu... se reprenant. vous avez écrit, je continue : Par une clause spéciale, la première mise de fonds faite par M. Chauffard, sera de cinq cent mille francs, dont ses co-associés lui tiendront compte plus tard pour leurs quote-parts respectives. — Cette première somme sera exigible, dès que les travaux préparatoires seront achevés, sur la réquisition de l'un des deux autres associés agissant solidairement, lesquels consacrent à l'œuvre, avec un désintéressement très-louable, leur temps, leurs soins et toute leur habileté.

M. MADU, s'interrompant.

Mettrai-je cela ?

LE DOCTEUR.

C'est inutile !

M. CHAUFFARD.

Messieurs, j'y tiens expressément. A chacun le mérite de ses œuvres !... à Madu. ajoutez les formules d'usage.... et nous signons !... Nous ferons, bien entendu, un traité avec Bachu pour régler les intérêts de la Société... Son invention est capitalisée pour moitié du fonds social... nous lui faisons la part convenable ce qui équivaut de son côté à un apport

de huit cent mille francs.... au docteur. Eh bien , que dites-vous
de cette affaire, mon gendre ?...

LE DOCTEUR , se défendant.

Je ne le suis pas encore !

M. CHAUFFARD.

C'est fait puisque je l'ai résolu! Permettez-moi dorénavant
cette locution familière qui vous donne la mesure de mon
estime et de mon amitié.

LE DOCTEUR.

Merci , Monsieur !

M. CHAUFFARD.

Par cette combinaison vous devenez plus riche que mes
enfants.... ma fille ne peut prétendre dans les bénéfices
réalisés qu'à un sixième de la moitié, soit un douzième ,
après ma mort et celle de Madame Chauffard, ce qui se fera
attendre longtemps encore, et vous ne nous en voudrez pas
trop pour cela , je l'espère , tandis que vous , c'est un
sixième entier qui vous reviendra , et nous pouvons aller
loin ! — J'avais une petite fortune, amassée à grand-peine...
mais elle va s'accroître dans d'immenses proportions... vous
voyez donc que ma fille n'est pas pour vous un parti si
avantageux!

M. MADU , se lève.

Voilà... J'ai fait de mon mieux !

M. CHAUFFARD , prenant l'écrit, le parcourt des yeux.

Bien ! Bien !... allons , signons !... ils signent, M. Chauffard le premier.
Dans une heure , revenez, je vous conduirai chez Bachu
qui nous attend... A l'œuvre , sans coup férir ! De la gloire ,
des richesses... au revoir , Monsieur Madu , au revoir , mon
gendre !

Ils sortent.

SCÈNE XI.

M. CHAUFFARD , seul.

Un Madu , un de Saint-Froult , un Chauffard réunis!...
N'est-ce pas la force et l'habileté à leur suprême puissance?

Il entre dans son cabinet.

ACTE QUATRIÈME.

SCÈNE PREMIÈRE.

Un salon chez Léon Desprès.

Baptiste est endormi sur un fauteuil. — Au lever du rideau il se réveille, et va regarder
au trou de la serrure du cabinet de son maître.

BAPTISTE , seul.

Encore une nuit sans repos!... Il me semble qu'en veillant aussi je partage les fatigues de mon maître. Je l'entends... s'il se. doutait que je suis resté depuis hier, ici, sur ce fauteuil?... Il range les meubles avec empressement.

SCÈNE II.

LÉON DESPRÈS , BAPTISTE.

LÉON , en robe de chambre.

Baptiste, pourquoi sur pied sitôt.

BAPTISTE.

Un bon serviteur doit être à son poste quand son maître s'éveille... or, comme...

LÉON , finissant la phrase.

Comme j'ai travaillé cette nuit... changeant de ton. Tu es incorrigible? je me fâcherai!... à mon âge on répare facilement les forces perdues... au tien, c'est autre chose! il faut ménager cette existence que tu as usée au service de mon père et au mien !... songes-y... sinon nous nous brouillerons tout à fait... *il lui donne la main.* Allons, descends chez le concierge, tu m'apporteras le courrier.

Baptiste sort ému.

SCÈNE III.

LÉON, seul.

L'orage gronde ; il va éclater. — Qui sait ? Peut-être aujourd'hui même. M. Chauffard est à la discrétion de Madu et de Michel !... rien n'a pu le détourner de son engoûment... Pourvu que sa fortune seule soit entre leurs mains !.... Je voudrais voir Raoul !... De son côté il a dû faire de nouvelles recherches.... Nous lutterons, mais quelles chances inégales !.... Que pouvons-nous, en effet, contre ces hommes dont l'astuce en impose aux plus clairvoyants ! Raoul est d'une impétuosité maladroite, et moi, obscur, ignoré, sans crédit, puis-je espérer de les combattre avec succès ? — Eh bien, oui, dussè-je succomber je me prendrai corps à corps avec ce Madu. — Quant à Michel, il suit aveuglément et comme un niais sans savoir où on le mène.... Il est plus à plaindre qu'à blâmer.

SCÈNE IV.

LÉON, RAOUL.

RAOUL.

C'en est fait ! Notre malheur est trop vrai ; j'ai pénétré leurs machinations !.... J'ai vu Madame Duval, la mère de Valentine... Le croirais-tu ? Cette malheureuse mère a dû céder à la puissance de cet homme infernal ; elle m'a fait un récit complet et navrant de ses odieuses menées, il a employé la prière, puis la menace. « J'ai honte de ma lâcheté, me disait-elle, suffoquée par les larmes ; que n'ai-je le courage des antiques Romaines, j'irais le poignarder.

LÉON.

Pauvre mère !

RAOUL.

Et c'est à la merci de pareils hommes que se trouve la fortune de mon père ! Un acte les lie. Quant à Valentine, elle est devenue en quelque sorte le reflet de Madu.... elle ne reçoit personne sans le consentement de son père adoptif... — Ma sœur se résignera-t-elle à sa destinée !... je l'ignore.... mais ma mère est anéantie.... mon père, toujours fasciné, reste sourd aux conseils.

LÉON , réfléchissant.

Continuent-ils à aller chez toi ?

RAOUL.

Non — on ne les a vus ni l'un ni l'autre depuis quelque temps, et leur éloignement irrite mon père davantage.

SCÈNE V.

LÉON, RAOUL, M. CHAUFFARD.

M. CHAUFFARD , entre brusquement, à Raoul.

Vous ici ?...

RAOUL , humble.

Je suis chez mon ami Léon !

M. CHAUFFARD.

Fort bien ! Vous entendrez ce que je vais dire à Monsieur ; cela vous servira peut-être... à Léon. Qui pouvait vous faire penser que j'avais besoin de vos conseils.

LÉON.

Raoul m'avait prié...

M. CHAUFFARD.

M. Raoul ? Il ne parviendra jamais à perdre dans mon estime deux hommes éminents ! Et vous Monsieur, vous poursuivez un but   'atteindrez pas !

7

LÉON.

Mon affection respectueuse pour votre famille a pu seule...

M. CHAUFFARD.

Je la trouve irrévérentieuse votre affection pour vous dicter une fable sans fondement. Madame Chauffard exerçait une reprise de ses droits, disiez-vous ? De quels droits, s'il vous plaît, Monsieur le jurisconsulte ? — Vous ignorez que ce que je possède aujourd'hui est le fruit de mon travail ? Vous prêtez gratuitement à Madame Chauffard des projets coupables !

RAOUL.

Mon père, il y a des circonstances où le mensonge peut devenir une nécessité ! *se reprenant.* Cette maxime qui ne m'appartient pas en propre, est extraite du catéchisme de morale de M. Madu ! Quoiqu'il en soit, nous parviendrons à te faire voir clair.

M. CHAUFFARD.

Ta ! ta ! toujours la même rengaine !

LÉON.

MM. Madu et de Saint-Froult sont indignes de votre confiance !

M. CHAUFFARD , *furieux.*

Votre acharnement me les rend plus chers !... Avant de m'éloigner , j'éprouve le besoin de faire part à M. Desprès du mariage très-prochain de M. le Docteur de Saint-Froult avec ma fille , mademoiselle Louise Chauffard.

LÉON , *altéré.*

Permettez-moi , Monsieur , de m'abstenir de compliment ; le plus banal serait encore au-dessus de mes forces.

RAOUL.

Tu es cruel ! mon père !

M. CHAUFFARD , *à Léon avec bonhomie.*

Vous me poussez à bout !

LÉON.

Il est des blessures qui frappent mortellement au cœur ; on n'en guérit pas, celle que vous me faites est de ce nombre. Non, Monsieur, je n'osais pas prétendre à la main de Mademoiselle votre fille. Mon humble position établissait entre nous une distance que je ne pouvais franchir, mais ce coup est affreux... pardonnez à mon émotion.

M. CHAUFFARD, se radoucissant.

Eh bien, après?... jugez par là de mon irritation !

RAOUL.

Cela suffit, mon père !... M. Desprès a compris.

M. CHAUFFARD.

Qui vous parle?

LÉON, abattu.

La leçon profitera, Monsieur, et quoi qu'il arrive, je le jure, si j'ai eu des torts envers vous, je les réparerai !

RAOUL, bas.

Allons donc ! — Tu patroneras Michel?

M. CHAUFFARD.

Je n'en demande pas davantage. A Raoul, d'un air sardonique. On m'avait dit que vous projetiez un voyage.

RAOUL, d'un air dégagé.

Vous étiez bien informé ! Dans ce moment, c'est impossible ; mes relations avec le ministre des finances laissent beaucoup à désirer... et ma présence à Paris est encore indispensable.

M. CHAUFFARD.

Si vous voulez aller au diable tout de suite, je vous réconcilierais avec son département... au ministre des finances... A bon entendeur salut ! avec emphase, Vos affaires à Paris n'en iront pas plus mal.

RAOUL.

Merci mon père ! Je trouve ici bon accueil, bon gîte et l'inconnu m'effraie.

M. CHAUFFARD.

Ah ! vous demeurez chez Monsieur? Place au feu et à la chandelle !

LÉON, troublé.

Monsieur !...

M. CHAUFFARD.

C'est au mieux ; rien de plus naturel ! Mon fils fait cause commune avec mes ennemis !

LÉON.

Vous vous méprenez , Monsieur !

M. CHAUFFARD , d'un air de dignité affectée.

Monsieur , recevez mes salutations.

RAOUL , court après lui.

Mon père !

M. CHAUFFARD , arrêtant Raoul — persiflage.

De grâce , messieurs , ne vous dérangez pas.... à Raoul. Le ministre des finances n'est pas homme, je le vois, à déposer de longtemps son portefeuille.

M. Chauffard sort.

SCÈNE VI.

LÉON , RAOUL.

RAOUL.

Je ne puis pourtant pas désirer un changement de ministère ? Tu m'abandonnerais ?

LÉON.

Rien ne manque à l'insulte ?

RAOUL.

Tu ne connais pas mon père ! Son courroux ne durera pas... il a le vertige !

LÉON.

Oh, les misérables! on les accueille , et moi... on me repousse ?

RAOUL.

Pauvre ami ! Louise t'aime... je te l'assure.

LÉON.

Elle te l'a dit ?

RAOUL.

Une jeune fille qui se respecte !

LÉON.

Que puis-je espérer encore ?

RAOUL.

Auparavant il faut démolir.

LÉON , avec exaltation.

Le masque de la friponnerie tombe toujours ; l'honnête
homme déjoue tôt ou tard la ruse et l'hypocrisie !

RAOUL.

A la bonheur , je te retrouve !... Que je voudrais te voir
défendre une belle cause·!... Je me rappelle toujours et
malgré moi cette audience correctionnelle..... ton malheureux client tout en larmes , se traînant à tes genoux
pour baiser les pans de ta robe.... l'attendrissement des
auditeurs... ah ! il essuie une larme. ce souvenir me fend le cœur.

LÉON , souriant.

Tais toi Raoul ! L'amitié est aveugle !... Arrive-t-on jamais
avec cela à la fortune , au bonheur ?... Et pourtant je sens
là... quelque chose ; c'est peut-être mon orgueil qui parle...
si l'on me confiait une affaire susceptible de retentissement,
une de ces affaires si rares pour les jeunes avocats comme
tu le disais à l'instant , car les belles causes vont trouver les
maîtres du barreau , enfin si le hasard me servait , je crois
que l'espoir de fléchir ton père , de me faire distinguer par
Louise...

RAOUL.

Va , va... Berryer !...

LÉON.

Oh ! tais toi , tais toi !

SCÈNE VII.

LES PRÉCÉDENTS. — BAPTISTE.

BAPTISTE.

Monsieur le Docteur de Saint-Froult, médecin du Ministère
de la Justice , Membre de l'Académie de médecine.

LÉON ; étonné.

M. de Saint-Froult, médecin du ministère de la justice ?

RAOUL.

C'est un nouveau titre... de circonstance !

LÉON.

Membre de l'Académie de Médecine ?

RAOUL.

Ça, c'est une histoire ; je te la raconterai !

LÉON , réfléchissant.

A quel propos ?... C'est étrange ! Il ne m'a jamais honoré de sa visite !

RAOUL.

Il en a fait beaucoup depuis quelque temps... Tu le reçois, n'est-ce pas ? Je suis curieux de le voir !

LÉON , à part.

Il n'est donc pas encore arrêté ? à Baptiste. Fais entrer !

Baptiste sort.

SCÈNE VIII.

LÉON , RAOUL.

RAOUL.

Il vient peut-être te demander ce qu'il y a au juste de liquide dans la fortune de mon père ?

LÉON , à part, seul.

Me consulterait-il sur les poursuites ?...

SCÈNE IX.

LÉON , RAOUL , LE DOCTEUR.

LE DOCTEUR , entrant , à Raoul.

Eh ! bonjour M. Chauffard ! il lui tend la main.

RAOUL , dédaigneusement.

Bonjour , Monsieur ! il lui tourne le dos.

LE DOCTEUR , froidement , à Léon.

Monsieur !... à Raoul. Vous me gardez rancune ! De quoi ?
Que je le sache du moins ? Vous m'apprécierez mieux un
jour !

RAOUL , goguenard.

Ah ! vous croyez !

LE DOCTEUR.

J'en suis certain !

RAOUL , changeant de ton.

Permettez-moi de vous complimenter !... Vous êtes membre de l'Académie de Médecine ?

LE DOCTEUR , avec fatuité.

Vous savez déjà ?

RAOUL.

Il suffisait, Monsieur, que la chose vous intéressât !...

LE DOCTEUR.

Voilà un commencement de bons procédés de votre part...
J'y suis sensible.

RAOUL.

Vous n'êtes pas ingrat ! à Léon. Figure-toi que M. le docteur de Saint-Froult a été élu membre de l'Académie de
Médecine, à l'unanimité des suffrages !...

LE DOCTEUR.

Honneur que je ne méritais pas !

RAOUL.

Ce qui ne s'était jamais vu !.... Car enfin tout homme de
mérite qu'on soit.... et précisément parce qu'on est homme
de mérite , on a des ennemis.... des jaloux.... eh bien, le
croiras-tu, au sein de la docte assemblée, il n'y a pas eu
un veto...

LE DOCTEUR.

Certes , je n'y pouvais prétendre...

RAOUL.

Vos talents n'ont pas fait d'envieux !... se reprenant. C'est une
supposition !

LE DOCTEUR , à part.

Où veut-il en venir?

RAOUL.

Cette exception.... dont vous êtes très digne.... a donné
lieu à des cancans incroyables. Je les ai refutés de mon
mieux.... c'était mon devoir !.... je suis presque un ami !....
On employait d'abord des formes doucereuses..., vous connaissez le procédé , pour se permettre ensuite de vous dé-
chirer à belles dents !... On disait , par exemple : « M. de
Saint-Froult a été l'objet d'une distinction unique et flat-
teuse , qu'il mérite à tous égards ! — C'est un médecin fort
habile, reprenait un autre ! — Habile ? s'écria le premier ,
comment l'entendez-vous ? — Mais dit un troisième interlo-
cuteur , habile ?.... un homme qui sait son art !.... C'est la
signification donnée par tous les dictionnaires , les souve-
rains juges en la matière ! — Non , reprit-on , à l'endroit de
M. de Saint-Froult , le mot *habile* veut dire tout autre
chose !

LE DOCTEUR , avec hauteur.

Quoi donc , Monsieur ?

RAOUL.

Je me tairai si vous le désirez.

LE DOCTEUR.

Continuez... votre récit devient très-piquant !

RAOUL.

J'ai argumenté de toutes mes forces , comme bien vous
pensez , contre ces envieux... non membres de l'Académie ,
confrères nuls et haineux !... On ajoutait que vous aviez ,
comme tous les candidats à toutes les académies , fait des
visites tenant à chacun des immortels invariablement ce
langage en lui recommandant le secret le plus absolu :
« Cher maître , je n'ai aucun titre pour devenir votre col-
lègue.... et je ne sais comment mon nom a été mis en
évidence... aujourd'hui , dans ma position , si je n'avais pas
un suffrage , ce ne serait pas seulement une défaite , mais
une honte qui m'atteindrait dans mon avenir... votre voix ,

d'un prix inestimable pour moi et qui sera la seule sans aucun doute, me sauverait d'une humiliation... »

LE DOCTEUR, avec impatience.

Vous n'avez pas fini ?

RAOUL, continuant, à Léon, sans répondre.

Ce manège répété chez tous les membres de l'Académie, a produit son effet. Chacun s'est cru seul à voter pour M. de Saint-Froult, et au dépouillement du scrutin, les académiciens se regardaient avec les mines effarées des cardinaux du tableau de Monvoisin au moment de la proclamation de Sixte-Quint à la papauté... se tournant vers le Docteur. Voilà comment vous avez été élu à l'unanimité... c'est du moins la version accréditée, cher Docteur, je n'en crois rien, moi... aussi comme je vous ai défendu !... Mais savez-vous que si le fait est vrai, vous êtes diablement fort, mon maître ?

Le Docteur regarde Raoul avec pitié, puis après une certaine hésitation il lève les épaules, et se tournant vers Léon.

LE DOCTEUR, à Léon.

Monsieur, je suis venu vous voir, vous seul ! daignez me donner audience !

LÉON, à Raoul.

Laisse-nous, bas. je crois la chose sérieuse.

RAOUL.

Au Docteur. Monsieur, je me retire ! Vous faites encore des visites... secrètes ?... est-ce en votre qualité de médecin du ministère de la justice, car c'est avec cette qualification qu'on vous a annoncé... chez mon ami Desprès, avocat ? Ce n'est peut-être pas trop maladroit !... à Léon. Au revoir, ami... au revoir !

Il sort.

SCÈNE X.

LÉON, LE DOCTEUR.

LÉON.

Monsieur, je vous écoute !

LE DOCTEUR.

Des hommes recherchent la lumière et d'autres, les ténè-
bres ! Quant à moi, je marche tête levée et je ne redoute
aucun obstacle !

LÉON.

Monsieur, je ne comprends pas...

LE DOCTEUR.

Vous y mettez du mauvais vouloir !... vous vous enve-
loppez de mystère pour arriver à vos fins.

LÉON.

Je ne suis, que je sache, membre d'aucune Académie !

LE DOCTEUR.

De l'ironie, de la dissimulation ?

LÉON.

De ma vie je n'ai cultivé le logogryphe ou la charade.
Soyez clair ; prenez un ton calme et plus digne... si je vous
avais offensé, c'eût été sans intention, et j'en serais au
désespoir.

LE DOCTEUR.

Puisque vous persistez à ne pas comprendre, je serai
plus explicite.

LÉON.

Je vous en saurai gré, Monsieur !

LE DOCTEUR.

On a pour moi quelques bontés dans la famille Chauffard,
vous ne l'ignorez pas ?

LÉON.

Qu'importe !

LE DOCTEUR.

J'ai demandé la main de Mademoiselle Chauffard ; elle
m'est accordée...

LÉON.

Par Mademoiselle Louise ?...

LE DOCTEUR.

Monsieur Chauffard cédant à des obsessions de tout genre,
recule l'époque de notre union...

LÉON.

Ces arrangements intimes ne me regardent guère ?

LE DOCTEUR.

Vous me desservez déloyalement dans ma famille, voilà
la raison de ma visite !...

LÉON, souriant.

Ah ! ce n'est que cela ? — Je ne mets plus le pied dans la
maison !

LE DOCTEUR.

Je le sais, on vous a prié de cesser des visites im-
portunes !

LÉON

Monsieur !...

LE DOCTEUR.

Mais vous avez conservé des alliés dans le camp.... votre
ami Monsieur Raoul !

LÉON.

Venez-vous m'intimer l'ordre de ne plus le voir ?

LE DOCTEUR.

Vous m'attribuez gratuitement des prétentions ridicules...

LÉON.

Enfin, de quoi s'agit-il ?

LE DOCTEUR.

Vous avez porté le trouble dans une famille qui, sous peu
de jours, deviendra la mienne, et il ne me convient pas que
cela continue !

LÉON.

Vous équivoquez sur les mots — malgré la franchise dont
vous vous parez, vous n'abordez pas la question. Vous
n'aimez pas Mademoiselle Chauffard, et vous ne lui inspirez
aucune sympathie... le docteur veut parler. Permettez ; je vous ai
écouté, j'ai droit à la même déférence. A l'aide de je ne
sais quel prestige d'emprunt, vous avez séduit M. Chauffard,
la probité personnifiée, mais gâtée par une crédulité trop
naïve ; vous convoitez sa fortune !

LE DOCTEUR.

Cette audace !

LÉON.

« Vous poursuivez deux moyens peu honorables.... vous voulez épouser Mademoiselle Chauffard par voie de contrainte paternelle et vous engagez M. Chauffard dans des spéculations ténébreuses... de complicité avec...

LE DOCTEUR , ironiquement.

Monsieur Madu ?

LÉON.

Oui , monsieur Madu... qui vous perd !

LE DOCTEUR.

Laissons cela , Monsieur , je ne viens pas vous consulter ! — Vous aimez mademoiselle Chauffard ?

LÉON.

Je ne l'ai dit à personne ; vous me le demandez et je vous réponds : oui, je l'aime...

LE DOCTEUR.

J'avais donc raison de vous reprocher de susciter des entraves ?

LÉON.

Ce n'est pas d'une logique rigoureuse !.... Mais vos questions deviennent indiscrètes , Monsieur de Saint-Froult.

LE DOCTEUR.

Votre silence est un aveu.

LÉON.

Comme il vous plaira.

LE DOCTEUR.

Soit , Monsieur ! Moi je ne souffre pas de rival et je vous préviens que je ne sortirai d'ici qu'après avoir obtenu votre promesse de renoncer à la main de Mademoiselle Chauffard.

LÉON.

Oh ! oh ! monsieur !

LE DOCTEUR.

Vous refusez ?

LÉON , riant.

' Ne plaisantons pas !

LE DOCTEUR.

Je saurai vous y contraindre ; il est des insultes faites en
public et qui se réparent par les ar...

LÉON , lui prenant le bras.

Vous vous trompez. La police correctionnelle fait justice
de ces brutalités ! Me poursuivrez-vous à la promenade , au
bal , au théâtre ? Vous pourriez attendre longtemps ; je ne
sors guère que pour aller au palais... Oui, j'aime Mademoiselle Louise , et je ne reconnais à personne , à vous moins
qu'à tout autre, le droit de me tenir ce langage.

LE DOCTEUR.

Voilà de grands mots, Monsieur Desprès !... je ne me paie
pas de cette monnaie là.

LÉON , après un instant de réflexion.

Vous tenez donc beaucoup à vous battre avec moi ?

LE DOCTEUR.

Je suis clair et précis , il me semble !

LÉON.

Eh bien , Monsieur , nous nous battrons , mais pas avant
trois jours.

LE DOCTEUR.

Trois jours ?... et pourquoi ?

LÉON.

Ah ! voilà mon secret ! — Nos témoins conféreront tout
de suite , si vous le jugez à propos.

LE DOCTEUR.

Monsieur , je suis à votre disposition.

Il s'apprête à sortir.

SCÈNE XI.

LÉON , LE DOCTEUR , M. MADU.

M. MADU , entre , salue Léon.

Monsieur !... Léon s'incline froidement.

M. MADU , au Docteur.

Bonjour , cher Docteur !... à Léon. Monsieur , voici ce qui
m'amène près de vous : votre nom m'est connu depuis
longtemps et l'autre jour , vous donniez des conseils à
M. Chauffard avec un tact , un dévouement... à vous conquérir des sympathies.

LÉON , s'incline froidement.

Est-ce l'avocat que vous me faites l'honneur de consulter ?

M. MADU , hésitant.

Oui, Monsieur !... d'importantes affaires me sont confiées;
je suis membre de sociétés de morale et de philanthropie...
sans avoir néanmoins la prétention de les diriger , et je
désire nouer des relations avec vous !

LÉON.

Pardon ! je croyais avoir , chez M. Chauffard , combattu
certaines tendances, sur lesquelles je n'ai pas à m'expliquer
en ce moment, de manière à m'aliéner plutôt qu'à conquérir
vos sympathies...

M. MADU.

En supposant, ce qui n'est pas , que nous ne fûssions pas
complètement d'accord sur tous les points , vous parliez en
honnête homme , en homme convaincu et cela me suffisait.

LÉON.

Vous me flattez singulièrement, Monsieur !... — Est-il
question aujourd'hui de quelque acte de mon ministère ?

LE DOCTEUR , qui se tenait un peu à l'écart, le chapeau à la main.

A Madu. Je vous laisse.

M. MADU , au Docteur.

Un instant encore et je suis à vous !...

LÉON , au Docteur.

Si Monsieur n'a pas de communications confidentielles à
me faire... ou si elles vous intéressaient l'un et l'autre.

LE DOCTEUR , fronçant le sourcil.

Je ne comprends pas.

LÉON.

N'avez-vous pas des affaires en commun ?

M. MADU , surpris.

· Les affaires de M. le Docteur de Saint-Froult sont, je le
suppose, les soucis de sa nombreuse et brillante clientelle;
les miennes, je vous l'ai dit, sont d'un ordre assez élevé.

LÉON.

Je vous croyais liés l'un et l'autre avec M. Chauffard?...
M. Madu fait un signe d'étonnement. Alors, on m'a induit en erreur !

M. MADU , changeant de ton.

Au besoin, pourrai-je compter sur vous ?

LÉON.

Mon cabinet est ouvert à tout le monde.

M. MADU.

Quoiqu'il nous répugne de recourir aux tribunaux, nous y
sommes parfois obligés, sous peine de faillir à des obliga-
tions sacrées. L'appui que nous prêtons à l'opprimé serait
de peu de valeur si nous ne nous renseignions pas auprès
d'hommes habiles et consciencieux !

LÉON.

Il y a des oppressions de tant de sortes ! Dans ce but,
Monsieur , je serai fier d'associer mes efforts aux vôtres.

M. MADU.

Je n'attendais pas moins de vous.

LÉON.

Cependant, permettez... nous entendons-nous parfaitement sur la portée des termes que nous employons l'un et
l'autre ?

M. MADU.

Pour les honnêtes gens, les mots ont, je crois, la même
signification !

LÉON.

Cela devrait être ! — Nous parlions d'oppression; ajoutons
la spoliation, le vol, non pas ouvertement... ceci est du
ressort du ministère public, et les tribunaux se chargent de
venger la société... mais la spoliation pratiquée à bas bruit,
impure scorie qui gagne rarement la surface de cette lave
sans cesse en ébullition... crime, c'est le mot, d'autant plus

redoutable qu'il échappe souvent à la vigilante sollicitude des magistrats, et à la répression des lois. Voilà bien, il me semble, les crimes que les honnêtes gens doivent recher- cher et flétrir.

M. MADU.

Monsieur, je suis de plus en plus heureux d'être avec vous en si complète communion d'idées.

LÉON.

Comme je vous le disais, Monsieur, il s'agit de s'en- tendre... Pardonnez-moi de ne vous avoir pas offert un siège plus tôt !

LE DOCTEUR, regardant sa montre.

Il est tard !... je suis en consultation avec le premier mé- decin de l'Empereur... il faut...

M. MADU.

Quelques minutes encore !... Vous avez vos chevaux ? Je ne savais pas que vous connaissiez Monsieur Desprès !

LE DOCTEUR.

Monsieur est un de mes anciens condisciples.

M. MADU.

Au premier jour, je vous entretiendrai d'une affaire grave pour laquelle je solliciterai vos bons conseils.

LÉON.

Je serai toujours à vos ordres !... des tentatives criminelles peut-être ?

M. MADU, souriant.

Oh ! non ! non...

LÉON.

La chose n'est pas rare !... Il y a une heure le juge d'ins- truction me parlait dans son cabinet d'une trame ourdie avec un cynisme révoltant... Cette affaire atteindra dans leur fortune et dans leur réputation des hommes très-con- sidérés.

M. MADU.

De quoi s'agit-il, si toutefois je ne suis pas indiscret ?

LÉON.

En aucune façon ; je puis vous donner les primeurs. Un médecin en renom... au Docteur qui est à l'écart. un de vos confrères, M. de Saint-Froult, est compromis.

LE DOCTEUR, avec hauteur, se rapprochant un peu.

Un imbécile ou un maladroit !

LÉON.

Maladroit ? c'est incontestable... Pour faire arriver une grande fortune à d'avides collatéraux, un faiseur n'a rien trouvé de plus simple que d'imaginer une substitution de part, en d'autres termes, de remplacer un enfant naissant plein de vie par un enfant mort-né... A cet effet, un médecin... maladroit vous l'avez dit, M. de Saint-Froult, et je le soupçonne en outre d'imbécilité, comme vous le dites encore, n'a pas craint de souiller le caractère auguste dont il est revêtu, et de se rendre complice d'un crime.... Des indiscrétions ont mis le parquet en émoi.

M. MADU.

Le parquet, dans son zèle exagéré flaire souvent à tort et à travers, et s'aperçoit tôt ou tard de ses bévues.

LÉON.

Je vous demande pardon, Monsieur ! cette affaire qui s'est instruite dans le silence, tombera demain, ce soir, peut-être même à cette heure, dans le domaine de la publicité... l'instruction est terminée.

LE DOCTEUR, inquiet.

Ce confrère se nomme ?...

M. MADU.

Le *faiseur*, c'est ainsi que vous avez qualifié la personne qui intervient, vous est-il connu ?

LÉON.

Oui !.... *la Gazette des Tribunaux* ne tardera pas à faire ses révélations.... le Docteur paraît abattu. Le doute n'est pas possible ! — J'entrevois les arguments qu'invoquera ce médecin. — Comme la loi l'oblige au secret, il portera la défense sur ce terrain. Il réussira peut-être, non pas s'il

8

prend le contrepied d'une justification franche et loyale, en
se retranchant derrière des arguties banales et sans valeur,
mais s'il aborde de prime-saut le point décisif de la question.
La loi lui dit : Tu respecteras le secret des familles ; mais
elle dit encore : jamais tu ne te serviras de ton art pour corrompre les mœurs, ou favoriser le crime ? Comme membre
de cette société qui te protège, tu dois l'aider dans son
œuvre de protection. La loi suppose avec raison que tu as
assez de discernement pour ne pas confondre le bien avec
le mal, ou te laisser égarer ! — Autre question : Le secret
a-t-il été acheté ? — S'il en est ainsi, le médecin au lieu
de remplir un sacerdoce, a vendu sa conscience ; il a été
l'agent le plus direct et le plus immédiat... il n'y a plus pour
lui d'indulgence possible.

Le Docteur semble atterré.

M. MADU, ricanant.

Et l'intermédiaire, le *faiseur*, avait-il quelque intérêt dans
tout ceci ?

LÉON, réfléchissant.

On ne le dit pas !

M. MADU, triomphant.

Invention gratuite !

LÉON.

Pardon, Monsieur, c'est de l'histoire... il a remis lui-
même le salaire... cela est acquis au dossier...

M. MADU, rire forcé.

Décidément, voilà un cancan de la salle des Pas perdus !

LÉON.

C'est votre pensée ?... à part. quelle impudence !

M. MADU.

Laissons, si vous voulez, les poursuites imaginaires d'un
crime imaginé, et permettez-moi de faire appel à votre
excellent jugement. Ne peut-il pas se présenter des circonstances, et cela arrive, Monsieur, où la fortune, l'honneur
d'une famille soient compromis par une sorte de fatalité ?
Une catastrophe est imminente...

LÉON, se contenant.

Et alors, Monsieur ?...

M. MADU.

N'est-ce pas un devoir de détourner cette fatalité ?

LÉON.

Par un crime ?...

M. MADU.

Vous maniez avec une incroyable facilité des mots qui me font frissonner, moi qui ne suis pas du métier. Vous jouez avec la hache de façon à donner la chair de poule.... je ne connais pas le fait dont vous parlez... mais une substitution de part dans de telles conditions, ne saurait être un crime ?

LÉON.

Vraiment ?

M. MADU, s'animant.

Comment ?... Une fortune immense destinée à faire de bonnes œuvres, à soustraire au vice, à la misère, de pauvres êtres abandonnés, va passer dans des mains indignes, et rien ne pourra la retenir ?... Certes la loi est sage, je la respecte ; elle doit punir ; mais dans l'espèce, n'est-il donc rien au-dessus de cette loi ?... La morale ?...

LÉON, ébahi.

La morale ?...

M. MADU.

Sans laquelle la société n'est plus que chaos.

LÉON, se croisant les bras.

La morale ?.... Oh ! je connais ce mot là dans votre bouche à vous et à vos pareils ! La loi ? Vous la respectez quand elle atteint vos ennemis.... Si elle vous flétrit, vous en faites bon marché !.... La conscience à vos yeux est un instrument dont chaque vice monte les cordes à son diapason. Votre conscience module sur tous les tons l'apologie de l'avarice à l'avare, de l'impudicité au libertin, du vol, du brigandage aux héros de Brest et de Toulon !... Votre morale à vous, est de faire ce que vous faites tous les jours, c'est-à-dire le mal sur la plus grande échelle, de pervertir le cœur et les sens, de tripoter de la boue dans l'ombre, d'avoir l'œil partout, la main partout, de dépouiller l'orphelin, en le prenant généreusement sous votre tutelle, de désunir des familles pour caresser un penchant, satisfaire une fantaisie, de refuser un morceau de pain à la misère la plus navrante sous un prétexte futile, celui-ci, par exemple, qu'elle ne pratique pas ses devoirs religieux! Puis on dissimule ces ignobles et basses trahisons par une démarche austère, une ostentation de principes rigides, de prétendues bonnes œuvres, de mielleuses paroles qui subornent les plus timorés! Si ce voile cache la vérité à la multitude, quelques hommes plus hardis et plus clairvoyants en soulèvent un coin, et cela leur suffit pour mettre la face à nu... Eh bien, moi, j'entreprends cette tâche, dussè-je être persécuté par le monde entier.... *se reprenant.* par votre monde à vous, le plus cruel, le plus abject, le plus niais, le plus redoutable peut-être.... par votre monde qui se recrute de misérables comme vous.... c'est la minorité.... et en grande partie, d'hommes honnêtes, mais faibles!... leur bonhomie vous les amène, ils s'abandonnent à vous, vous les inféodez... et ils suivent le courant!... et plus tard, vous ne faites plus qu'un, eux les dupes et vous les infâmes. — Quand on vous voit traîner fastueusement à votre remorque tant de gens considérés, d'une probité inattaquable, quelque chose de leur honnêteté rejaillit sur vous, l'or fait passer l'alliage.... Voilà ce que vous êtes, vous; voilà votre morale! Entassez sophismes sur paradoxes, je vous connais, et quoique vous m'effrayiez, je me sens assez d'énergie pour vous combattre!!

M. MADU, très calme.

Bravo! Monsieur, voilà de la véritable éloquence... Quelle péroraison pour votre plaidoyer!

LE DOCTEUR, railleur.

Monsieur Desprès fait là une peinture bien amère!... Que ne prêche-t-il plus souvent d'exemple?

LÉON, au Docteur.

Qu'est-ce à dire ?

M. MADU.

Nous vous verrons à l'œuvre.

LÉON.

Quand vous voudrez et plus tôt que vous ne pensez !.... Vous veniez me consulter, vous avez maintenant la mesure de ce qu'on peut attendre de moi !

Il montre la porte à Madu.

M. MADU.

Je vous croyais l'esprit plus droit.... je m'étais trompé.... menaçant vous apprendrez bientôt...

LÉON.

Des menaces ?.... je ne les redoute pas !.... je m'attends à tout de votre part !

M. Madu sort.

SCÈNE XII.

LÉON, LE DOCTEUR.

Le Docteur se dispose à sortir, Léon l'arrête.

LÉON.

Il faut que je vous parle !

LE DOCTEUR, avec hauteur.

Votre prêche n'est pas fini ?

LÉON, lui prend le bras.

Restez donc, monsieur !.... nous avons été amis jadis.... si notre manière très différente de pratiquer la vie nous a séparés jusqu'à ce jour, la gravité des évènements nous rapproche...

LE DOCTEUR.

Que dites-vous ?

LÉON, affectueusement.

Je dis... je dis... que tu es égaré... que Madu te perd !

LE DOCTEUR.

Comment, Monsieur ?

LÉON.

Ta splendeur d'emprunt t'obligeait à me traiter avec hauteur, moi qui n'ai ni luxe ni succès,... et maintenant, ce monde dont tu recherchais l'approbation te repousse...

LE DOCTEUR.

Expliquez-vous !

LÉON.

Tu es accusé ; des preuves matérielles, irréfragables, te condamnent... ·

LE DOCTEUR.

Léon !...

LÉON.

Il y a un abîme entre M. Madu et toi.... Cet homme avec son infernale habileté t'a poussé dans le gouffre.... C'est un infâme... tu n'es que maladroit... je te sauverai !

LE DOCTEUR.

Cette affaire dont s'est ému le parquet, c'est...

LÉON.

La vôtre ! Laisse-moi conduire ta défense... je séparerai vos deux causes. Il est temps de faire bonne justice de tant de perversité, et d'imprimer au front de cet homme une flétrissure indélébile...—

LE DOCTEUR.

Et quel prix mettez-vous à vos services ?

LÉON.

Peut-il être question de cela ?

LE DOCTEUR.

Encore !

LÉON.

Tu voulais me faire renoncer à la main de Mlle Chauffard ; Dieu me garde de t'imposer de semblables conditions.... laissons la se prononcer librement.

LE DOCTEUR.

Tant de générosité !

LÉON.

Le temps presse ; il me faut une confession pleine et entière.... pas de détour qui te compromettrait encore.... viens ici.... près de moi.... il l'entraîne vers le bureau. Parle sans honte.... à un ami !.... il lui prend la main. La vérité sur toutes choses !... Il se met au bureau, prend une plume et se dispose à écrire.

LE DOCTEUR, abattu.

« Le 4 septembre dernier, Monsieur Madu est venu chez moi...

On frappe et aussitôt Baptiste paraît.

LÉON, brusquement.

Que ma porte soit fermée..., à tout le monde.... sévèrement. je n'excepte personne cette fois-ci... tu entends ?... Personne !

BAPTISTE.

Ceci paraît sérieux. Il disparaît et on entend la serrure se fermer.

LÉON.

Quelqu'un a-t-il vu ce jour-là entrer ou sortir M. Madu de chez toi ?

LE DOCTEUR.

Réfléchissant. Non !... mon domestique Saint-Jean !

LÉON.

Quel homme est-ce ?

LE DOCTEUR.

Un drôle !...

LÉON.

Tant pis !...

Il se met à écrire. — Le Docteur devient rêveur, la toile tombe quand Léon dit en écrivant :

« Le quatre septembre mil huit cent soixante-six... »

ACTE CINQUIÈME.

Un salon chez M. Chauffard.

SCÈNE PREMIÈRE.

Mlle VALENTINE DUVAL, en deuil. Mlle LOUISE CHAUFFARD.

LOUISE.

Tu ne pouvais plus lutter... cette réclusion !

VALENTINE.

Détrompe-toi !... ma vie, sédentaire d'abord , ne fut pas toujours ce que tu penses.

LOUISE.

Et comment ?

VALENTINE.

J'avais accepté avec résignation , je dirai même avec une sorte d'héroïsme une existence de travail et de privation ; puis , M. Madu se montrait si bon , si dévoué ! J'attendais toujours une position ; M. Madu trouvait des obstacles aux offres qui m'étaient faites ; c'était tantôt l'exiguité des appointements, tantôt les fatigues auxquelles je n'aurais pas la force de résister... et le temps marchait sans apporter de changement... une surexcitation fébrile me soutenait ; pourtant un jour ces retards si souvent renouvelés me découragèrent, je crus entrevoir la vérité ; mes doutes grandirent peu-à-peu et enfin le hasard m'apprit que M. Madu pourvoyait

à mes besoins , et à ceux de ma mère et de mes sœurs. Sa
protection était une charité déguisée ! mon orgueil se ré-
volta , je voulus une explication !... et, te l'avouerai-je à ma
honte, je fus dupe encore du rôle qu'il joua... sa générosité,
me dit-il, puisque je persistais à qualifier ainsi sa conduite
si simple et si naturelle, ne serait pas à la hauteur des bien-
faits de mon père... puis n'était-il pas heureux de se refaire
une famille.... lui , si aimant , victime des vices de... je
m'arrête , je rougirais de continuer... bref , cet entretien
qui devait être décisif , si j'avais eu plus d'expérience, me
le fit estimer d'avantage... aimer même...

LOUISE.

Tu aimais M. Madu ?

VALENTINE.

Je l'ai cru !... Lorsque je vins te voir , tu dois te rappeler
la contrainte que je m'imposai , et mon indifférence pour
les paroles affectueuses de ton frère... que j'aimais , lui !....
mais ne confonds pas , je te prie , ces sentiments qui n'ont
rien de commun !... M. Madu m'entoura de tant de soins et
de prévenances que j'oubliai la sainteté de mes résolutions...
aussi parlions-nous rarement des projets d'avenir dont j'avais
fait l'unique but de son patronage. A cette époque il dut
faire un voyage ; il s'inquiéta de me laisser seule à Paris
pendant un mois... j'étais folle , Louise , je le suivis. La distraction , le changement de lieux , les promenades , l'air vif
des montagnes firent diversion sur mon esprit, et mon en-
jouement naturel l'emporta. J'en vins à ce point de me
réjouir du présent et de ne plus vouloir regarder dans le
passé.... A ce moment, M. Madu, se croyant sûr de la
victoire changea de plan ; il émit devant moi des théories
étranges dont je ne compris pas tout d'abord l'odieux...
puis bientôt... pleurant. tiens, j'ai raconté le reste à ta mère...
je ne me sens pas la force de recommencer cet horrible
récit...

Entrée de Mᵐᵉ Chauffard.

SCÈNE II.

LOUISE, VALENTINE, Mme CHAUFFARD.

VALENTINE , se jetant au cou de Mme Chauffard.

Mon excellente mère.

Mme CHAUFFARD.

Relevez la tête, enfant !... mon amitié pour vous s'est
accrue de tout le respect qu'inspire une femme qui non
seulement est restée vertueuse dans les circonstances ordi-
naires de la vie, mais qui faible, isolée, sans conseil, a
triomphé des embûches les plus perfides.

LOUISE , à Valentine.

Je n'ai jamais cessé de t'aimer et ces paroles de ma mère
te rendent encore plus chère à mon cœur.

Mme CHAUFFARD.

Cet homme projetait d'aller aux État-Unis ?

VALENTINE.

Aujourd'hui même il laissait Paris... le paquebot du Havre
part demain.

Mme CHAUFFARD.

Et vous l'accompagniez ?

VALENTINE , baissant les yeux.

J'y avais consenti !

Mme CHAUFFARD.

Il devait toucher une somme de 500,000 francs ?

VALENTINE.

Oui, Madame...

Mme CHAUFFARD.

Vous avait-il dit d'où provenait cette somme ?

VALENTINE.

Il la prenait chez son banquier.

Mme CHAUFFARD.

A part. Je comprends : ce banquier c'était mon mari ! haut.
Laissez-moi, mes enfants... à Valentine. Allez avec Louise, dans

sa chambre... ne vous montrez à personne... vous m'entendez, je vous le recommande expressément.

Valentine et Louise vont sortir.

à Valentine. Quoi ! vous partez ainsi ! elle la baise au front, elle rappelle
Louise. Louise ! Louise accourt près d'elle ; elle la baise au front. Allez , mes
enfants...

Elles sortent.

SCÈNE III.

Mme CHAUFFARD , seule.

J'étais bien informée... M. Madu , à bout d'expédients , va
venir réclamer les 500,000 francs pour lesquels M. Chauffard
s'est engagée si imprudemment , et il partira ce soir même
pour les États-Unis ! M. Madu si habile , finirait-il par une
escroquerie ?

SCÈNE IV.

Mme CHAUFFARD , M. CHAUFFARD.

M. CHAUFFARD , tenant des lettres à la main.

Se parlant. Ces lettres m'inquiètent. à sa femme. Louise ne va pas
plus mal ? Le docteur de Saint-Froult n'a pas donné signe
de vie depuis longtemps ! Une de ces lettres, elle est anonyme, contient des calomnies... c'est assez l'ordinaire !
M. de Saint-Froult serait poursuivi pour un crime !

Mme CHAUFFARD.

Ce bruit est-il fondé, je l'ignore, mais j'en ai entendu
parler.

M. CHAUFFARD.

Allons donc ! j'en ai reçu quatre à peu près semblables ,
et voici ce que je fais de toutes... il la déchire. Une autre est
signée par ce monsieur qui représentait à la séance la maison Bourget frères et Cie... elle paraît plus sérieuse... Bachu

aurait fondé déjà une société pour la propagation et la réalisation de sa découverte ; la société se serait dissoute après
des pertes considérables ;... Madu et de Saint-Froult qui ne
viennent pas !

Mme CHAUFFARD.

Tu les reverras aujourd'hui ; ils n'ont pas renoncé à leurs
projets. ·

M. CHAUFFARD.

Je le crois pardieu bien !... on ne renonce pas comme ça
à des affaires aussi belles et aussi sûres. J'ai chargé Raoul,
à qui j'ai pardonné, de s'enquérir de ce qu'ils sont devenus...
ah ! le voici !

SCÈNE V.

[Mme CHAUFFARD, M. CHAUFFARD, RAOUL.

M. CHAUFFARD, à Raoul.

Quoi de nouveau ?

RAOUL.

Tes excellents amis... et les miens, les honorables Messieurs Madu et de Saint-Froult ont eu un tout petit démêlé
à vider en cour d'assises.

M. CHAUFFARD.

Encore des contes !

RAOUL.

La *Gazette des Tribunaux* en parlera demain !

M. CHAUFFARD.

Explique-toi !

RAOUL.

Les prestidigitateurs vulgaires, ceux des Champs-Elysées
escamotent proprement une muscade ; Bosco, Robert-
Houdin escamotent en riant une personne naturelle ; le
docteur de Saint-Froult, lui, ne s'amuse pas aux bagatelles
du gobelet, il a soustrait un enfant naissant aux caresses de
sa mère, et lui a substitué un enfant mort.

Mme CHAUFFARD , avec dégoût.

Il serait vrai ?

M. CHAUFFARD.

Quand on a l'esprit assez mal tourné pour faire des
suppositions saugrenues, on ne s'arrête pas en aussi bon
chemin... continue !

RAOUL.

Je détache un feuillet de l'histoire de la cour d'assises.

M. CHAUFFARD.

Ah ! voyez-vous !

RAOUL.

M. Madu a échappé à la condamnation grâce à son habileté, car il est très-habile, M. Madu !.... je le proclame
hautement.

M. CHAUFFARD.

C'est encore fort heureux !... ainsi, MM. Madu et de Saint-
Froult ont commis un crime, n'est-ce pas ?... fais de la
diffamation à plaisir... va, va toujours !

RAOUL.

Monsieur Madu, je te le répète, n'a pas été condamné.

M. CHAUFFARD.

Que la médiocrité s'attache aux hommes d'élite comme
M. Madu, je ne m'en étonne pas... mais je vous engage fort
à faire taire vos ridicules antipathies à l'égard de M. de
Saint-Froult qui sera très incessamment mon gendre... votre
beau-frère, Monsieur !

Mme CHAUFFARD , à Raoul.

Il serait fort mal, mon ami, de persister dans de pareilles
allégations si elles sont sans fondement.

RAOUL.

Ce procès aura du retentissement, n'en doutez pas ! ces
messieurs sont trop répandus pour que les organes de la
publicité n'en régalent pas leurs lecteurs.

M. CHAUFFARD.

Si le fait était vrai, je m'expliquerais avec une entière

franchise..... mais du moment que les tribunaux les ont déclarés innocents...

RAOUL.

Oui... à la simple majorité.

M. CHAUFFARD.

Qu'importe?... la société les absout !

RAOUL.

Il est à souhaiter que des hommes hors ligne... comme eux... soient rares...

M. CHAUFFARD.

Je n'aurais pas fait moi , je crois , ce qu'on leur prête gratuitement, car enfin faut-il connaître les circonstances et ne pas jeter témérairement le blâme !

Mme CHAUFFARD , à M. Chauffard.

Mon cher ami , qu'importe tout cela ?... tu sauras bientôt à quoi t'en tenir sur leur compte... épiant son mari. tu n'as pas d'engagement sérieux avec eux ?

M. CHAUFFARD , avec explosion.

Tout au contraire ! ma fortune presque entière est entre leurs mains... mais je ne m'en soucie guère ; après avoir été si indignement calomniés , ils sont hommes à prendre une éclatante revanche.

Mme CHAUFFARD , à Raoul.

Nous sommes perdus !... M. Madu part aujourd'hui pour l'Amérique.

RAOUL , à son père.

Quoi, ta fortune est à leur merci? mais ce Madu est le dernier des misérables.... Dans cette affaire dont il était l'âme, il a su par des conceptions infernales faire peser toute l'accusation sur Michel, aussi Léon Després n'a pu, comme il le désirait , abandonner le sort de Madu à la flétrissure et dégager les deux causes l'une de l'autre ; en sauvant Michel il a dû sauver Madu.

M. CHAUFFARD , d'un air de triomphe.

Ah ! Madu a lutté victorieusement contre ses nombreux ennemis !

SCÈNE VI.

LES PRÉCÉDENTS, M. MADU.

M. CHAUFFARD, avec empressement, voyant M. Madu.

Arrivez donc, j'avais hâte de vous revoir... nous parlions de vous...

M. MADU, avec embarras.

Un voyage...

RAOUL, à Madu.

Que Monsieur projette ?

M. MADU.

Non ; que j'ai fait Monsieur !...

M. CHAUFFARD.

Ah ! ça, que raconte Raoul ? vous et M. de Saint-Froult vous auriez eu une affaire en justice ?... Je n'ai pas compris un mot...

M. MADU.

Le Parquet s'est ému de je ne sais quelle vague rumeur.

M. CHAUFFARD.

Des dénonciations ?... des anonymes peut-être ?...

M. MADU.

Oui, oui... des anonymes.... ironiquement. nous étions l'un et l'autre accusés d'un crime...

M. CHAUFFARD.

Ah ! mes pauvres amis ! il s'essuie une larme.

M. MADU.

Il est difficile de faire le bien sans soulever des inimitiés !

M. CHAUFFARD.

Personne n'est à l'abri de l'ingratitude des hommes !.... moi-même !...

RAOUL, à M. Madu.

Grâce à Léon !

M. MADU, d'un ton d'indifférence.

Monsieur Desprès a passablement défendu M. de Saint-Froult...

RAOUL.

Comment ? il l'a fait acquitter...

M. MADU , se tournant vers M. Chauffard.

Vous comprenez que ce n'était pas difficile !

RAOUL , avec emportement.

Vous n'étiez pas digne de cette sublime défense ! Mais restez convaincu que Léon vous connaît et que vous ne perdrez rien pour attendre...

M. MADU.

La médiocrité s'attache volontiers...

RAOUL.

A vous, peut-être ?...

M. CHAUFFARD.

Raoul, sortez !...

M. MADU , doucereux.

Pourquoi ?

M. CHAUFFARD , regarde Raoul, lève les épaules. — Raoul s'est mis un peu à l'écart.

A Madu. Vous avez eu beaucoup d'occupations puisque je ne vous ai pas vu ?

M. MADU.

Des intérêts de grande importance...

— RAOUL.

M. Madu ressemble aux Patriciens de l'ancienne Rome.... ses nombreux clients !...

M. MADU, à Raoul.

Si je ne vous connaissais pas autant, et si je n'avais pas pour Monsieur votre père une profonde estime , savez-vous que je me fâcherais !.... bas à Chauffard. Je voudrais vous entretenir !

M. CHAUFFARD.

. Qui vous empêche, mon cher Madu, nous sommes en famille !

M. MADU , à demi-voix.

Sans doute... mais nous avons besoin d'être seuls.

M. CHAUFFARD , surpris.

Ah?... comme vous voudrez!... à Mme Chauffard et à son fils. Laissez-nous !

Mme CHAUFFARD , bas à son mari.

Prends garde !

M. CHAUFFARD , riant.

Ah ! oui ; ta tocade !

RAOUL , bas à son père.

Que ta bonté ne te fasse pas oublier la prudence !

M. CHAUFFARD , courroucé,

Ce n'est pas fini ?

RAOUL , à Madu.

Ainsi donc M. Madu, ce voyage est ajourné.... Madu fait un signe d'étonnement. vous ne comprenez pas ?.... Nous en reparlerons... s'en allant. Je ne le perds pas de vue.

Mme Chauffard et Raoul sortent.

SCÈNE VII.

M. CHAUFFARD , M. MADU.

M. CHAUFFARD.

Nous sommes seuls ; eh bien ?...

M. MADU.

L'affaire Bachu marche ; nous avons eu beaucoup de peine... et nous n'attendons plus...

M. CHAUFFARD.

Parlez-moi de notre ami le Docteur de Saint-Froult...

M. MADU , indifférent.

Je ne l'ai pas vu depuis huit jours.... changeant de ton je vous disais donc que Bachu...

M. CHAUFFARD.

Oui , oui... Quelles poursuites a-t-on exercées contre lui ?

M. MADU.

Il me serait impossible de vous en rendre un compte exact !..... Tous les préparatifs sont terminés !

M. CHAUFFARD.

Je vous entends !... que parle-t-on de cour d'assises ?

M. MADU.

Il paraîtrait... il...

M. CHAUFFARD

Vous étiez poursuivis l'un et l'autre...

M. MADU.

Sans doute... sans doute ! je ne m'en suis pas préoccupé... mon dédain !...

M. CHAUFFARD.

Mais encore, vous avez comparu ?

M. MADU.

Non, j'ai fait défaut... nous avons été acquittés... — Il faudrait songer maintenant à faire le prem....

M. CHAUFFARD.

Vous semblez éluder... vous ne me répondez pas !

M. MADU.

Et vous non plus !

M. CHAUFFARD.

Sévèrement. Chaque chose a son temps... dites-moi donc ce que vous savez de l'affaire de Saint-Froult ?

M. MADU.

Vous lui accordez trop d'importance. Voici en deux mots: M. de Saint-Froult avait été appelé comme médecin dans une famille riche, considérée... le secret lui avait été imposé, et en gardant le secret, il remplissait son devoir....

M. CHAUFFARD.

D'accord, mais un médecin ne doit dans aucun cas se servir de son art pour favoriser le crime ; et si ce qu'on raconte est vrai...

M. MADU.

Il y a des mots fort élastiques dont on fait un singulier abus, comme *devoir*, *famille*... pour ma part je reconnais à la conscience seule d'un honnête homme d'en déterminer le sens.

M. CHAUFFARD.

Halte-là mon cher Madu !... à ce compte, il n'y aurait plus pour personne ni règle, ni frein.

M. MADU.

A mes yeux le meilleur guide, celui qui ne trompe jamais, c'est la conscience des honnêtes gens.

M. CHAUFFARD.

Cette théorie est inadmissible ! Qui ne se croit honnête ? Quand on vit en société, il faut se courber absolument et toujours sous ses lois !... Après tout, ce que je dis là est pour parler, car M. de Saint-Froult est un galant homme !

M. MADU.

C'est incontestable ! — Comme je vous le disais à l'instant, nous ne pouvons aller plus loin sans faire le premier versement !

M. CHAUFFARD, inquiet.

Et vous venez ?...

M. MADU.

A cet effet !... ma visite, je le suppose, ne vous surprend pas !... les engagements sont précis... la probité Chauffard est trop connue.

M. CHAUFFARD, embarrassé.

Je ne m'attendais pas, je l'avoue, à une époque si prochaine... je n'ai rien dit à mon banquier !

M. MADU.

Vous le savez ; les affaires doivent être menées rondement... le plus petit retard en compromettrait le succès. — Une autre société s'est formée pour la navigation aérienne ; quoique ses procédés soient incomparablement inférieurs aux nôtres, cependant...

M. CHAUFFARD.

Quelques jours du moins !

M. MADU.

Non, non, pas une minute !... rappelez-vous les termes de notre traité... vous l'avez ; nous possédons le double.

M. CHAUFFARD , désespéré.

Je le sais , je le sais !

M. MADU.

Le Docteur et moi sommes solidaires..... je vous laisserai une quittance en nom collectif... c'est cinq cent mille francs !

M. CHAUFFARD , rire forcé.

Vous me prenez à la gorge ! Eh quoi, pendant quinze mortelles journées vous ne donnez ni l'un ni l'autre , signe de vie, puis vous éclatez tout-à-coup comme une bombe ! vous voulez emporter avec vous les cinq cent mille francs?... ce n'est pas une bagatelle ?

M. MADU.

Quand un homme comme M. Chauffard fait un traité, il en pèse toutes les conséquences.

M. CHAUFFARD , se relevant blessé.

En douteriez-vous , Monsieur ?

M. MADU.

J'en doute si peu que je suis ici pour encaisser le premier versement. Votre honneur , votre exactitude sont inattaquables, mais cet embarras... cette incertitude...

M. CHAUFFARD.

Après , Monsieur ?... achevez...

M. MADU.

....Feraient croire que vous vous repentez... et du regret à l'inexécution des clauses il n'y a qu'un pas !

M. CHAUFFARD.

Pour qui me prenez-vous ?

M. MADU , froidement.

Je vous rappelle votre engagement.

M. CHAUFFARD , désespéré.

Venez... venez donc...

Ils s'apprêtent à sortir.

SCÈNE VIII.

Les Précédents, RAOUL.

RAOUL , entre brusquement par la porte vers laquelle se dirigent son père et Madu·

Arrêtez !... à Madu. Vous insultez mon père !

M. CHAUFFARD.

De quoi te mêles-tu ?... Laisse nous !

RAOUL.

Non, je ne vous abandonne plus !

M. CHAUFFARD.

Un contrat me lie !

RAOUL.

Y a-t-il d'engagement possible avec un tel homme ?

M. CHAUFFARD.

Rien ne me détournera d'un devoir !

RAOUL.

Devoir ?... mot élastique , dit M. Madu ! — Entre toi et
lui la partie ne serait pas égale !.... Son devoir , mon père ,
était d'abandonner lâchement sa femme et ses enfants ,
d'arracher impudiquement une jeune fille à sa mère sous le
prétexte de la servir par son crédit ; son devoir était de
suborner la raison de cette enfant, de lui corrompre le
cœur, en se parant de toutes les vertus et en pratiquant
tous les vices , de sacrifier les saintes choses qui élèvent
l'humanité à la satisfaction de ses appétits et de ses con-
voitises !..... Son devoir à cet homme est peut-être encore
de te dépouiller, et de t'enchaîner à ton insu à ses basses
trahisons !.... Parlons donc de devoir à M. Madu ! Parlons-
lui plutôt d'hypocrisie qui se farde et ourdit ses turpitudes
dans la fange... de sordides infamies qui feraient douter de
la vertu , de la piété , si tout homme qui a le cœur haut et
dégagé du mensonge ne savait démêler le vrai du faux et
l'ivraie du bon grain !...

M. MADU.

A Raoul avec dédain. Je méprise les injures.... à M. Chauffard. Je vous croyais assez fort chez vous, Monsieur, pour empêcher qu'on m'insultât !

M. CHAUFFARD.

Raoul, tu vas trop loin !

M. MADU , avec calme.

Reprenons, s'il vous plaît, la conversation que M. votre fils vient d'interrompre.

M. CHAUFFARD.

Je me suis lié, Monsieur, je le sais.... c'est une question d'honneur...

RAOUL.

Cet homme s'expatrie !

M. CHAUFFARD.

Vous partez, Monsieur ?...

M. MADU.

Pure invention !

RAOUL.

Apprenez que ma mère ne ment pas !

M. CHAUFFARD.

Quoi, ta mère ?...

RAOUL.

Elle-même me l'apprenait à l'instant !

M. MADU , à part.

D'où sait-on ?

M. CHAUFFARD.

Comment, vous, dépositaire de nos fonds, vous faites clandestinement un voyage ?

RAOUL.

Tranquillise-toi ; monsieur ne va pas loin... aux États-Unis seulement !

M. CHAUFFARD.

Vous réclamez le premier versement impérieusement, sur l'heure et vous partez pour l'Amérique ?

M. MADU.

Je vous le répète, Monsieur, c'est un conte !

RAOUL.

Patience, patience ! je ramène ma mère, elle te renseignera mieux que moi !

Il sort.

SCÈNE IX.

M. CHAUFFARD, M. MADU.

M. MADU.

Les insultes de votre fils, vos tergiversations me tracent ma conduite... je vais...

M. CHAUFFARD.

Nous sortirons ensemble ; quoique mon banquier ne soit pas prévenu, je ferai aujourd'hui même entre vos mains le versement pour lequel je me suis engagé. Une minute encore... Madame Chauffard...

M. MADU, avec ironie.

Faudra-t-il pour une affaire si simple convoquer le ban et l'arrière-ban de votre famille ?

M. CHAUFFARD, sévèrement.

Madame Chauffard connaît mes affaires ; et toutes les fois que je ne l'ai pas consultée, je m'en suis repenti.

M. MADU, impatient.

Pourtant, Monsieur, je ne puis...

SCÈNE X.

LES PRÉCÉDENTS, Mme CHAUFFARD, RAOUL.

RAOUL, entrant.

Voici ma mère.

M. MADU.

Madame, on vous a induite en erreur.

Mme CHAUFFARD, *dignement.*

Tout est préparé pour votre départ.

M. MADU.

C'est une fable !

RAOUL.

N'interrompez pas ma mère !

Mme CHAUFFARD.

Vos dispositions sont prises.... Vous allez toucher une somme de cinq cent mille francs, chez votre banquier, avez-vous dit ?

RAOUL.

Ou chez le banquier de mon père... c'est tout un !

Mme CHAUFFARD.

N'est-ce pas la vérité ?

M. MADU.

La calomnie s'est si souvent attachée à moi !

Mme CHAUFFARD.

On affirme, Monsieur !

M. MADU.

Puis-je savoir qui vous a si bien renseignée ?

Mme CHAUFFARD.

Au besoin, la personne pourrait paraître.

M. MADU.

Je suis curieux de la voir !

Mme CHAUFFARD.

Qu'il me suffise de vous la désigner. — Une enfant dont l'imagination romanesque a pu croire à votre dévouement désintéressé...

M. MADU.

Quoi, Madame ?...

Mme CHAUFFARD.

Votre âge la rassurait... elle vous regardait comme son père. Vous aviez sur son esprit un ascendant dont il lui devenait difficile de s'affranchir.

RAOUL.

Que dis-tu ? ma mère !

Mme CHAUFFARD.

A Raoul. Valentine est plus digne que jamais. à Madu. Souvent des paroles imprudentes ont failli vous trahir, mais vous vous en aperceviez bientôt et vous repreniez votre rôle... Ces feintes, ces ruses, cette tactique, quoique fort habiles, devaient un jour vous livrer... Vous avez compris le danger de la situation... alors vous avez résolu de vous expatrier, et de vous rendre aux Etats-Unis... Vous aviez, cela va sans dire, coloré votre projet des prétextes les plus spécieux.

M. MADU.

Un projet en l'air !

Mme CHAUFFARD.

Monsieur, je vous le répète, la personne est digne de foi... elle vivait assez dans votre intimité pour que je n'hésite pas à me faire garant de son récit.

RAOUL, avec anxiété.

Eh bien, ma mère ?...

Mme CHAUFFARD.

Monsieur me comprend, et ton cœur m'a deviné.

RAOUL, se précipite vers Madu.

Valentine !

M. MADU, troublé.

Nous vivons au milieu d'un monde étrange ! Il est impossible que ma fille adoptive...

RAOUL, avec menace.

Valentine ! votre fille adoptive ?... vous osez !... devant moi ?

Mme CHAUFFARD, calmant Raoul.

A Madu. Si cela ne vous suffit pas... je vais appeler...

M. RAOUL, avec élan.

Elle ici ? Oh ! non, non, ma mère !

Mme CHAUFFARD.

Elle s'est réfugiée près de moi, Monsieur... à son mari. Vois maintenant, mon ami, quelle confiance tu dois accorder à Monsieur !

M. MADU , avec rage à M. Chauffard.

Voulez-vous , oui ou non ?

M. CHAUFFARD , hésitant.

Ce qu'on raconte est tel qu'en vérité... je ne sais...

M. MADU , à M. Chauffard.

Vous êtes libre de rester honnête homme.

RAOUL.

Taisez-vous donc , Monsieur ; votre masque est tombé ; plus un mot !

M. MADU.

Quoique à regret , Monsieur Chauffard , j'agirai !... de ce pas , je vais...

M. CHAUFFARD.

Arrêtez, Monsieur ! vous êtes un homme affreux ! une tache à mon nom ! plutôt mourir !

M. MADU.

Alors , Monsieur !

RAOUL.

Sois tranquille !... Cette affaire entamée , qui sait s'il en sortira ?... Allez, allez, Monsieur !

M. CHAUFFARD , implorant Madu.

Quelques jours seulement !

M. MADU.

Vous avez du sens , Monsieur Chauffard , vous comprenez que je ne dois plus revenir ici.

RAOUL.

Au revoir , Monsieur !

M. MADU , à M. Chauffard.

— Puisque rien ne vous décide.... aujourd'hui même un huissier...

M. CHAUFFARD , désespéré.

Je serai déshonoré !

RAOUL.

Que crains-tu , mon père?... il y a une justice qui ne nous abandonnera pas !...

M. Madu va partir.

SCÈNE XI.

LES PRÉCÉDENTS, LÉON DESPRÈS.

RAOUL, courant à Léon.

Ah ! Léon !...

LÉON, à Madu lui barrant le passage.

Vous ici ? Qu'y a-t-il de commun entre l'honnête M. Chauffard et cet infâme ?

M. MADU, avec hauteur se dégageant.

Monsieur !

LÉON.

La menace ne m'émeut pas, voyez plutôt ! Vous aviez enveloppé dans une infernale machination mon ancien camarade le docteur Michel. Ambitieux, vaniteux, c'est vrai, mais incapable d'un acte d'improbité, il croyait arriver par le charlatanisme... et sous votre détestable influence il transigeait déjà avec sa conscience.

M. MADU.

Que m'importe tout cela ?

RAOUL, à Léon.

Monsieur contraint mon père à verser entre ses mains, aujourd'hui même, aux termes de je ne sais quel mystérieux traité une somme de cinq cent mille francs.

LÉON, à Raoul.

Ah ! vraiment ?... bas à Madu. Je le savais ; aucun de vos actes ne m'échappe ; je recueille vos moindres paroles ; quoique vous n'ayez pas été atteint cette fois, croyez moins que jamais à l'impunité.

M. MADU, ironiquement.

Que ne m'accusiez-vous alors qu'il en était temps ?

LÉON.

Le pouvais-je, sans compromettre, je ne dirai pas votre complice, mais bien votre victime... aussi ai-je juré une haine implacable à vous et à vos pareils... vous êtes l'opprobre de la société.

M. MADU , à Chauffard.

Monsieur , je me retire !

RAOUL.

Nous attendrons votre huissier !

LÉON.

Un huissier ?...

M. CHAUFFARD , à Léon.

Monsieur , je n'y survivrai pas !

RAOUL , à Madu.

Ces formalités ne retarderont-elles pas votre voyage en Amérique ?

LÉON , à M. Madu.

Vous partez pour les États-Unis... et il faut vous compter à vous une somme importante ?... Quelle plaisanterie !

M. MADU.

J'userai de mon droit.

LÉON , ironiquement.

Ayez un peu de pitié , mon bon Monsieur Madu ? laissez-vous attendrir ?

M. MADU.

J'ai subi assez d'outrages !

LÉON , à M. Chauffard.

Il y a un titre ?

M. CHAUFFARD , à Léon.

Je suis lié, Monsieur !

M. MADU.

Pour éviter toute difficulté , je vais faire enregistrer.

LÉON , se ravisant.

Ah! oui, l'acte sous seing privé ? — Si pourtant Monsieur de Saint-Froult s'était désisté ?

M. MADU.

Mon droit resterait entier !

LÉON.

Bah ! vous croyez, mon cher Monsieur Madu ? Si Monsieur de Saint-Froult avait anéanti l'acte en question avant son enregistrement.

M. MADU.

C'eût été de la folie !

LÉON.

Peut-être !... mais une folie honnête !

M. MADU.

C'est impossible !

LÉON.

Eh non, mon bon Monsieur Madu ! car cet acte, le voici... tenez il le déchire et le lui jette à la figure, consultez en les morceaux... maintenant allez chez votre huissier, je ne vous retiens plus !

M. MADU , ramassant les morceaux.

Monsieur !

RAOUL , le prenant par le bras.

Que faites-vous ?... ne vous donnez pas cette peine, excellent Monsieur Madu !

LÉON.

Michel a reconnu mes faibles services ! en homme de cœur il a refusé de s'associer à une infamie... et il a jugé à propos de vous laisser la commettre... seul.

M. MADU.

C'est vous alors, Monsieur, qui vous faites gratuitement le complice d'une friponnerie ?

LÉON.

Oh ! Monsieur Madu, de si vilains mots dans votre bouche ! vous ne me croirez pas, mais je suis fier de démériter à vos yeux !

RAOUL.

Vénérable Monsieur Madu, ne craignez-vous pas de vous compromettre en demeurant plus longtemps dans une aussi mauvaise compagnie.

LÉON.

On vous attend en bas, vous aurez à répondre à une accusation de subornage !

M. MADU.

Je sais ce qu'il me reste à faire ! à M. Chauffard. La probité la plus vantée n'est pas toujours la plus vraie !

M. CHAUFFARD.

Monsieur, je suis prêt encore !

LÉON.

Allons donc !... regardez bien en face cet homme, Monsieur Chauffard ! voici l'heure où la fourberie se courbe devant l'honneur.

M. MADU.

Le temps me vengera de vos outrages ?

RAOUL.

Qu'est-ce qu'il me réserve à moi ?

M. MADU, d'un air de mépris.

Oh ! rien de bon, je suppose !

RAOUL.

Partez, partez vite Monsieur... ou je vous tuerai !

M. MADU.

Si la justice des hommes me manquait, j'en appellerais à une justice suprême, et celle-là, je l'espère, ne me ferait pas défaut !

RAOUL.

Tartuffe !

LÉON.

La justice des hommes ne vous récompensera jamais selon vos œuvres. — Les gendarmes vous attendent à la porte...

Madu se dirige vers une porte.

RAOUL, le prenant par le bras.

Par ici, Monsieur, par ici... c'est l'escalier de l'expiation !

M. MADU.

Nous nous reverrons !...

SCÈNE XII.

M. CHAUFFARD, LÉON, Mᵐᵉ CHAUFFARD, RAOUL.

M. CHAUFFARD, comme se réveillant en sursaut, va prendre Léon par la main.

Jeune homme !... vous êtes grand !

RAOUL.

La gloire du barreau français !

M. CHAUFFARD.

Vous avez sauvé votre rival de l'ignominie !

LÉON.

J'ai peut-être un peu contribué à le tirer des griffes du vautour.

RAOUL.

Et ta fortune, mon père ?

M. CHAUFFARD.

Je ne vous ai jamais méconnu, moi ! j'avais deviné votre avenir ! vous êtes bien l'homme habile par excellence !... l'honnêteté, le savoir, le cœur ?

LÉON.

Vous me comblez, Monsieur ! à Raoul. Adieu !

RAOUL.

Tu nous quittes déjà ?

LÉON.

Saluant M. Chauffard. Monsieur ! à Mme Chauffard. Madame ! à Louise. Mademoiselle, permettez-moi de vous souhaiter un prompt retour à la santé.

Mme CHAUFFARD.

Vous êtes notre sauveur ; comment vos vœux ne seraient-ils pas exaucés ?

Léon salue et se retire.

M. CHAUFFARD, le rappelant.

Monsieur ! Monsieur Desprès.

LÉON, répondant.

Monsieur Chauffard !

M. CHAUFFARD.

Ne partez pas ainsi... je ne suis pas ingrat ; que diantre, je veux reconnaître vos services.

LÉON.

Je suis trop récompensé si vous m'accordez une place dans votre estime.

M. CHAUFFARD.

Mais encore ?

LÉON.

Je vais vous paraître bien hardi !

M. CHAUFFARD.

Parlez !

LÉON.

Permettez-moi de venir quelquefois présenter mes hom-
mages à ces dames !

M. CHAUFFARD.

Et puis?

LÉON.

Ne m'en jugez-vous pas digne ?

M. CHAUFFARD.

Quoi ? vous arrachez un homme , votre ennemi , au
déshonneur , et pour prix de tant de magnanimité , vous lui
demandez un chiffon de papier , un écrit qui ne vous intéresse en rien... vous me conservez ma fortune compromise
par des friponneries, et vous n'exigez rien? car , qu'est-ce
que cela, l'entrée de ma maison ? — Soit, mon cher ! je
vous recevrai toujours avec plaisir , mais décidément je me
trompais sur votre compte... vous n'êtes pas habile !

Mᵐᵉ CHAUFFARD.

L'habileté qui consiste à se faire passer pour ce qu'on n'est
pas, n'a rien d'enviable... Les honnêtes gens tracent leur
sillon avec leur intelligence et leur cœur !

M. CHAUFFARD , rêveur.

Je suis pourtant un honnête homme, moi aussi , et j'ai
gagné un million avec la pommade du hérisson !...

FIN.

LE MIRAGE

COMÉDIE EN QUATRE ACTES ET EN VERS

PERSONNAGES.

M. DURAND , 40 ans.

M. Eugène de LÉVINCOUR , 22 ans.

Lord SAUNDERS.

M. le marquis Denys de MONTENDRE.

La comtesse HORTENSE.

Mme Jane DURAND.

JOHN , domestique de livrée.

LE MIRAGE

ACTE PREMIER.

La scène est aux Champs-Élysées chez la comtesse Hortense. Jardin
attenant à l'hôtel ; pavillon à droite. — Dans la matinée.

SCÈNE PREMIÈRE.

La Comtesse HORTENSE, EUGÈNE DE LÉVINCOUR.

La comtesse Hortense est assise à la gauche du spectateur, devant une table couverte d'un
tapis ; elle brode. Eugène de Lévincour est assis de l'autre côté du théâtre, et lit ; de
temps en temps, il interrompt sa lecture et regarde Hortense à la dérobée.

EUGÈNE, lisant.

« Valentine resta ainsi sous le charme de ce fluide élec-
» trique qui, à son âge et à celui de Bénédict, avec des
» cœurs si neufs, des imaginations si timides, et des sens
» dont rien n'a émoussé l'ardeur, a tant de puissance et de
» magie !... ils ne se dirent rien, ils n'osèrent échanger ni
» un sourire ni un mot.... Valentine resta fascinée à sa
» place ; Bénédict s'oublia dans la sensation d'un bonheur
» impétueux, et lorsque la voix de Louise les rappela, ils
» quittèrent à regret ce lieu, où l'amour venait de parler
» secrètement, mais énergiquement au cœur de l'un et de
» l'autre... »

LA COMTESSE, en souriant et sans laisser sa broderie.

Dans un roman bien fait l'intérêt va croissant,
C'est un précepte d'art, et certes Georges Sand
Ne saurait l'oublier... En lisant Valentine,

Pourquoi vous interrompre ainsi ?... je vous devine ,
C'est triste d'être seul avec moi...

EUGÈNE , se levant, embarrassé, le livre à la main.

Pardonnez !...

LA COMTESSE.

Et comment donc ?...

EUGÈNE.

Je vous...

LA COMTESSE

Non , non , vous vous gênez !
Vous avez , je suis sûre, encor votre migraine...
Vous paraissez souffrir !...

EUGÈNE , défaillant... à part.

Je me soutiens à peine.

LA COMTESSE , se lève , s'approche de lui avec intérêt.

Eugène , mon ami, qu'avez-vous ?

EUGÈNE , froidement, se remettant peu à peu.

Rien ! oh ! rien...

A part.

Je rêvais !... la migraine... impitoyable !...

LA COMTESSE.

Eh bien ?

EUGÈNE , s'animant par degrés.

Vos sarcasmes , Madame , ont dissipé mon rêve !

LA COMTESSE.

Votre rêve ?... comment ! que dites-vous ?

EUGÈNE.

J'achève...
Gardez votre pitié... merci de vos bontés...
Dans vos charmants loisirs , mes regards attristés
Noircissent le tableau... vous déplaisent peut-être !
Que viens-je faire ici ?... je m'obstine à paraître
Dans un monde abhorré , moi qui sème partout
La contrainte ?... il est vrai , mon courage est à bout !
Pauvre et désespéré , quels succès puis-je attendre
Quand je vois rechercher... aduler des *Montendre* ,

Des *Saunders !*... La fortune et l'esprit de salon,
Voilà ce qui séduit les femmes du bon ton,
Ces femmes dont le cœur comprimé par la soie
Pour de nobles élans, jamais ne se déploie...
Ces femmes que je hais... au visage imposteur,
Qui confondent le fat avec l'homme d'honneur,
Distinguent le premier, en font plus grande estime,
Si son pur sang au turf d'Ascot gagne la prime,
S'il grasseye en parlant... si son habit... c'est clair !
C'est un plat histrion... mais il est du bel air !
— Il est temps d'en finir !... je déchire ce masque
Qui me brûle le front... Qu'on me dise fantasque,
Misanthrope, insensé... je suis tel, me voici...
Je vivrai seul plutôt... sans amis... Dieu merci,
Je marche tête haute et brave...

> Vers la fin de cette tirade, la comtesse est retournée, en souriant, reprendre sa broderie ; Eugène, à ces derniers mots, s'en aperçoit ; honteux, il revient lentement s'asseoir, rouvre son livre, et semble lire attentivement.

LA COMTESSE, *après un long silence, dit en brodant.*

Dans ce livre...

Je trouve que le cœur trop promptement se livre...
Et vous ?... Cette raison me le rend immoral !...
Vous ne répondez pas ?

EUGÈNE, *embarrassé.*

Madame !

LA COMTESSE.

C'est fort mal

A vous, Monsieur !... Pourquoi ce silence ?

EUGÈNE, *se lève et laisse son livre.*

Madame !

LA COMTESSE, *pose sa broderie, se lève, ils se rencontrent au milieu de la scène. — Avec persiflage.*

Ne vous contraignez pas... mettez à nu votre âme...
Requérez, fulminez !... — Qui de nous est parfait ?
Vous ignorez le monde ; il n'est pas ainsi fait !
Des hommes valent peu, des femmes, pas grand chose...
C'est vrai, mais non pas tous, ni toutes... que l'on glose

De quelques-unes , c'est très-souvent sans raisons
Par bavardage.. mais vous , moi , nous médisons
Chaque jour en riant , s'ensuit-il que nous sommes
De bien méchantes gens?... cent fois non ; si des hommes ,
Des femmes , par hasard , sont sans foi , sans honneur ,
Vous concluez de là que le monde est menteur ,
Perfide !... astucieux !... Pitoyable logique !
Le mal touche le bien ; l'un par l'autre s'explique !
Vous exagérez trop !... votre langage ment ,
Ou tout au moins traduit mal votre sentiment !
Vous êtes généreux , loyal , chevaleresque...
Qu'allez-vous jalouser , de cet air pédantesque ,
Railleur , impertinent , et qui ne vous sied point ?

Changeant de ton.

Acceptez ces conseils... d'une sœur , sans témoin...
Sachez vous maîtriser... et plus de maladresse
Que l'on pardonne à peine à l'extrême jeunesse.
Bravement tenez tête à vos emportements !
On dépasse le but en de pareils moments !
De votre pauvreté qui vous a fait un crime?
Vous mettez de l'orgueil à poser en victime !
Songez-y , Lévincour... lorsque l'on a du cœur ,
Des talents , de l'esprit... on sort toujours vainqueur
De ces luttes du sort !... on écrase l'envie !
— Ne consumez donc pas en vain , de votre vie
Cette sève virile.... et soyez moins fougueux !
— Ne nous querellons plus... redevenons tous deux
Ainsi que frère et sœur à peu près du même âge...
Comme à ce temps heureux... avant mon mariage !

EUGÈNE , froidement.

Pour vos sages avis , je suis reconnaissant...

LA COMTESSE.

Êtes-vous franc , Eugène ?...

EUGÈNE.

Et l'intérêt puissant

Que vous me témoignez... me comble...

LA COMTESSE.
> Raillerie !

EUGÈNE.

Madame, je dis vrai !

LA COMTESSE.
> Vrai ! là ! sans flatterie ?

Mentor n'est pas trop jeune ?

EUGÈNE.
> Oh ! Madame, merci !

LA COMTESSE.

Vous me rendez justice ?...

EUGÈNE , avec entraînement.
> Et je promets ici

De ne plus la revoir que lorsque digne d'elle...

LA COMTESSE , avec empressement.

D'elle ?... que dites-vous ?

EUGÈNE.
> Je vous parle de celle

Que j'adore en secret et que je n'ose voir...
Que je l'aime, Madame !... hélas !... c'est sans espoir !

La Comtesse sourit.

Ne riez pas ainsi !

LA COMTESSE , souriant.
> Le temps est un grand maître !

EUGÈNE.

Si vous la connaissiez ?

LA COMTESSE.
> Faites la moi connaître !

EUGÈNE.

Impossible !... impossible...

LA COMTESSE.
> Et malgré mon désir,

Ne la connaissant pas, je ne puis vous servir...

EUGÈNE.

Vous pouvez tout sur elle...

LA COMTESSE.

Ah ! tant mieux, je suis femme,
Et de plus , votre amie !

EUGÈNE.

Inutile, Madame !
Pour avoir son amour , il faut le mériter ,
Et j'en suis trop indigne !...

LA COMTESSE.

On peut toujours tenter !

EUGÈNE , lui baisant la main.

Oh ! mille fois merci !... A part. Cette femme est un ange,
Quand on l'aime , jamais... jamais le cœur ne change !
Haut.
Je partirai content !...

LA COMTESSE.

Hâtez votre retour !

EUGÈNE.

Pourrais-je vivre , hélas ! loin avec mon amour ?

LA COMTESSE.

Si vous n'osez parler , du moins tâchez d'écrire !
On écrit quelquefois ce qu'on ne pourrait dire.

EUGÈNE.

Vous croyez ?

LA COMTESSE.

Eh ! sans doute !

EUGÈNE.

Alors , je partirai ,
Et , suivant vos conseils , peut-être j'écrirai !

LA COMTESSE , avec minauderie.

Aurai-je la faveur d'une correspondance
Monsieur de Lévincour ?... Vous gardez le silence !
Mais nous sommes cousins !...

EUGÈNE à part.

Que mon bonheur est grand !

LA COMTESSE , émue , à Eugène qui veut sortir.

Quelqu'un !... restez !...

SCÈNE II.

Les Précédents, M. DURAND, Mme JANE DURAND, JOHN.

JOHN, annonçant.

Monsieur et Madame Durand.

JANE, embrassant la Comtesse.

Chère Hortense, bonjour !
Elle donne la main à Eugène.

LA COMTESSE.

Ah ! quelle bonne aubaine !

DURAND.

Enfin, j'ai réussi ; mais ce n'est pas sans peine,
J'ai prié, supplié...
Durand et Eugène causent à l'écart.

LA COMTESSE, à part.

Jane, dis-moi pourquoi
Tu fuis le monde ainsi ?... charmante comme toi,
T'enterrer toute vive et dans la solitude,
A Durand.
C'est un meurtre, n'est-ce pas ?

JANE.

Sois sans inquiétude
Pour le monde et pour moi... par caprice, par goût
Je m'enterre ! cela me plaît... et voilà tout !
Riant.
Quelquefois cependant, je quitte mon repaire !

LA COMTESSE.

A ton corps défendant ?

JANE, d'un air distrait.

Quand je veux me distraire !

LA COMTESSE.

Toute bonne, merci !

JANE.

Point de remerciement !

Plus bas.

Je voudrais te parler... à toi seule...

LA COMTESSE.

Comment !

Jane, souffrirais-tu déjà dans ton ménage ?
Épanche tes douleurs, et que je les partage.

JANE.

Ce n'est pas sans raisons...

LA COMTESSE.

Trop prompte à t'alarmer !

Avec ton cœur aimant... et ces yeux pour charmer ?
Des chimères vraiment !

JANE.

Si tu savais, Hortense ?

Que les temps sont changés, et quelle indifférence !

LA COMTESSE.

Chère, ne pleure pas !... rentrons, nous serons mieux

A Durand et à Eugène.   A Jane.

Dans cet appartement... Messieurs !... sèche tes yeux !

A Durand et à Eugène.

Je te suis... permettez !... nous revenons sur l'heure !

Elles entrent dans le pavillon.

SCÈNE III.

DURAND, EUGÈNE DE LÉVINCOUR.

EUGÈNE.

Je vous quitte, Monsieur !...

DURAND.

Quant à moi, je demeure !

A Eugène qui fait mine de partir.

Mon cher de Lévincour, je tâcherai, ce soir,
De revoir le Ministre...

EUGÈNE.

Avez-vous quelque espoir ?
Pourrai-je avant demain avoir reçu ?...

DURAND.

Si vite !
Je n'ai pas ce crédit !... Quelle rage subite
Vous a pris, mon ami... donnez encor'le temps !

EUGÈNE , avec embarras.

En effet !... c'est prompt... mais il est des contre-temps
Imprévus... ou fâcheux... et ce matin...

DURAND.

J'écoute !...
Qu'est-ce donc ?

EUGÈNE.

Je ne puis... croyez !

DURAND , à part.

Il me déroute !

EUGÈNE , à part.

Jamais je n'oserai lui dire mon secret ,
Haut.
Permettez !

DURAND , riant.

Je permets !

EUGÈNE.

Monsieur , c'est à regret...

DURAND.

Mon amitié pour vous date de votre enfance...
Ne m'accordez vous plus la même confiance ?

EUGÈNE.

Je n'ai pas oublié le passé... vos bontés.
Je ne suis pas ingrat... je dois partir...

DURAND.

Partez !
Vous avez vos raisons pour garder le silence !...
A part.
Du diable si j'y suis ?...

EUGÈNE , très-embarrassé.

Je me tais.. par prudence !

DURAND.

A votre aise , mon cher ! — Donc , je serai pressant !

EUGÈNE.

Puissiez-vous réussir !

Il lui serre la main et sort.

SCÈNE IV.

DURAND , seul, le regardant partir.

C'est un amour naissant !
Cet air embarrassé me cache sa pensée !
Ma jeunesse n'est pas tellement effacée
Que je ne me rappelle encore par moment
Mon trouble... mes remords... oui des remords vraiment ,
Lorsque j'avais trompé quelque mari crédule...
De lui serrer la main je me faisais scrupule !
Qui donc aimerait-il ? — Il a le cœur trop haut ,
Il est trop gentilhomme , il est trop comme il faut ,
Pour faire comme moi , sa cour à des lorettes !...
On ne perd pas la tête avec ces amourettes !
— Je n'y suis pas du tout ! — La Comtesse non plus !
De ce côté , ses soins deviendraient superflus !
Jane !... Absurde soupçon !... Et suis-je donc un homme
Qu'on joue impunément... une bête de somme
A porter selle et bât... de ces benêts maris ,
Amoureux de leur femme , et de leur charme épris
Au point de ne rien voir , et de laisser tout faire !
Sang-Dieu ! je suis mari , mais je sais mon affaire !
Si je vois Lévincour, c'est à titre d'ami ,
Et je veille d'un œil quand l'autre est endormi !
Sans être défiant, l'on fera bonne garde !
Hélas ! je suis mari , ce devoir me regarde !

Tirant un papier.

C'est la première fois que je fais un sonnet !
Hier, je l'ai composé, ce matin mis au net !
Un sonnet, dit Boileau, vaut seul un long poème !
Pour devenir poète, il suffit que l'on aime !
Du bon goût, de l'esprit le feront bien passer !
— Dans cet *Album* je vais dextrement le glisser...

En le mettant dans l'Album.

Des vers tout parfumés d'amour et de jeunesse !...
N'aimez pas trop, mon cœur, cette belle Comtesse ?

Regardant le pavillon dans lequel sont entrées Jane et Hortense.

Elles ne viennent pas ?... je vais les relancer !

Il sort.

SCÈNE V.

LORD SAUNDERS, JOHN, *arrivant par le fond du théâtre.*

SAUNDERS, *avec un geste impératif.*

John, demeure !

JOHN.

Mylord, faut-il vous annoncer ?

SAUNDERS, *fait un signe négatif. — John reste au fond.*

Une veuve ! Comtesse ! et vingt ans, et jolie !...
Il n'en fallait pas tant pour faire une folie !
— Après le lansquenet, au club, ce soir un mois,
J'entre, il était minuit... tous parlaient à la fois...
On disait : dans un mois ! — Au cercle je prends place...
— Dans un mois, m'écriai-je, il n'est rien qu'on ne fasse,
C'est une éternité !... dans ce temps, on peut tout !
Faire le tour du monde, aller à Tombouctou...
De l'empereur de Chine épouser une fille...
Si le grand Empereur en a dans sa famille !...
— A ces mots, on m'arrête, et l'on m'apprend comment
Nul ne pénètre ici... C'était précisément
Le sujet du pari ! — Vous m'étonnez, repris-je !
Quoi, vous donnez un mois pour faire ce prodige ?

Messieurs, demain j'arrive au cœur de l'ennemi,
De la maison, je suis après-demain, l'ami...
Et bien plus... dans un mois... si cette impitoyable,
Ne prend pas de tabac... n'est pas trop effroyable,
Les yeux fermés, j'épouse. — Acceptez-vous, Messieurs?
Un tumulte se fait. — Je tiens tous vos enjeux !
En criant plus haut qu'eux, je les force à se taire...
— Vous ne mourrez donc pas, Mylord, célibataire?
— Que vous importe, à vous, Monsieur le beau parleur?
Pariez !... — A vos yeux, l'argent est sans valeur !...
Je les croyais battus, quand un d'eux m'interpelle,
Et dit : Si le perdant se brûle la cervelle,
A ces conditions, j'accepte le pari !
Mon adversaire était le vieux lord Tesbury,
Gentleman ruiné plus encor qu'excentrique...
Sa proposition demeurait sans réplique...
Je consens. — Par chacun, le secret est promis...
Pour plus de garantie, on signe un compromis,
Toute indiscrétion annulant la gageure...
— Depuis un mois entier, ma perplexité dure !...
Cette nuit à minuit, si je n'ai réussi,
La Comtesse m'échappe... et l'existence aussi !....
— Lequel de mes rivaux me faut-il le plus craindre ?
Le cousin ou le fat ? — Ne peut-on les contraindre
A s'éloigner? Hier, un agent indiscret
De Monsieur le Marquis m'a vendu le secret...

Il tire son portefeuille.

Je suis son créancier unique... la balance
Ne penche pas pour lui !... j'ai confisqué sa chance
Il doit un million... or, les chiffres sont ronds,
Et j'ai tout acheté... l'intérêt et le fonds...
Dès ce soir, si je veux... les pièces sont en forme !
Je mettrai l'amoureux rival à la réforme !
Ce parfait gentilhomme enté sur rôturier
Est un astre naissant, à son premier quartier...
Le Montendre a choisi pour titre de noblesse

Le nom de son pays... souvenir de jeunesse !...
Le blason de Marquis complétait l'Adonis
Mais le *de* retranché, reste Monsieur Denys...
Donc, je supprimerai, s'il faut la particule,
Envoyant le vilain au fond d'une cellule
A Clichy !... — Le cousin m'occupe plus l'esprit...
Monsieur de Lévincour.

JOHN, qui s'est rapproché à ce nom.

Il part !

SAUNDERS.

Qui te l'a dit ?

JOHN.

J'ai saisi quelques mots échappés... on s'avance...

Voyant Durand.

Monsieur Durand le sait, selon toute apparence

SAUNDERS, lorgnant Durand qui paraît à reculons regardant le pavillon.

Ah ! oui, Monsieur Durand, un lion passé fleur,
Financier par état... et par goût séducteur !
Qu'il mériterait bien qu'on courtisât Madame !
Mais ces gens ont toujours des modèles de femme !

SCÈNE VI.

LORD SAUNDERS, M. DURAND, JOHN, paraissant de temps en temps.

DURAND, à la cantonnade.

Elles ne sortent pas... tant pis... je reviendrai !

Apercevant lord Saunders en se retournant.

Ah ! Mylord, j'ai l'honneur !...

SAUNDERS, s'inclinant froidement.

Monsieur !

DURAND.

Serait-il vrai ?

Vous allez repartir ? ... Pour l'Asie ou l'Afrique ?

Goguenard.

Par le rail-way, Mylord... par la voie électrique ?

SAUNDERS , même froideur.

Par la vapeur , Monsieur !...

DURAND.

C'est un enchantement !

Vous partez , arrivez , on ne sait d'où , comment !
On vous croit à Bombay que vous êtes en France !

SAUNDERS.

Mon steamer marche bien !

DURAND.

Il brûle la distance !

SAUNDERS.

Vous vous trompez , Monsieur , il brûle du charbon !

DURAND.

Et quand nous quittez-vous ?

SAUNDERS.

Demain !

DURAND.

Pour tout de bon ?

SAUNDERS , fait le signe , que ne voit pas Durand, de se brûler la cervelle.

C'est un autre voyage !

DURAND.

Irez-vous jusqu'au pôle ?

SAUNDERS.

Qui sait ?... plus loin peut-être.

DURAND.

Ah ! ce voyage est drôle !

Le globe tout entier ne vous suffira plus !

Riant.

Ramenez-vous Francklin ?

SAUNDERS., sérieusement.

Pourquoi pas ?... Au surplus

Attendez !

DURAND.

N'allez pas vous perdre dans les glaces !

SAUNDERS.

Pour le savoir , Monsieur , si vous suiviez mes traces ?

DURAND.

Mille fois non , Mylord !

SAUNDERS.

Ne vous défendez pas !

DURAND.

Un voyage semblable est trop plein d'embarras !

SAUNDERS.

Monsieur , vous le ferez !

DURAND.

Mylord , vous voulez rire !

SAUNDERS.

En ai-je l'air , Monsieur ?

DURAND , avec empressement.

Certes non ; je retire
Mylord , l'expression qui n'a rien d'offensant...

SAUNDERS.

Mais je n'ai pas trouvé , Monsieur , le mot blessant !

DURAND.

Mylord , je n'ai laissé la France de ma vie ,
Et les déplacements ne me font nulle envie.

SAUNDERS.

En peu , je vous assure , on fait bien du chemin !

DURAND , réfléchissant.

Je ne m'explique pas !...

SAUNDERS.

Vous comprendrez demain !

Changeant de ton.

C'est aujourd'hui , mardi , le jour de la Comtesse !...
Reçoit-elle ?

DURAND.

Avec emphase.

Oui , Mylord... Ah ! quelle enchanteresse !

SAUNDERS.

Vous en parlez , Monsieur , avec une chaleur !

DURAND.

Je suis de ses amis, et je m'en fais honneur !

11

SAUNDERS.

J'en voudrais dire autant !

DURAND.

Mais, Mylord, il me semble
Que la Comtesse et vous, vous êtes bien ensemble !

SAUNDERS.

Si, près de la Comtesse, un jour je fus admis,
Je suis loin, comme vous, d'être de ses amis !

DURAND, avec fatuité.

Un homme marié, Mylord... sans conséquence !

SAUNDERS.

J'en sais de dangereux, beaucoup plus qu'on ne pense !

DURAND.

En d'autres temps, peut-être !... hélas !... tout est changé !

SAUNDERS, lentement et épiant Durand.

Depuis huit jours, alors, vous vous êtes rangé ?

DURAND.

Ah ! Mylord... ah !... Mylord !

SAUNDERS.

Au numéro quarante
Dans un boudoir coquet tout meublé d'amarante
Perche un gentil oiseau...

DURAND.

Qui se nomme ?

SAUNDERS, ayant l'air de chercher.

Ah ! le nom !...
Qui se nomme ?... attendez... je cherche son prénom...
Aidez un peu, Monsieur...

DURAND, feignant l'ignorance.

Mylord !

SAUNDERS.

C'est une blonde
Très-piquante... Eudoxie... il n'est pas dans le monde
De pieds plus ravissants, de plus agaçants yeux...
Tirez-moi d'embarras !... mais, c'est prodigieux !
Tout ce que je dis là, vous devez le connaître

Changeant de ton.

Comme moi... même mieux !... vous la verrez paraître
A l'Opéra, ce soir... Tâchez de l'épier,

DURAND , avec force.

Impossible, Mylord !

SAUNDERS.

Osez encor nier !

DURAND.

Et comment savez vous ?...

SAUNDERS , souriant.

Cette petite histoire ?

DURAND.

Oh ! Mylord, croyez-bien !

SAUNDERS , avec indifférence.

Moi ?... que me fait de croire ?

Monsieur de Lévincourt part, m'a-t-on assuré...
Et très prochainement...

DURAND , à l'oreille de Saunders, en riant.

Il s'est énamouré

De je ne sais trop qui..: le dépit le transporte...
Et de l'ambassadeur près la Sublime Porte,
Je m'en vais de ce pas solliciter l'appui...
Je voudrais obtenir qu'il l'attachât à lui.

SAUNDERS.

Si ce n'était, Monsieur, votre haut patronage,
Je l'accréditerais près de ce personnage !

Durand salue et se retire en regardant le pavillon.

SCÈNE VII.

LORD SAUNDERS , JOHN , qui s'est rapproché.

SAUNDERS.

John s'approche.

John... il faut aujourd'hui tout voir, tout observer !
La besogne est en train... à nous de l'achever !

Le succès nous sourit... de l'esprit et du zèle !
Je sais récompenser un serviteur fidèle...
A chaque heure du jour sois prêt à me fournir
Des renseignements sûrs...

JOHN.

J'entends quelqu'un venir !...

SAUNDERS.

Suis-moi... je ne veux pas qu'on puisse nous surprendre...

En s'en allant.

Et retiens bien ceci... Lévincour... et... Montendre.

Ils sortent.

SCÈNE VIII.

LA COMTESSE, JANE.

Elles arrivent par la droite du pavillon où elles sont entrées. — Hortense tient à la main
un chiffon de papier.

LA COMTESSE.

Ma Jane, de si peu vas-tu prendre souci ?

JANE.

Tu ris de mes chagrins ?

LA COMTESSE.

Des chagrins ? quoi, ceci ?
Un sonnet amoureux sans rime, ni césure,
Un sonnet fort mauvais !.

JANE.

C'est un sonnet parjure,
Mais les vers sont bien faits !

LA COMTESSE.

Parjure ?... non vraiment !
Il ne mérite pas qu'on s'en fasse un tourment...
C'est de la poésie à capter des grisettes
Et lesquelles encor !... ce sont des amusettes...

Voyant Jane fâchée.

Des vers à chocolat... des devises... Pardon !

En te voyant gémir d'un cruel abandon ,
Je me suis cru permis de critiquer le style
En tout bien , tout honneur... mais ta crainte est futile ,
Ton mari t'aime, Jane... il t'aime tendrement !
Parce qu'il a rêvé dans son désœuvrement,
A quelque pâle étoile errant dans l'empyrée
Ou bien à quelque sylphe à l'aile diaprée
Tu l'accuses d'un crime , et ce n'est qu'un travers...
Mais , ma chère , il l'expie, en pitoyables vers...
Pour le monde après tout, qu'est-ce ?... bien peu de chose !
Si Messieurs les maris au parfum de la rose
Préfèrent un chardon et s'y piquent le nez
A peine l'on en parle , ils sont tout pardonnés...
Ce qui nous flétrirait est pour eux un caprice...
Presque admis dans nos mœurs... et nullement un vice !

JANE.

Ainsi donc , à tes yeux , Hortense, j'aurais tort ?

LA COMTESSE.

Je n'ai pas dit cela ?

JANE.

Je reste quand il sort...

LA COMTESSE.

Tu n'en fais que plus mal !... demeure quand il reste...
Va partout , et toujours avec lui...

JANE.

Je déteste

Le monde, et ne saurais à ce point m'enchaîner...

LA COMTESSE.

Alors , souffre et tais-toi !

JANE, rêvant.

Comment le ramener ?

LA COMTESSE.

Ces maris , connais-les : c'est un genre bizarre
Et des plus curieux, sans pourtant être rare...
Négligé par Buffon... encore non classé...
Mais je veux réparer les oublis du passé.

Ces Messieurs sont tyrans ou deviennent esclaves !....
Ainsi que les tyrans, ils ne sont pas tous braves...
Paraître trop aimer est souvent maladroit...
On ne se livre pas autant à rester froid !

JANE, <small>alarmée.</small>

Que me conseilles-tu ?... de la coquetterie ?

LA COMTESSE.

Ne prononce jamais devant moi, je te prie,
Ce mot calomnié... le grand épouvantail
Des maris de tout temps !... Mais c'est un gouvernail
Qui prudemment tenu, nous donne l'avantage...
Ces Messieurs, tu le sais, ont la force en partage...
Lutter sur ce terrain, serait très dangereux !...
Par l'adresse, au contraire, on est maîtresse d'eux.
C'est un mauvais moyen de les heurter en face !
Céder à son mari sans cesse et quoiqu'il fasse,
C'en est un pire encore. — En prenant un détour,
Des sentiers peu frayés... que connaît seul l'amour...
Non la coquetterie... avec très peu de peine,
A ce que nous voulons, bientôt on les amène...
On est gauche d'abord, on manie assez mal
Les sourires, les pleurs, armes de l'arsenal
Obligé d'une femme... ensuite, c'est facile...
Ma chère, il faut vouloir pour devenir habile !...
Réfléchissons ensemble à la séduction
Fort grossière souvent, au peu d'invention
De ces femmes de rien qui trônent, nos égales,
Que même on nous préfère... insolentes rivales
Affichant un amour, un cœur qu'elles n'ont pas !
Et nous pouvons les craindre, elles qui sont si bas ?
Vivant de passions sans cesse rallumées,
Elles n'ont qu'un désir : être toujours aimées !..,
Mais voilà leur secret !... Quelle pitié !... Pourtant
Lorsque nous le voudrons, nous en ferons autant !...
De sa femme, un mari suspecte peu l'adresse ;
D'elle il se montre sûr, jamais de sa maîtresse !

Etre adroite , ma chère , est-ce donc déroger ?
Mais à rester candide , il est plus d'un danger !
Au lieu de s'assoupir dans sa vertu d'épouse
Du cœur de son mari qu'on devienne jalouse !
Pas de ruse... un peu d'art , et le but est atteint...
Le feu le plus ardent à la longue s'éteint
Par les mêmes plaisirs notre âme refroidie ,
S'allanguit par degrés et s'énerve engourdie...
On doit se souvenir à ce fatal moment
Que l'habitude émousse , hélas , le sentiment...
Il faut le rajeunir , le reprendre à sa source...
Et... la coquetterie est la seule ressource !
Monsieur Durand n'est pas comme certains maris
Vicieux , pour lesquels on n'a que du mépris...
Je m'en ferais garant sans aucune réserve...
Que , d'un amour profond , Dieu tous deux vous préserve !
Je vous plaindrais alors !... S'il s'éloigne de toi ,
C'est d'esprit , non de cœur... vois-tu , j'en rirais , moi !
Avec emphase.
Il poursuit l'inconnu , cet éden plein de charmes
Sans même soupçonner tes soupirs et tes larmes...
Egoïsme d'enfant !... semblable au voyageur
Dont l'œil sur l'horizon cherche un monde meilleur ,
Il rêve , fasciné par un trompeur mirage...
Après avoir erré de rivage en rivage
Honteux , il reviendra , s'étonnant à raison
Que le bonheur soit là , si près... dans sa maison !

JANE.

Noble et généreux cœur , bonne , spirituelle ,
Mon Hortense , aime-moi , je me mets sous ton aîle.
Je ne sais rien du monde... élevée au couvent ,
Je n'ai pas entendu ce langage souvent.

LA COMTESSE , souriant.

Tu goutes ma morale ?... elle t'a consolée ?...
Le prix de mon sermon... — Tu me vois désolée...
Eugène va partir... je voudrais le revoir

Et je ne pense pas qu'il revienne ce soir...
Comment faire ?... il me faut aller à l'audience
Du Ministre... pourtant...

JANE.

Eh ! quoi, ma chère Hortense,
Ne suis-je donc pas là ?... je m'installe chez toi.

LA COMTESSE , à John qui a reparu.
à Jane.

Que l'on attelle, John !... A bientôt, attends-moi !
Je ne me gêne pas... fais rechercher Eugène
Au revoir !...

JANE , Hortense sort.
à John.

Au revoir ! voyez... qu'on le prévienne !
Peut-être est-il au parc ? John., ici, je l'attends.

John sort.

Mais s'il était parti, quel fâcheux contre-temps !
Je le retrouverai pour satisfaire Hortense !
Il saura !... voici John... eh bien ?

JOHN.

Madame, on pense.
Que Monsieur est sorti... le concierge l'a vu
Dans la rue à l'instant...

JANE , à part.

Ce hasard imprévu
à John.
Me forcera d'écrire... attendez !...

Elle sort.

SCÈNE IX.

JOHN , seul.

Quelle place !
Si l'un part, aussitôt un autre le remplace !
Je n'y puis plus tenir... Si ce n'était Mylord,
Je prendrais mon congé !... Mais il prodigue l'or

De façon à laisser mes soucis sans réplique...
Pour lui faire un récit, d'abord que je m'explique
L'embarras de Madame... et cet empressement
D'autre part... c'est très clair... eh! j'y suis, oui vraiment!
Madame la Comtesse éloigne le jeune homme
Qui gênait ses projets, et de partir, le somme...
Et Madame Durand voudrait le retenir...
Qui ne comprendrait pas?... j'entends quelqu'un venir...
C'est elle!

SCÈNE X.

MADAME DURAND, JOHN.

JANE, une lettre à la main.

John, portez promptement cette lettre

Avec une sorte d'embarras.

De la part de Madame... il faudra la remettre
Vous-même...

Elle sort.

SCÈNE XI.

JOHN, seul, regardant la lettre.

Ce papier va vous faire plaisir,
Mylord, car on vous sert suivant votre désir!
Le cousin écarté ne donne plus d'ombrage ..
Quant à Monsieur Durand? Ce n'est pas mon ouvrage!
Arrive que pourra! tant pis! je ne saurais
M'arrêter?... de la guerre il soldera les frais!
Le destin me sourit... allons, à son adresse
Le poulet parfumé...

Il s'apprête à partir.

SCÈNE XII.

JOHN, LE MARQUIS DENYS DE MONTENDRE.

MONTENDRE, arrêtant John.

Madame la Comtesse !

JOHN.

Ne reçoit pas encor... si Monsieur le marquis...

MONTENDRE.

Non, reste ; — à lord Saunders, je te sais tout acquis.

JOHN, embarrassé.

Qui vous a dit, Monsieur ?...

MONTENDRE.

Que t'importe ?

JOHN, embarrassé.

Je jure !...

MONTENDRE.

Tu mens comme un valet !

JOHN.

Vous me faites injure !

MONTENDRE.

Ne jouons pas au fin ; je suis dans le secret
J'estime au poids de l'or un serviteur discret

JOHN, se tâtant.

Si c'est au poids, Monsieur, je ne vaux pas grand'chose !

MONTENDRE.

Sans trahir lord Saunders, tu peux servir ma cause,
J'adore la Comtesse... et tu t'es aperçu
Que depuis quelque temps, je suis très bien reçu ;
Saunders est mon rival... rival peu redoutable...
Monsieur de Levincour... peut-être est moins traitable...

JOHN, riant.

Quoi, le petit cousin ?

MONTENDRE.

Je ne crains pas mylord ,
Je te l'ai déjà dit !...

JOHN , avec emphase.

Eh ! Monsieur , c'est à tort !

MONTENDRE.

Non , brisons sur ce point !...

JOHN , avec emphase.

Laissons là ce chapitre !

MONTENDRE.

Ce que je veux savoir , c'est comment , à quel titre..
Sur quel pied est ici Monsieur de Lévincour ?

JOHN , d'un air important.

C'est un cousin !

MONTENDRE.

Après ?... est-il si bien en cour ?

JOHN.

Il est souvent avec Madame la Comtesse !

MONTENDRE.

Cette intimité là m'inquiète et me blesse

JOHN.

Bast ! un cousin !

MONTENDRE , insistant.

Encor !

JOHN.

J'en sais plus qu'on ne croit !

MONTENDRE.

Dis !

JOHN , feignant la surprise.

Monsieur le marquis !

MONTENDRE.

Parle !

JOHN.

En ai-je le droit ?
Ce serait de ma part une grande imprudence !

MONTENDRE.

Vous faites le plaisant !

JOHN , sérieux comique.

Monsieur... ma conscience !

MONTENDRE.

Ta conscience , à toi ? — Le crispin est complet !

JOHN.

On est homme d'honneur , Monsieur , quoique valet !

MONTENDRE , cherche sa bourse et la lui donne.

Ah ! Monsieur John , pardon !... l'honorable scrupule !
Quelle délicatesse !

JOHN , pesant la bourse — à l'écart.

Un lâche seul recule !

Est-ce mal de manger à plusieurs rateliers ?
Çà se voit tous les jours et chez des gens plus fiers !
Dans une fusion tous deux je les enserre...
Et je sers à la fois la France et l'Angleterre !
Pourquoi pas , comme un autre , après tout , m'enrichir ?

MONTENDRE.

Vous n'avez pas fini , Mons John , de réfléchir ?

JOHN.

J'avais besoin , Monsieur de rêver en silence !

MONTENDRE.

Vous ne craignez plus rien de votre conscience ?

JOHN.

Rien , Monsieur !... seulement , je me suis défendu
De desservir Mylord...

MONTENDRE.

Fort bien ! C'est entendu !

JOHN , mystérieusement , à l'oreille de Montendre.

Notre petit cousin reçoit le coup de grâce

MONTENDRE.

Tu sais donc quelque chose ?

JOHN , montrant la lettre.

Et voici la disgrâce !

La preuve écrite !

MONTENDRE.

Donne !

JOHN , retirant la lettre.

Ah ! Monsieur , doutez-vous ?
Notre parole est tout !... reposez-vous sur nous !
Mais , Monsieur le marquis , une correspondance ,
C'est sacré !

MONTENDRE.

Faudra-t-il te faire violence ?
Qu'enferme cette lettre , et de qui la tiens-tu ?

Il tire un louis de sa poche.

Parle , John... parle donc !

JOHN , prenant.

Je manque de vertu ,
Monsieur , pour résister à votre doux langage

MONTENDRE.

Vil flatteur !

JOHN.

Non , Monsieur ; après ce dernier gage ,
Disposez de mes jours !... Je ne cache plus rien...

Mystérieusement.

Madame et son cousin , dans un long entretien
Où les mots de départ , d'adieu... de longue absence...
Entendus par hasard...

MONTENDRE , précipitamment.

Mais dits en ta présence ?

JOHN.

Sans doute ; je venais , j'allais... en serviteur
Qui de ses fonctions s'acquitte avec ardeur...

MONTENDRE.

Plutôt en espion ?...

JOHN , sérieux comique.

Monsieur , les pauvres hères
Par nécessité , font eux-mêmes leurs affaires.

MONTENDRE.

Pas de réflexions !... achève ton récit ,

JOHN , étonné.

Monsieur n'a pas compris ? je crois avoir tout dit !...
J'oubliais ! il me reste encore cette lettre...
C'est Madame Durand qui la lui fait remettre
Au cher petit cousin... lisez plutôt son nom !
Hein , Monsieur le marquis , dites ?... le tour est bon !

MONTENDRE.

Te moques-tu de moi , John , avec ton histoire ?
Que me fait cette lettre... et que faut-il en croire ?

JOHN.

Si Monsieur le permet , je vais mieux préciser...
Ce fortuné cousin n'est plus à jalouser...

MONTENDRE.

Je ne vois pas comment...

JOHN.

　　　　Madame Durand l'aime ,
Cet Eugène ; elle veut le retenir quand même

MONTENDRE.

Entre eux exista-t-il jamais de liaison ,
Apparente du moins ?...

JOHN.

　　　　Monsieur , quelle raison !

MONTENDRE.

Etant amis tous deux , pour Durand quelle épreuve !

JOHN.

Au contraire , Monsieur , commencement de preuve !

D'un ton sentimental.

Leur âge les rapproche...; il est si doux d'aimer ! !
Monsieur , le fait existe , et j'ose l'affirmer...

MONTENDRE.

Je veux être certain... donne-moi cette lettre...

JOHN.

Non, Monsieur le marquis... pourquoi me compromettre ?

MONTENDRE.

Que la comtesse sache... il le faut !... à tout prix ?

JOHN.

Acheter à poids d'or la honte et le mépris ?

MONTENDRE.

Ne me résiste pas , vois , John , je te supplie.

JOHN.

Quoique pauvre , Monsieur , la probité me lie !
Je ne la vendrai pas... cessez de m'enjoler !
Vous perdez votre temps !

MONTENDRE , à part.

Je ne puis l'ébranler...

A John.   Apercevant Durand.

Mais si... Monsieur Durand !... bénis la Providence
Qui vient mettre à couvert , maraud , ta conscience...

JOHN.

Comment Monsieur ?

MONTENDRE , lui prenant le bras.

Demeure... et tais toi.

SCÈNE XIII.

LES PRÉCÉDENTS , MONSIEUR DURAND.

MONTENDRE , saluant.

J'ai l'honneur !

DURAND , l'air railleur.

De Monsieur le marquis je suis le serviteur !

MONTENDRE.

On s'entretient beaucoup de l'éminent service
Que vous avez rendu sans aucun bénéfice...
Votre intervention a fixé le tracé
Du chemin de Bordeaux...

DURAND.

J'en suis récompensé
Au-delà de mes vœux...

MONTENDRE.

Les hommes de finance
Ainsi que vous, Monsieur, rendent la confiance
Au pays fatigué des révolutions...
On renomme partout vos bonnes actions...

DURAND.

Ah! le mot est joli!... sans doute, parfois bonnes!

MONTENDRE.

Toujours!

DURAND.

C'est une erreur; on trouve des personnes
Sans foi, sans probité, prêtes à vous tromper...
Le croiriez-vous, Monsieur, je me suis fait duper
La semaine dernière... il fallait une somme...
Très-forte... sur l'honneur pour empêcher un homme
D'aller peut-être au bagne... et sans me garantir
Je l'ai comptée... et puis... l'homme vient de partir,
Emportant le magot... courez-donc en Belgique
Vous faire rembourser?...

MONTENDRE.

L'accident est critique!

DURAND, se tournant vers John.

John, as-tu vu Madame, et m'a-t-on demandé?

JOHN, avec embarras.

Non, Monsieur!

MONTENDRE.

Que dis-tu?

JOHN, à Durand.

Soyez persuadé!...

DURAND, étonné.

Persuadé de quoi?

JOHN, bas à Montendre.

Monsieur faites-moi grâce!

DURAND, à John.

Que chuchottes-tu, John?

JOHN , bas à Montendre.

Monsieur , dans quelle impasse ?

MONTENDRE.

Silence ! tu te perds sans pouvoir la sauver !

DURAND , à John.

Bourreau , parleras-tu ?

MONTENDRE , à John.

Réponds !

DURAND , à John.

Veuille achever !

Et Madame Durand ?... tu disais tout à l'heure ?...
Qu'est-il arrivé ?

MONTENDRE , à Durand.

John comme un therme demeure...

A John.

Mais raconte à Monsieur , pour le tranquilliser ,
Que Madame est ici...

DURAND.

Pourquoi ne point oser ?
Qu'est-il de surprenant ?

MONTENDRE.

Engeance détestable !

Contemplez donc , Monsieur , ce flegme imperturbable !
A John.

Daigne dire au plus tôt et sans formalité
A qui tu dois porter ce billet cacheté !
Penses-tu que Monsieur ignore quelque chose
Des actes de Madame ?... il deviendrait la cause ,
Avec son air niais et toutes ses façons ,
Si Madame n'était à l'abri des soupçons ,
Qu'on pourrait redouter un secret d'importance !
L'imbécile !

DURAND , lui enlevant la lettre des mains.

Voyons !... avec ta résistance !

JOHN , à Montendre.

Monsieur , qu'avons-nous fait ? Que c'est un méchant tour !

DURAND , à part, examinant la lettre.

L'écriture de Jane !... Eugène Levincour !

A John.

John... cette lettre vient... de ma femme elle-même ?
Parleras-tu, coquin ?

JOHN , troublé.

Monsieur !

DURAND.

Ce trouble extrême
Donnerait à penser...

JOHN , à Durand, en tremblant.

Peut-être ai-je fait mal ?

DURAND.

L'impertinent valet !

MONTENDRE.

Le plaisant animal !

A John.

Je vous trouve charmant, John, avec vos scrupules !

A Durand.

Ces valets nous rendraient, Monsieur , fort ridicules ,

DURAND ; à part.

Quel mystère !

MONTENDRE.

Ce sont nos plus grands ennemis ?

DURAND , à part.

Que contient cette lettre ? Oh ! s'il m'était permis ?
Mais non ! ma pauvre Jane !

MONTENDRE , à John.

Eloignons-nous... silence !

DURAND , rêvant.

Impossible !

MONTENDRE.

Monsieur ! John est dans une transe !
Il craint d'être grondé... ce pauvre John

JOHN , tremblant.

C'est vrai !

DURAND.

Eugène est mon ami... je... je... la remettrai !

MONTENDRE , faisant signe à John de partir.

La chose est toute simple !... au revoir !

DURAND , à part.

Mais je tremble !

MONTENDRE , emmenant John.

Que voulais-je de plus ?

SCÈNE XIV.

DURAND , seul.

Je ne sais ; il me semble
Que je ne devrais pas décacheter ce pli ,

Il entrouve la lettre

Et pourtant !... Qu'ai-je vu ? Mon courage a faibli !
Ce marquis avait l'air de me narguer en face !
Je n'y saurais tenir ! un mari, quoiqu'on fasse,
Agit avec prudence... après tout ! c'est mon droit !
Je ne suis pas trompé !... Mais, peut-être on le croit.

Il décachète et lit.

C'est affreux !... Comment Jane à ce point est osée !
Un rendez-vous ?... ce soir !... je leur sers de risée !
Mordieu non ! je le jure ! ah ! je vais leur prouver
Qu'il peut en coûter cher à qui veut me braver !
Quoi, chez moi, sous mes yeux la trame s'est ourdie !
Suis-je un Cassandre enfin , jouet de comédie ?
J'allais le patroner !... ô noire trahison !
Et Jane ! et sa candeur ! — J'en perdrai la raison !
Malheur à tous les deux !... oh ! les femmes ! les femmes !
Qui malgré leurs serments, à ce point sont infâmes !

Il sort agité.

ACTE DEUXIÈME.

Le parc. Même décor qu'au premier acte.

SCÈNE PREMIÈRE.

LORD SAUNDERS. — Le marquis de MONTENDRE

Ils sont assis de chaque côté du théâtre. Montendre a l'air impatient et inquiet ; Saunders paraît indifférent.

MONTENDRE.

Mylord , nous attendrons peut-être encor longtemps !

SAUNDERS.

Eh ! qu'importe , Marquis ?... Les parfums du printemps
Enchantent ces bosquets ! on sent courir les brises !
De joyeux rossignols chantent dans les cytises !...
Vous n'éprouvez donc pas un doux frémissement
A l'aspect du soleil ravivant mollement
De ses premiers rayons la nature endormie ?
L'air est tiède , embaumé d'une senteur amie
Qui m'épanouit l'âme !

MONTENDRE , d'un air bourru.

Hélas ! nous attendons !
Nous croquons le marmot !

SAUNDERS , en se récriant.

Monsieur ! mille pardons !
Pensez... parlez pour vous... j'admire la nature !

MONTENDRE , se levant impatienté.

A votre aise , Mylord !

SAUNDERS , après une pause se lève et va vers Montendre.

Cette scène là dure

Trop, Marquis!... coupons court... voyons... expliquons-nous
Franchement, hein?...

MONTENDRE, à part.

Enfin... il y vient!

SAUNDERS.

Voulez-vous?

MONTENDRE, surpris.

Encor sur quoi, Mylord?

SAUNDERS.

Quel excès de prudence!

Ne dissimulez plus!

MONTENDRE, avec fierté.

Mon amour pour Hortense?

SAUNDERS, avec dignité.

Pour la Comtesse?

MONTENDRE.

Eh bien! je ne puis m'en cacher!

SAUNDERS.

Allez, Marquis, allez!...

MONTENDRE.

Qui saurait m'empêcher?
J'ai le droit, après tout, de tenir ce langage!

SAUNDERS.

Vous avez dit: le droit?

MONTENDRE.

Bientôt un mariage...

SAUNDERS.

N'allez-vous pas trop loin?... — Vous êtes donc au mieux?

MONTENDRE.

Vous semblez l'ignorer?... cela vous saute aux yeux!

SAUNDERS.

Je suis peut-être aveugle!... Excusez ma franchise,
Vous blessa-t-elle... mais la vôtre l'autorise!
Non, rien jusqu'à ce jour ne paraît évident,
Rien ne me saute aux yeux!...

MONTENDRE.

J'espère !

SAUNDERS.

Un prétendant
Espère, c'est l'usage, et surtout quand il aime !

MONTENDRE.

Et la conclusion ?

SAUNDERS.

Notre espoir est le même !

A un mouvement de Montendre.

Pas de dépit, Marquis ! ou mieux, parlementons !
Nous sommes des rivaux, et nous nous détestons,
C'est dans l'ordre, passons... en pareille occurence
On se doit des égards, certaine déférence,
Car nous sommes du monde et gens de qualité...

MONTENDRE.

Les procédés, Mylord ?... c'est notre probité !

SAUNDERS.

Oui, monsieur le Marquis... Parce qu'on se déteste,
Va-t-on se diffamer ? Quant à moi, je proteste
Contre toute parole ou contre tout écrit
Que l'on m'imputerait... méchamment...

MONTENDRE.

Votre esprit
Délicat ne saurait à ce point se commettre...
Pour moi, je n'oserais, croyez-le, me permettre !...

SAUNDERS.

Mais nous sympathisons, Marquis, j'en suis heureux !
Donc, nous sommes rivaux, et rivaux amoureux !
C'est le pire !... un de nous échouera sans conteste.

MONTENDRE, riant.

A moins pourtant !...

SAUNDERS, surpris.

A moins ?...

MONTENDRE, se reprenant.

La chose est manifeste !

SAUNDERS.

Il sera malaisé, je crois, de s'accorder...
Je ne veux, ni ne dois, pour ma part, vous céder.
A part.
Il m'en coûterait cher !

MONTENDRE.

Étrange destinée !
A cet hymen, Mylord, ma vie est enchaînée !
Et je ne pourrais pas renoncer !...

SAUNDERS.

Bien, Marquis !
Nous n'avons pas le choix entre plusieurs partis..:
Nous nous coupons la gorge... au vainqueur l'héritage !...
Montendre fait un signe de dénégation.
Vous refusez ?... tant mieux !... transigeons ! — Je m'engage
A laisser le champ libre où dans le cas s'entend
Vous l'emporterez !... vous ?... en ferez-vous autant,
Si l'on vous éconduit ?

MONTENDRE , après avoir réfléchi.

Mylord , qu'elle prononce
A part.
Au plus vite entre nous... Je dois une réponse
Prompte à mes créanciers...

SAUNDERS.

J'y consens !... dès ce soir,

MONTENDRE , avec empressement.

Oui , ce soir !...

SAUNDERS.

N'est-ce pas ?

MONTENDRE.

Je préfère savoir
Tout de suite mon sort !... puis, votre impatience...

SAUNDERS.

Mais la vôtre , Marquis, n'est pas moindre, je pense !

MONTENDRE , inquiet.

Qu'en savez-vous, Mylord ?

SAUNDERS , se défendant.

Rien , absolument rien...

A part.

Je n'ai nulle raison... Quant à moi , je sais bien
A quelle catastrophe !

MONTENDRE , lentement, avec intention.

Y va-t-il de la vie ?

SAUNDERS.

A part. Haut.

Hein ?... — Votre liberté serait-elle ravie ?

MONTENDRE , à part.

Que dit-il ?

SAUNDERS , à part.

Le hasard ?

MONTENDRE , à part.

Il m'a fait frissonner !

Il ne se doute pas qu'on peut m'emprisonner !

Se rapprochant.

Vous riez ?... nous n'avons de raisons l'un ou l'autre
Pour être très-pressants ?

SAUNDERS.

Mon motif est le vôtre !

Nous aimons la Comtesse et voulons l'épouser !
Tous deux , c'est impossible !... il faudrait aviser !
N'est-il pas un moyen d'abréger notre attente ?
Qu'auprès d'elle d'abord, un de nous se présente ,
Et demande sa main ?

MONTENDRE.

Qui se présentera

Le premier ?

SAUNDERS.

Vous , Marquis !

MONTENDRE.

Le sort décidera !

SAUNDERS.

A merveille !... réglons l'ordre de la bataille !...

Il lui présente deux petits morceaux de bois.

Tenez, prenez, Marquis, à la plus courte paille
De commencer le feu !

MONTENDRE , qui a pris une dés pailles offertes.

C'est moi !

SAUNDERS.

Marquis, à vous !
Si vous réussissez , vous ferez des jaloux !
Mais vite, dépêchez... vous avez la soirée
Sachez en profiter !... je risque mon entrée
Après vous, toutefois si vous n'avez conquis !
Je me réserve une heure ; à vous , huit, cher marquis !
Mais ne l'oubliez pas, j'arrive à l'onzième heure ;
Aux termes du traité , je vous mets en demeure !
Comme vous l'avez dit : il faut vaincre ou périr !

Lui tendant la main.

Bonne chance, rival !... tâchez de conquérir !...

Il sort.

SCÈNE II.

MONTENDRE , seul.

Vous me craignez, Mylord, vous me tendez un piège !
Mais je ne serai pas dupe de ce manège !
L'instinct vous avertit et vous fait deviner
Que sachant vos secrets , je puis vous malmener !
Et vous avez raison ! Quoi donc, j'ai votre perte
Dans la main, et je n'ai qu'à l'ouvrir pour... ah ! certe
Je serais un niais de ne pas en user !...
Vous ignorez pourquoi je tiens à l'épouser !
Vous ne soupçonnez pas l'état de mes finances !
Tirez-vous d'embarras , moi, je garde mes chances !
La Comtesse , Mylord , apprendra votre jeu
Et se révoltera de n'être qu'un enjeu.
C'est dit, je le perdrai !

Il se dirige vers une table et écrit.

SCÈNE III.

MONTENDRE, écrivant. JOHN.

MONTENDRE, sans discontinuer, apercevant John.

Madame la Comtesse
N'est pas encor rentrée ?...

JOHN.

Eh ! Monsieur, qui vous presse ?
Là, là, patientez !.. ce soir, on prend le thé
Comme tous les mardis...

MONTENDRE.

Quelle fatalité !
Au milieu de ce monde encor de la contrainte !

JOHN, s'approchant avec un intérêt feint.

Vous me rendez tremblant !... avez-vous quelque crainte ?
Mais disposez de moi... sous les conditions
Vous savez, de ne pas nuire aux prétentions
Du gentilhomme anglais...

MONTENDRE.

Sois sans inquiétude,
Je n'ai rien oublié !

JOHN.

Cette sollicitude
Pour notre noble Lord, est louable, est-il vrai ?

MONTENDRE, distrait, écrivant toujours.

Oui, John !

JOHN.

Parlez, Monsieur, je vous obéirai !

MONTENDRE, se lève, avec la lettre à la main.

Écoute et comprends moi : d'abord, prends cette lettre ;
Tu vas à ta maîtresse à l'instant la remettre...
Et lorsqu'elle lira, juge de son effet !
Vois si son cœur s'irrite, ou s'il est satisfait.
Observe tout enfin... son calme, sa colère...

Ne laisse rien passer... tu m'apprendras, j'espère,
Quand il en sera temps ce que je veux savoir...

JOHN.

C'est tout, Monsieur ?

MONTENDRE.

Oui, John.

JOHN.

Je ferai mon devoir

Mais, Monsieur le Marquis, Mylord n'est point en cause ?

MONTENDRE.

Ne te l'ai-je pas dit ?

JOHN.

Bien, bien, rien ne s'oppose

A ce que je vous serve !

Montendre sort.

SCÈNE IV.

JOHN, seul, regardant partir le Marquis.

Une course au clocher !

Ferme en selle, Marquis !... gardez-vous de broncher !
Beau gentleman reader, assurez vos derrières
Sinon vous recevrez de rudes étrivières

Arrivant sur la scène.

Si je suis un valet, du moins j'en ai le ton !
Mais ce Marquis d'emprunt, noblesse de carton,
Dont le blason d'hier est peint à la détrempe,
Vaut-il avec son nom un homme de ma trempe ?

Avec un soupir.

Il vous a payé, John... servez sans réfléchir !

S'étendant sur un canapé.

Ah ! que sous ce harnais il est dur de blanchir !
Quand je saurais si bien... mieux qu'un autre, peut-être,
Me faire dorloter !... Il suffisait de naître,
Et je ne suis pas né... comme on dit en haut lieu !
Bah !... je naîtrai plus tard !... beaucoup trop tard, mon Dieu !

Je vieillis chaque jour !... Si j'accrois mon pécule,
C'est en renouvelant tous les travaux d'Hercule !
Non pas tous !... quelques-uns... car , dans cette maison
Il faut être toujours sur pied. , pas de saison
Pour le repos !... le jour , la nuit sans cesse on veille ,
Et j'entends répéter ces mots à mon oreille :
Fainéant !... curieux !... vous n'êtes qu'un valet,
Je vous chasserai , John !... votre ton me déplait !
Et cent menus propos dont je me moque en somme.

Se levant.

Tas d'histrions , je suis comme vous honnête homme
Et je vaux même mieux , car je n'emploirais pas
Pour réussir , Marquis , des moyens aussi bas
Que les vôtres !... encor quelque temps de déboire !
Je me retirerai sur les bords de la Loire ,
En Touraine , mon rêve ! et là plantant mes choux ,
Je vivrai loin du monde et de tous ses dégoûts...
Pouah ! les hommes , le monde ! oh ! la triste cuisine !
Quel fumet empesté... nauséabond... sentine
Dont le souvenir seul me soulève le cœur !
J'achèterai du trois pour cent !... cette valeur
Est préférable au cinq dans le temps où nous sommes !
Je réaliserai bientôt de fortes sommes ,
Et je serai rentier !... adjoint de mon endroit...
Plus tard... maire !... Qui sait ?... lorsque l'on est adroit !
— Bast ! je ne suis qu'un sot , dépourvu de logique !
Encor plus vaniteux que ceux que je critique !
Amassez des écus , placez-les sur l'Etat !
A d'autres les honneurs !... Monsieur John, magistrat
Municipal ? voilà certes de quoi surprendre !
Je serais plus faquin qu'un Marquis de Montendre !

SCÈNE V.

JOHN , Monsieur DURAND , entrant précipitamment.

DURAND , troublé, s'asseyant tout essoufflé.

Ah ! John !

JOHN.

Monsieur !

DURAND.

Dis-moi si Madame Durand
Est sortie ?... ou plutôt... est-il vrai qu'en rentrant
Ils aient dit ?... qu'ont-ils dit ?

JOHN.

Mais , Monsieur m'embarrasse !

DURAND, très-animé

C'est que je ne veux pas, vois-tu, perdre leur trace !
John, ne m'interromps pas... Monsieur de Lévincour...
Ma femme... étaient sortis ?... John, sont-ils de retour ?
John , je suis malheureux !...

JOHN.

Tâchez de vous remettre !

DURAND.

Plus de bonheur jamais !

JOHN, à part.

Oh ! la lettre ! la lettre !

Haut.

Mais enfin qu'avez-vous ? D'où vient ce désespoir ?

DURAND.

Tu ne devines pas ?... Certes avant ce soir
Ils auront expié leur trahison infâme !

JOHN.

Mais de qui parlez-vous ?

DURAND.

De qui , John ?... de ma femme !

JOHN.

Vous croiriez ?...

DURAND.

Je suis sûr !... juge, c'est évident !

JOHN.

Vous plaisantez, Monsieur ?... moi, votre confident ?

DURAND.

Pourquoi pas, s'il me plaît ?... — Tu ne te doutais guère
De ce que contenait cette lettre ?... un mystère
Qui touche à mon honneur et souille ma maison !
Des coupables je jure avoir bientôt raison !

JOHN.

Je saisis à peu près, quoique vos réticences
M'expliquent assez mal...

DURAND.

Comprends donc mes souffrances...
Je suis déshonoré ! je ne méritais pas
Qu'on me traitât ainsi

JOHN, pleurnichant.

Que je vous plains, hélas !

Changeant de ton.

Bien ! j'admets avec vous que ce soit de l'histoire !
Puisque vous le voulez, forcé m'est de le croire !
N'avez-vous jamais eu rien à vous reprocher
Sur vos devoirs d'époux ?

DURAND.

Là ! que vas-tu chercher ?

JOHN.

Monsieur, il est écrit au long dans l'Evangile :

DURAND, menaçant.

Je ne suis pas toujours d'une humeur très-facile !

JOHN, poursuivant.

Tu ne voleras pas la vache du voisin...
Ni sa femme !...

DURAND.

Après ? dis ? ai-je fait un larcin ?

JOHN.

Plus d'une fois, Monsieur, vous avez fait sans doute,
Au détriment d'autrui ?

DURAND.

Quoi ? ce que je redoute
Pour moi-même ?

JOHN.

Oui, Monsieur, et le proverbe est sûr,
Infaillible...

DURAND.

Comment ?

JOHN.

Par pari prœfectur...

DURAND.

Pauvre sot !

JOHN.

Grand'merci !... d'ailleurs, la Providence
Intervient tôt ou tard ! Monsieur, c'est ma croyance !

DURAND, se parlant.

Quel chaos règnerait dans la société
Si l'épouse oubliait ses vœux de chasteté !

JOHN.

L'argument vient en aide aux besoins de la cause !

DURAND.

Ce serait plus moral !

JOHN.

Pensez-vous que la chose
Irait plus mal, Monsieur, qu'on serait en péril
Si chacun observait mieux le Code civil,
Articles deux cent douze et suivants : Mariage !

DURAND.

Absurde !

JOHN.

Non, pas tant ! Monsieur, dans mon village,
— Je suis né bourguignon ! — nous avions un curé,

Et c'était un saint homme, indulgent, vénéré
Qui disait...

DURAND.

Tais-toi donc... écoute, et puis à l'aise,
Tu pourras...

JOHN.

Qu'ai-je dit, Monsieur, qui vous déplaise ?

DURAND , impatienté.

Monsieur de Levincour et Madame Durand
Sont-ils ensemble ici ?

JOHN.

Non... non !...

DURAND.

C'est différent !

JOHN.

Vous paraissez tenir beaucoup à les surprendre ?

DURAND.

Ce serait un service !...

JOHN , étonné.

Un service ?

DURAND.

A me rendre !
Oh ! mon John, mon bon John , fais tout pour me servir !
A nous deux nous pourrons, j'espère, découvrir...

JOHN , d'un air résolu.

Çà suffit ; ils seraient plus rusés que le diable
Si je ne trouvais pas votre moitié coupable...

Fausse sortie, il revient.

Monsieur !

DURAND.

John !

.JOHN.

Dites-moi : si je les rencontrais,
Ensemble , faudrait-il épier leurs secrets,
Ou venir vous chercher ?

DURAND.

John , comprends ma torture !

J'ai besoin de savoir...

JOHN.

Monsieur , je vous assure
Que vous serez content !

DURAND , lui prend les mains.

John , excellent ami !
Je ne reconnais pas un service à demi...

JOHN.

D'un côté , c'est beaucoup... et peut-être d'un autre ,
N'est-ce pas assez ?

DURAND , mettant la main à la poche.

Ah ! j'oubliais !

JOHN , A part, s'en allant.

Bon apôtre !
Le coquin , l'effronté ! le cynique impudent
Qui , malgré son orgueil, me prend pour confident !
J'en sais, Monsieur Durand, assez sur votre compte
Pour sauver votre femme et vous laisser la honte !
J'ai commis une faute , il faut la réparer.

Il sort.

SCÈNE VI.

M. DURAND , seul.

Je ne désire pas encor les rencontrer !
— Pourtant, si je pouvais tous les deux les surprendre !
Comme je troublerais ce rendez-vous si tendre !

Il semble chercher des yeux quand arrive Eugène à l'improviste.

SCÈNE VII.

M. DURAND , Eugène de LÉVINCOUR.

EUGÈNE , précipitamment.

Ah ! Monsieur , de vous voir j'avais désespéré !

DURAND , bourru.

Comment? vous me cherchez ?

EUGÈNE.

Si j'ai persévéré ,
C'est que j'étais certain, avec votre promesse...

DURAND.

J'en suis fâché pour vous, mais le Roi s'intéresse
A votre concurrent... et...

EUGÈNE.

Je suis éconduit ?

DURAND.

Je n'en puis mais , Monsieur !

EUGÈNE , à part.

Le destin me poursuit !

DURAND.

Que voulez-vous y faire ? attendez... le Ministre
Se souviendra plus tard , peut-être...

EUGÈNE , à part.

Jour sinistre !

DURAND.

Patientez , Monsieur !

EUGÈNE

Conservant votre appui...

—   DURAND.

Mon appui , dites-vous ? ne comptez plus sur lui !

EUGÈNE.

Ai-je démérité pour que l'on m'abandonne !
Que me reprochez-vous ?

DURAND.

Mon honneur me l'ordonne !

EUGÈNE , surpris.

Votre honneur est en jeu ?

DURAND.

Pour le coup c'est trop fort !

EUGÈNE.

A votre égard , Monsieur , aurais-je eu quelque tort ?

DURAND , se croisant les bras.

Quels rôles jouons-nous ? j'admire votre audace !

EUGÈNE , à part.

Il aime Hortense...

DURAND , à part.

Il faut que je m'en débarrasse !

EUGÈNE , à part.

A quoi réfléchit-il ? Que son langage est froid !

DURAND , à part.

De lui dire son fait , après tout , j'ai le droit !

Haut.

Méditez ces conseils dictés par la prudence :
Peut-être n'êtes-vous dans cette circonstance ,
Que léger !... je le crois... pourtant, entre nous deux
Doit cesser tout rapport. Je ne suis pas haineux
Sans être pour cela patient comme un ange !

EUGÈNE , à part.

C'est clair , il aime Hortense et veut donner le change !

Haut.

Parlons sans passion... je voulais m'éloigner !
On m'a dit de rester... j'ai dû me résigner !

DURAND.

Quoi , Monsieur , votre amour à ce point est extrême !

EUGÈNE.

Je ne m'en défends pas !... fuyant celle que j'aime ,
Je cherche à la soustraire à des propos jaloux
C'est de la loyauté... que ne m'en louez-vous ?

DURAND.

Je ne saisis pas bien... veuillez...

EUGÈNE , s'exaltant.

Depuis une heure
Pour vous faire comprendre , avec vous je demeure.

DURAND.

Vous l'aimez donc beaucoup ?

EUGÈNE , avec hauteur.

Monsieur !

DURAND , lui prenant le bras.

> Parlez plus bas !

Plus bas , Monsieur , sinon !...

EUGÈNE , se dégageant.

> Terminons ces débats !

DURAND.

Je ne transige pas avec un adversaire !
Vous brisez mon bonheur !

EUGÈNE.

> Qui vous dit le contraire ?

Ailleurs vous trouverez des dédommagements !

DURAND.

Vous dites ?

EUGÈNE.

> Vous faut-il des encouragements ?

DURAND.

Je menace , Monsieur , quand j'ai jeté le blâme !

EUGÈNE.

Certe , je vous le rends , et du fond de mon âme !

DURAND.

Vous prenez , cher Monsieur , le ton un peu trop haut !

EUGÈNE.

Avec vous , cher Monsieur , je prends le ton qu'il faut !

DURAND.

J'ai regret du passé... vous ne méritez guère...

EUGÈNE.

Votre amitié , Monsieur ?... je la prisai naguère...
J'en rougis aujourd'hui !

DURAND.

> Vous semblez ignorer

Mes droits sur elle ?

EUGÈNE.

> Vous , vous des droits ?

DURAND.

> D'endurer

Si longtemps vos discours saugrenus je m'indigne.

EUGÈNE , à part.

En vérité cet homme est d'une audace insigne !

DURAND.

Monsieur , je vous ordonne , en son nom , comme au mien ,
Je répéte : *en son nom*, vous m'entendez !...

EUGÈNE , ironiquement.

Eh bien ?

Qu'ordonnez-vous ? Monsieur...

DURAND.

De cesser de l'attendre !
Je vous parle en son nom ! tâchez de me comprendre !

EUGÈNE , à part.

Je dévore ma rage !... obéir à ce fat !
Il le faut... en restant , je provoque un éclat
Qui la compromettrait ! je te maudis, Hortense !

DURAND.

Partez ! croyez-moi, c'est agir avec prudence !

EUGÈNE , se parlant.

Oh ! je pénétrerai cet horrible secret !

Haut.   Suppliant.

Je vous dis : au revoir !... du moins , soyez discret !
Mon bonheur en dépend !

DURAND , étonné.

Et le mien ? sur mon âme ,
Je vous trouve plaisant !...

EUGÈNE.

Monsieur , que votre femme
Ne sache rien !...

DURAND , abasourdi.

Rien ?... quoi ?... de plus fort en plus fort !

EUGÈNE , avec menace.

Si vous dites un mot , Monsieur , vous êtes mort !

Il sort.

SCÈNE VIII.

DURAND , seul , abasourdi.

L'aurait-on jamais cru ?... je connais ma nature
Je ne puis dévorer plus longtemps cette injure !
J'en finirai morbleu !... je veux enfin savoir
                              Résolu.
Si Jane m'a trahi !... Je connais mon devoir !
Contenons-nous... on vient... ah ! c'est elle... courage !

SCÈNE IX.

M. DURAND , LA COMTESSE , JANE DURAND.

LA COMTESSE , arrive en causant avec Jane.

Monsieur de Levincour au port ferait naufrage ?
Non, il n'en sera rien !... C'est vous Monsieur Durand ?
                A Durand.
Eugène est repoussé !

DURAND , bourru.

Le mal est-il si grand ?

LA COMTESSE.

Que dites-vous, Monsieur ?

DURAND, à Jane.

Qu'en pensez-vous, Madame ?

JANE, ébahie.

Ce que je pense, moi, c'est fâcheux ?

DURAND , à part.

Quelle femme !

LA COMTESSE.

Vous avez échoué , nous solliciterons !

DURAND, tour à tour à Hortense et à Jane.

Qui, nous, Comtesse ?... vous ?

LA COMTESSE.

> Oui, nous intriguerons !

Il n'est pas besoin d'être ou sa sœur ou sa mère
Pour le plaindre et l'aider quand il se désespère.

DURAND.

A Jane.

Vous solliciterez ? — Quel scandale , morbleu !

JANE , stupéfaite.

Je ne vous comprends pas !

DURAND.

> Moi , je vous comprends peu !

LA COMTESSE.

Enfin , vous renoncez à patroner Eugène !...
Dites le franchement : vous craignez votre peine ?
Nous allons nous unir... et nous réussirons !

DURAND.

Qui ne réussirait avec de tels patrons ?

JANE , à Durand.

Faites-vous des rébus ?

LA COMTESSE.

> Des vers ?

DURAND, à part.

> Quelle algarade !

LA COMTESSE.

C'est plutôt un sonnet ?

DURAND , impatienté.

> Ni sonnet , ni charade !

LA COMTESSE , raillant.

Vous avez pour Eugène une bonne amitié
Et vous ne voulez pas le servir à moitié !
D'où vous viennent alors ces airs sombres de drame ?
Dites ? que vous fait-on, Monsieur ?

DURAND , étonné.

> A moi , Madame ?

Rien...

LA COMTESSE.

S'il en est ainsi Monsieur , vous auriez tort.
De ne pas l'appuyer ?... il mérite...

DURAND , brusquement à Jane.

Et son sort
Vous intéresse aussi ?...

JANE.

Cela peut vous surprendre ?

LA COMTESSE.

Ici , nous l'aimons tous...

DURAND , railleur.

Et d'un amour fort tendre !

LA COMTESSE , riant.

Vous êtes adorable !... Est-ce Jane ?... Est-ce moi ?

DURAND , très-irrité à Jane,

Il·faudra m'expliquer le trouble où je vous vois !

JANE , à Durand.

Quand vous voudrez, Monsieur !

DURAND.

Quand vous voudrez, vous-même !

JANE.

A l'instant !

DURAND.

A l'instant !

LA COMTESSE , avec une révérence affectée.

A cette heure suprême ,
Un tiers est importun ?

JANE , suppliant, à la droite d'Hortense.

Ne m'abandonne pas !

DURAND , à sa gauche.

Au contraire , restez... jugez de nos débats !

LA COMTESSE , à Jane.

C'est une comédie ; il feint mal la colère !

A tous deux.

Le duel se termine au premier sang , j'espère ?
Je me récuserais dans un combat à mort !

DURAND , irrité.

Je ne plaisante pas !

JANE.

Et moi , Monsieur ?

LA COMTESSE.

Le sort

Vous assignera-t-il vos rangs dans la bataille ?
Qui fait feu le premier ?

DURAND.

Je n'admets pas qu'on raille !

JANE , à Hortense.

Oh ! chère , venge moi !

LA COMTESSE.

Je vous sers à souhait !

Je ferai que chacun de vous soit satisfait !
Je suis , en point d'honneur, experte, je m'en vante !

DURAND.

Vous apprendrez bientôt si l'insulte est flagrante !

JANE , à Hortense.

Ce doute affreux me tue ; il détruit mon bonheur !

DURAND.

Je suis certain , Madame ; et c'est le déshonneur !

LA COMTESSE.

Nous l'avons établi. Laissons là l'hyperbole !
Chacun à votre tour vous aurez la parole !

A Durand qui se récrie.

Dites-moi vos griefs... ou vos crimes, au choix...
Car vous m'étourdissez... en parlant à la fois...
Allons , l'un après l'autre... arrivez à la barre !
On peut très bien juger sans toque ni simarre,

A Durand.

Je vous en convaincrai... mais , vous vous courberez
Sous ma décision !

DURAND.

A ce que vous ferez

Je me soumets d'avance...

LA COMTESSE.

A tout ?... et sans murmure ?

DURAND

A tout !.. vous flétrirez sa faute

LA COMTESSE , d'un ton solennel.

Je le jure !

JANE.

Ses torts sont évidents !... gronde sévèrement !

DURAND.

Est-il crime plus grand ? manquer à son serment !

LA COMTESSE.

Eloignez-vous , Monsieur !... Jane, avec moi demeure !

DURAND, s'en allant.

Je suis trahi par elle !... et c'est elle qui pleure !

Il sort.

SCÈNE X.

LA COMTESSE , JANE.

JANE , se précipitant vers Durand.

Oh ! Monsieur !

LA COMTESSE , la retenant.

Jane ! chut !

JANE , pleurant.

Quelle audace ! quel front !

LA COMTESSE.

Ne pleure pas ainsi... ne vois pas là d'affront !
Le moyen est usé... je l'attends de pied ferme !
A ses vaines clameurs mon oreille se ferme.

JANE.

Chère Hortense , j'ai peur ! A-t-il quelque soupçon ?

LA COMTESSE , sévèrement.

Et sur quoi , je te prie ?... il cherche une leçon...
Il l'aura , sois tranquille !... écoutons son antienne...

Appelant.   A Jane.

Eloigne-toi... Monsieur Durand... dis-lui qu'il vienne !

JANE.

Je n'ose pas !...

LA COMTESSE.

Appelant.

Enfant !... Monsieur... Monsieur ! ici.

Jane sort.

SCÈNE XI.

LA COMTESSE , M. DURAND.

DURAND , vivement,

Que me reproche-t-elle ?

LA COMTESSE.

Approchez !...

DURAND.

Me voici !

Je...

LA COMTESSE.

J'écoute , Monsieur , le récit de l'offense.
Jane , de son côté, m'a fait sa confidence.
Envers elle, vraiment, vous êtes trop cruel !
Vous la méconnaissez !...

DURAND.

Le délit est réel !

LA COMTESSE.

Accuser follement une femme modèle !

DURAND.

Je le croyais naguère ! — Une épouse infidèle !

LA COMTESSE.

Imposture , mensonge !...

DURAND , gravement.

Un juge impartial
S'abstient de prononcer lorsqu'à son tribunal
Il n'a pas entendu l'une et l'autre partie...
Qu'il vous plaise surseoir !

LA COMTESSE , avec une révérence affectée.

Je me tiens avertie !

DURAND , à part.

La dignité fait bien !

LA COMTESSE.

Pourtant , encore un mot !
Est-ce un crime , un délit ?...

DURAND.

Je ne le sais que trop !
Madame , je suis sûr !

LA COMTESSE.

Aveugle jalousie !

DURAND.

Nous nous séparerons !

LA COMTESSE.

C'est de la frénésie !

DURAND.

Je vais ici, Madame, et sur l'heure évoquer
Telle preuve que vous ne pourrez révoquer ?

LA COMTESSE.

Avez-vous des témoins , plaignant ?

DURAND.

J'en ai peut-être ;
Et , s'il le faut , plus tard , je les ferai paraître !

LA COMTESSE.

Bravo , Monsieur Durand , le tour est délicat !
Comment de vrais témoins ?

DURAND.

Si je veux de l'éclat ?

LA COMTESSE.

Encor mieux ! vous allez vous rendre ridicule !
Il est temps, songez-y !...

DURAND.

Jamais , je ne recule !

LA COMTESSE.

Quel horrible courage !

DURAND.

Et si je suis cértain ?...
Ecoutez moi, par grâce... et plaignez mon destin !

LA COMTESSE, gravement, imitant Durand.

Avez-vous entendu l'une et l'autre partie,
Moraliste, censeur ?... Si l'une des deux nie ?

DURAND.

Encor j'accuserai... c'est infâme.

LA COMTESSE, persiflant.

Vraiment ?
J'aime Jane, Monsieur, parlez différemment !

DURAND, exalté.

Me voici maintenant dans l'embarras funeste
De le servir s'il part, ou de trembler s'il reste...
Comtesse, prononcez... sont-ce là des soupçons
Ridicules, sans nom, un rêve, de vains sons
Qui traversent les airs et frappent mon oreille ?
Dites ?...

LA COMTESSE, absorbée.

Je ne sais si je dors ou si je veille ?

DURAND.

Non, vous ne dormez pas ; c'est la réalité
Dans toute son horreur

LA COMTESSE, rêveuse.

Une fatalité
Vous égare, Monsieur !... c'est une fable... un conte !

DURAND.

Une histoire, Madame, et bien plus une honte !

LA COMTESSE, souriant.

Que je connaisse enfin ce paladin d'amour ?
Son nom ?

DURAND.

Son nom ? c'est...

LA COMTESSE.

C'est ?...

DURAND.

Monsieur de·Lévincour !

LA COMTESSE , avec précipitation.

Monsieur de Lévincour ?... Vous en avez la preuve ?
Non, je ne vous crois pas ; vous tentez une épreuve !

DURAND.

Dans ma conviction je suis trop affermi !
Je suis joué par eux ! ma femme , un faux ami !
Raillerez-vous toujours ?... Ai-je tort de me plaindre ?
J'en finirai morbleu ! maintenant , qu'ai-je à craindre ?

LA COMTESSE , avec résignation.

Vous faites bien , Monsieur !

DURAND , avec exaltation.

Ah ! j'éclate à la fin !
Méritais-je , Madame , un si cruel destin ?
Aux tribunaux je vais en demander justice !
Ils flétriront l'épouse indigne et son complice ,
C'est ainsi que j'entends en obtenir raison !

LA COMTESSE , à part.

Et j'étais dupe aussi de cette trahison !

DURAND.

Madame, nous aurons du bruit et du scandale ,
Je le veux !...

LA COMTESSE , à Durand.

Elle vient... la voici !...

SCÈNE XII.

LA COMTESSE ,·DURAND , JANE.

JANE , accourt, se place entre eux — à Hortense.

Rien n'égale ,
Chère, l'impatience où je suis !... ta froideur

A Durand.

Est étrange , qu'as-tu ? — Monsieur , votre air frondeur

Est presque menaçant ? — Vous gardez le silence ?
S'efforçant de sourire.
Ai-je commis un crime ?... expliquez-vous ? Hortense ?

LA COMTESSE , *retirant sa main.*
Et pourquoi voudrais-tu ?

JANE.
Tu retires ta main ?...
A Durand.
Et vous ? — La calomnie a frayé son chemin !
Mais c'est affreux !... je suis victime d'une trame !
Que se passe-t-il donc ?

DURAND, *d'un ton dramatique.*
Ignorez-vous, Madame ?
Que vous avez trahi vos devoirs , vos serments.
Méprisé...

JANE , *mettant sa main sur la bouche de Durand.*
Taisez-vous !

DURAND , *de même.*
Vos saints engagements !

JANE , *tombant dans un fauteuil.*
Mon Dieu !

DURAND.
Pour mettre fin à mon inquiétude
Nous nous séparerons !... puisse la solitude
Vous faire repentir...

JANE , *suppliant à Hortense.*
Hortense , défends-moi !
Hortense , par pitié , parle , vois mon effroi !...
— Pas un mot ! oh ! c'est mal !... je suis dupe d'un rêve...
Hortense , ne crois pas !... — ton silence m'achève !
Se redressant avec fierté.
Eh bien ! non , je vous brave et relève le front !
Je ne mérite pas tant de honte et d'affront !
Une accusation ne flétrit qu'un coupable...
Que me reprochez-vous ? — je deviens intraitable !
A Hortense avec ironie.
Sur votre dévouement je sais la vérité !

Très grand dans le bonheur, — nul dans l'adversité !

A Durand.

Nous plaiderons !

LA COMTESSE.

Oh ! Jane !

DURAND.

Eh bien, tant mieux, Madame !

JANE , avec force.

Je vous accuserai !...

DURAND, riant.

De quoi ? d'être bigame ?

JANE.

J'ai des preuves , Monsieur, de votre trahison !

DURAND.

Hein ? vous dites ?... comment ? vous perdez la raison !

JANE.

Et je les produirai !

DURAND.

Mais vous raillez ?...

JANE.

Écrites !

DURAND.

A part.   Se radoucissant.

Écrites ?... quoi, serait-ce ? aïe, maladroit ! Vous dites
Donc , que vous...

JANE , avec fierté.

Laissez-moi !

DURAND.

Jane !

JANE.

Les tribunaux

Décideront , Monsieur, si nos torts sont égaux ,
Et vous reconnaîtrez l'aveugle jalousie.

DURAND.

Mais...

JANE.

Dont injustement vous m'avez poursuivie...

DURAND, insistant.

Encore !

LA COMTESSE.

Y pensez-vous ?

JANE, à Hortense.

Merci de vos conseils !

DURAND.

On pourrait s'expliquer...

JANE.

Des procédés pareils ?

LA COMTESSE.

Je ne souffrirai pas... notre amitié passée !

DURAND, à Jane.

En s'entendant !...

JANE.

Non, non ! je suis trop offensée !

LA COMTESSE.

Daignez donc m'écouter !...

JANE, avec dédain.

A quoi bon ?

DURAND, contraignant presque Jane à s'asseoir.

Je le veux !

LA COMTESSE.

Je remplis un devoir... écoutez-moi tous deux !
L'épouse selon Dieu conserve dans son âme
Une charité pure, inépuisable flamme
Dont, aux jours de tristesse, elle inonde l'époux,
Ce compagnon chéri qu'elle a pris entre tous...
C'est un sceptre d'amour qu'elle tient en partage.
Ne cherchez pas ailleurs le bonheur du ménage !
Les lois, dit-on souvent, ne la protègent pas...
Et loin de l'élever, la font tomber plus bas !
Qu'importe, si son cœur peut briser les obstacles,
S'il est assez puissant pour faire des miracles ?
Que l'épouse se plaigne ! elle a ce fort levier
Qui la rendra toujours souveraine au foyer !

14

Après avoir traîné votre époux dans la fange
N'aurez-vous pas souillé votre couronne d'ange ?
— Avancez à la barre, allons, à votre tour
Faites armes de tout ! par heure et jour par jour,
Dévoilez les secrets de votre solitude,
De vos affreux soupçons toute la turpitude,
Même calomniez !... voyez, la foule rit
Quand paraît un témoin, quand on lit un écrit !
Hardiment rejetez l'un sur l'autre le blâme ;
Lequel va triompher ?... lequel sera l'infâme ?
Avez-vous réfléchi ? ce même jugement
Vous frappera tous deux d'un même châtiment !
La honte jaillira sur toute la famille !
Vos parents, vos amis, votre fils, votre fille,
Recevront de vos mains ce legs de deshonneur !
N'est-ce pas pour chacun un immense malheur ?
— A l'homme qui poursuit sa femme sans relâche
Devant les tribunaux, je dis : Vous êtes lâche !
— Qu'il chancelle à son tour d'opprobre et de mépris,
Alors il connaîtra de votre amour le prix !
Plus il sera tombé bas, pieuse créature,
Plus, vous le chérirez, vous qui restâtes pure !
Cet époux criminel est un ange déchu !
Dieu vous éprouvait quand ce lot vous est échu !
Votre rôle est sublime... il n'est rien qu'il n'obtienne
Car vous êtes vraiment une épouse chrétienne !

ACTE TROISIÈME.

Un salon chez la Comtesse.

SCÈNE PREMIÈRE.

LA COMTESSE, seule.

Jane, Eugène, est-il vrai ? tant de fausse candeur ?
Aux souffrants désormais faut-il fermer mon cœur ?
Moi qui la consolais... la plaignais sans réserve !
Et je la plains toujours !... l'avenir lui réserve
Des jours plus noirs encore... et des nuits sans sommeil !
Pauvre Jane ! si jeune, avoir un tel réveil !
Je ne puis oublier des rêves pleins de charmes,
Et mes yeux, malgré moi, se remplissent de larmes !
Mais j'étais folle aussi, de penser un instant
Qu'Eugène pût m'aimer !... ce matin, cependant...

Au bruit qu'a fait John en entrant, la Comtesse a tourné la tête, elle le voit
placé derrière elle tenant une lettre sur un plateau.

SCÈNE II.

LA COMTESSE, JOHN.

LA COMTESSE, prenant la lettre.
Sans timbre... ni cachet ?... et, d'où vient cette lettre ?
JOHN.
Madame, je l'ignore !
LA COMTESSE.
Avant de vous permettre

De m'apporter un pli, sachez qui l'a donné...
Pour cette fois encor, vous êtes pardonné,
Dorénavant, pour vous je serai plus sévère.

JOHN.

A Madame, je suis désolé de déplaire !...

LA COMTESSE.

Assez !... votre langage et certaines façons
Ont depuis quelque temps éveillé mes soupçons.

JOHN.

Madame la Comtesse aurait-elle à se plaindre ?

LA COMTESSE.

Peut-être !... croyez-moi... dispensez-vous de feindre !
Ce serait vainement... je surveille vos pas...

JOHN, balbutiant.

Quand on fait son devoir... on ne redoute pas...

LA COMTESSE, après avoir décacheté la lettre.

A John, qui reste à une distance respectueuse.

Attendez !...

Lisant.

« *Lord Saunders a parié d'épouser Madame la Comtesse...*

S'interrompant. Malgré moi ?

Lisant.

» *aujourd'hui même, à minuit, expire le dernier délai ; il*
» *mettra tout en œuvre pour réussir.*

» *Un ami qui doit taire son nom...* »

De cette impertinence

Avec dédain.

Qui peut être l'auteur ?... Une correspondance

Se parlant.

Anonyme ! Mylord chez moi s'est introduit
Depuis un mois, et seul le hasard l'a conduit...

Silence.

Il est trop délicat, il a l'âme trop haute...
Cette excentricité serait plus qu'une faute !
Quel profit compte-t-on tirer de tout ceci ?
C'est une calomnie !... il n'est personne ici ?...

Cependant lord Saunders à quelqu'un porte ombrage ?
Eugène ?... Le Marquis ?... de qui vient cet outrage ?

Elle pose la lettre.

SCÈNE III.

LA COMTESSE, EUGÈNE DE LÉVINCOUR.

A l'arrivée d'Eugène, la Comtesse fait signe à John de sortir ; elle reste assise, Eugène est derrière son fauteuil.

EUGÈNE.

Madame, pardonnez si je me suis permis
De revenir vous voir...

LA COMTESSE, *avec indifférence.*

Aucun de vos amis

Avec intention.

N'a pu rien obtenir... Monsieur Durand lui-même
A mis à vous servir une obligeance extrême !...

EUGÈNE.

Peut-être, en d'autres temps, serai-je plus heureux ?

LA COMTESSE.

Ne l'avez-vous pas vu ?

EUGÈNE.

Durand ?... un songe creux !

LA COMTESSE.

Que lui reprochez-vous ?... Si je suis indiscrète ?...

EUGÈNE.

La chose, que je sache, est loin d'être secrète...

LA COMTESSE, *avec une indifférence affectée.*

Vous avez avec lui, je crois, un différend...
A propos ?...

EUGÈNE, *étonné.*

A propos ?...

LA COMTESSE.

Pourquoi n'être pas franc ?

Se reprenant.

Je n'insisterai pas... soyez-en sûr.

EUGÈNE.

Madame,
Notre tort est d'aimer tous deux la même femme...
Mais non du même amour... A tout autre que vous
Je pourrais raconter l'emportement jaloux
De Monsieur Durand...

LA COMTESSE.

Quoi, je suis seule exceptée ?
Et pour quelle raison ?... serais-je suspectée ?

EUGÈNE.

S'excusant.

Madame la Comtesse !... il s'agit de l'honneur
D'une femme ;... Durand s'en fait le défenseur.

LA COMTESSE.

Une seule a ce droit !...

EUGÈNE.

Comme vous, je le pense...
Elle n'est pas en cause...

LA COMTESSE.

Et par quelque imprudence
Vous n'avez compromis personne ?... répondez ?

EUGÈNE, *avec amertume.*

Quoi ! Madame, c'est vous qui me le demandez ?

LA COMTESSE.

Alors, Monsieur Durand fait un conte frivole ?
Et Jane n'est pour rien ?

EUGÈNE.

J'en donne ma parole,
Ma parole d'honneur !

LA COMTESSE, *très-émue, l'arrêtant.*

Je n'en pouvais douter !
N'en prenez pas souci... laissez le radoter,
Ne le détrompez pas !

SCÈNE IV.

LA COMTESSE, EUGÈNE DE LÉVINCOUR, M. DURAND.

DURAND, apercevant Eugène, à part.

Lui? c'est intolérable !

LA COMTESSE , riant, à Durand.

Vous êtes ponctuel?

DURAND, gracieusement.

Et vous, toujours aimable !

LA COMTESSE , présentant Eugène.

Monsieur de Lévincour !

DURAND.

Comment, vous recevez
Encore ce Monsieur... et sachant...

LA COMTESSE , bas à Durand.

Vous rêvez,
Monsieur ! ce n'est pas Jane, entendez-vous, qu'il aime !

DURAND.

A qui revient l'honneur d'un pareil stratagème?
Est-ce à vous? est-ce à lui?

LA COMTESSE.

Vous êtes entêté !
Puisque je vous le dis...

DURAND, feignant de sortir.

C'est une indignité !
Je m'en vais, je ne puis plus souffrir sa présence.

EUGÈNE , à part.

D'où vient cette fureur et que lui dit Hortense?

LA COMTESSE , à Durand.

N'allez-vous pas encor vous laisser emporter ?

DURAND.

Il faudrait être un saint !

LA COMTESSE.

Tâchez de vous dompter !

DURAND.

Comtesse, y pensez-vous? Il m'a fait une injure
Qu'on ne pardonne pas?... C'est là qu'est la blessure !
Et je veux en finir !... je ne suis pas parfait.

LA COMTESSE, riant.

Vous ne m'apprenez rien !

DURAND.

Je lui dirai son fait.

LA COMTESSE, en raillant.

Et vous aurez raison !... Flétrissez ses désordres !
Vous m'attendrez, Messieurs !... je donne quelques ordres...
Je vous retrouverai dans un moment...

Elle sort.

SCÈNE V.

EUGÈNE DE LÉVINCOUR, M. DURAND.

DURAND, se croisant les bras.

Enfin !
Monsieur, nous sommes seuls !... je bénis le destin !

EUGÈNE.

Monsieur, vous avez mis à bout ma patience ?

DURAND.

Vous ne pouvez, Monsieur, me refuser, je pense,
La satisfaction...

EUGÈNE, voulant sortir.

Dans ce cas permettez.

DURAND, lui barrant le passage.

Oh ! non pas, s'il vous plaît !... en vain vous m'évitez !

EUGÈNE.

Je ne m'en défends pas... je fuis les gens fantasques,
Et je suis par trop las d'essuyer vos bourrasques !

DURAND.

Croyez-vous donc, Monsieur, que je ne sois pas las
Aussi, de m'attacher tout un jour à vos pas ?

EUGÈNE.

Laissez, Monsieur Durand, ces grands airs d'importance !
Et sachez qu'entre nous il est peu de distance...

DURAND.

Que nous rapprocherons, si vous le trouvez bon ?
— Vous m'avez insulté... vous m'en rendrez raison !

EUGÈNE.

Ce langage est concis, du moins, s'il n'est pas tendre !
Soit ! sur ce terrain là nous pourrons nous entendre !

DURAND.

Demain, je vous promets un coup de ma façon !

EUGÈNE.

Lovelace fait-il payer cher la leçon ?

DURAND.

De temps en temps il faut aux cadets de famille
Apprendre à respecter nos femmes et nos filles !

EUGÈNE.

La morale serait à ce point aux abois
Que d'un Monsieur Durand elle empruntât la voix ?

DURAND.

Le serpent s'insinue... il rampe avec adresse !

EUGÈNE.

Vous me faites pitié !

DURAND.

Le serpent se redresse !
Tantôt je vous pressais, vous aviez avoué !

EUGÈNE.

Avoué quoi, Monsieur ?

DURAND.

Vous m'auriez donc joué ?

EUGÈNE.

Vous ai-je dit un mot qui vous portât à croire ?

DURAND.

Votre esprit inventif trame encor quelque histoire ?

Priant

Monsieur de Lévincour reconnaissez vos torts
Et ne restez pas sourd à la voix des remords !

EUGÈNE.

Mais vous-même , Monsieur, n'aimez-vous pas Hortense ?

DURAND.

Moi? vous l'aurais-je dit ? Eh bien, si je le pense !'

EUGÈNE, raillant.

On vous aime ?

DURAND.

Qu'importe ?

EUGÈNE.

Il importe beaucoup !

DURAND.

Je ne rends pas de compte !

EUGÈNE, à part.

O rage , mon sang bout !

DURAND.

Vous avez beau nier... votre conduite étrange
Ne saurait parvenir à me donner le change !

EUGÈNE.

Je ne vous comprends pas... Quelle obstination !

DURAND.

Donc , vous me refusez toute explication !

EUGÈNE.

Quand j'aurai des secrets , Monsieur , à faire entendre ,
Ailleurs je chercherai qui puisse me comprendre !

DURAND.

C'est votre dernier mot ?

EUGÈNE.

Oui.

DURAND.

Soit ! demain matin ,
Je vous ferai parler , Monsieur , soyez certain.

EUGÈNE.

Allez-vous promener, Monsieur le matamore.

Il devient pensif.

DURAND.

Mais je n'irai pas seul !... A la naissante aurore
Nous nous promenerons ensemble, s'il vous plaît !
Choisissez-vous l'épée ?... est-ce le pistolet ?

Épiant Eugène qui ne l'entend pas, plongé dans ses réflexions.

J'ai tué tout à l'heure à vingt pas, une mouche !

A part.

Il est pétrifié ! l'effroi lui clôt la bouche !

Plus fort.

Monsieur, je vous disais...

EUGÈNE, *impatient.*

Et moi, je vous réponds
Que vous m'assourdissez ! parbleu nous le verrons !
Je n'ai jamais tué de mouche de ma vie !
De vous tuer, Monsieur, certes, j'ai peu l'envie,
Mais je suis curieux de vous trouver demain
Avec le pistolet ou l'épée à la main !
Un homme tel que vous... très-séduisant sans doute
N'est pas un pourfendeur terrible qu'on redoute.

DURAND.

Raillerez-vous toujours ?

EUGÈNE.

Et vous me provoquez !

Feignant de sortir.

Je ne vous retiens pas !

DURAND.

Sortir ? vous vous moquez ?
J'ai promis de rester ; et vous ?

EUGÈNE, *à part.*

Quelle jactance !

Indiquant deux sièges.

Plaçons-nous, vous ici !... moi là !... cette distance
Nous permettra d'attendre en toute liberté.

DURAND, s'asseyant.

Demain ! souvenez-vous !

EUGÈNE, assis, à part.

Faisons sa volonté !
Où veut-elle en venir ?... elle ordonne quand même
De faire bon accueil à cet homme qu'elle aime !
Elle ne l'aime pas ?... c'est impossible !

SCÈNE VI.

EUGÈNE, DURAND, assis, se tournant presque le dos, LA COMTESSE, arrivant par le fond, sur la pointe du pied·

LA COMTESSE, à part.

Bien !
L'un des deux rêve haut... l'autre ne pense à rien. .
Son péché d'habitude...

DURAND, à part.

Il paraît assez brave !
Si je m'étais trompé ? l'affaire serait grave !

Il se lève, se dirige vers Eugène.

Pourtant... je n'y tiens plus !

LA COMTESSE, s'avançant entre eux.

Il était une fois !...

DURAND, de l'air le plus aimable.

Au temps de Dagobert, une Reine et deux Rois.
C'est un conte ?

LA COMTESSE, d'un ton sérieux affecté,

Monsieur, je n'écris que l'histoire.

DURAND.

Tant mieux ! il est si doux, Madame, de vous croire !

LA COMTESSE.

Je remets à plus tard d'achever ce croquis...

A Durand.

Vous m'y ferez penser !

DURAND, ébahi.

Moi ?

SCÈNE VII.

LES PRÉCÉDENTS, LE MARQUIS DE MONTENDRE,
LORD SAUNDERS.

JOHN, anonçant.

Monsieur le Marquis
De Montendre, Mylord Saunders...

EUGÈNE, à la Comtesse.

Je me retire.

LA COMTESSE.

A Durand.

Pas encore !... restez... vous aussi !

DURAND, lançant à Eugène des regards courroucés.

Quel martyre !

Pendant le dialogue suivant la Comtesse parle bas alternativement à Durand
et à Eugène.

MONTENDRE, à Saunders au fond du théâtre.

Il me semble, Mylord, que vous tenez fort peu
A nos conventions !... ne serait-ce qu'un jeu ?

SAUNDERS.

En arrivant plus tôt, je ne fais rien, je pense,
Qui vous nuise beaucoup !...

MONTENDRE.

Je crains votre présence...
Il n'est pas l'heure encor.

SAUNDERS.

Je ne courtise pas !

MONTENDRE.

Observez le traité !

LA COMTESSE, s'adressant à eux.

Conspirez-vous tout bas ?

Ils s'avancent et saluent.

SAUNDERS.

Je quitte l'Opéra... le théâtre était triste,
Et pourtant Alboni chantait... la grande artiste !

MONTENDRE.

J'ai fait un tour au bois sous un ciel empourpré !

LA COMTESSE.

D'être venu tous deux , Messieurs , je vous sais gré !

MONTENDRE , bas à Saunders.

Attendez l'onzième heure et laissez-moi la place.

SAUNDERS.

Je ne fais pas la cour , voyez , je suis de glace !

LA COMTESSE , à Saunders et à Montendre.

En entrant , avez-vous vu mes plantations ,
Et ma serre et mes fleurs ?... j'ai des collections

A Saunders.

Ravissantes... Mylord ! vous nous trouvez futiles ?

SAUNDERS.

Madame !

DURAND , d'un ton bourru.

J'en connais trop ! les hommes utiles
Sont rares en ce temps !... un bon gouvernement
Devrait récompenser avec discernement ,
Ce serait rehausser le prix de ses largesses...

LA COMTESSE.

Vous retombez toujours dans les mêmes faiblesses...
Allez... nous écoutons : les artistes ! les arts !

DURAND.

Les artistes ne sont souvent que des bavards
Fort insignifiants , prêts à railler des hommes
Qui les valent cent fois... et plus !... pour eux, nous sommes
Des crétins !

LA COMTESSE.

Vous avez encore sur le cœur
Certains succès du jour , sur l'Argent et l'Honneur ,
Où les hommes d'argent sont peints d'après nature...
Je crois pour ces derniers la leçon un peu dure ;
Mais vous , n'allez-vous pas en paraître fâché ?

DURAND.

Moi , de ces leçons là je fais très-bon marché.

LA COMTESSE.

Vous souriez, Mylord !

SAUNDERS.

Oh ! Comtesse, je pense
Un peu comme Monsieur... aujourd'hui, l'on dépense
A des futilités un temps fort précieux...
Regardez ces beaux fils, gens fades, ennuyeux
Dont le plus grand mérite, après tout, fut de naître.

LA COMTESSE.

Faites nous leur portrait !

SAUNDERS, avec dédain.

Dieu m'en garde !

MONTENDRE, à part.

Le traître !

SAUNDERS.

Je ne les aime pas... mais j'ai surtout regret
De voir notre vieux monde, à nier toujours prêt
Quand il peut retremper sa croyance expirante,
Chasser le doute enfin... cette lèpre rongeante
Qui croît de jour en jour par cette invention
Ce grand mot des penseurs... civilisation...
On gaspille le temps, on use la jeunesse,
On brise le bouton avant que la fleur naisse...

MONTENDRE, avec fatuité.

Sincèrement j'admire, et je le dis bien haut,
Les savants !... Eh ! mon Dieu, nous savons qu'il en faut !
A Saunders.
Monsieur, je les vénère et vous pouvez me croire...
Mais, je m'estime heureux de célébrer leur gloire !
J'applaudis des deux mains à leur beau dévouement.
Je souscris le premier, quand, par un monument
On veut à nos neveux prôner leur découverte...
Puis, l'immortalité leur tient la porte ouverte !
Et malgré tout je dis que sans impiété
On peut passer sa vie au sein de la cité...

SAUNDERS.

Qui dresse le veau d'or, et l'adore en esclave !

EUGÈNE, avec dédain.

Dans ce culte honteux, le siècle se déprave !

DURAND, railleur.

Etre artiste !

LA COMTESSE.

Toujours ce superbe dédain.

Ce mot réveille en vous un mépris souverain ?

DURAND.

Eh ! non, Comtesse, car lorsque j'ai l'humeur triste,
Pour m'égayer un peu... j'aime assez un artiste.

LA COMTESSE, riant.

Avec un fil dessous que l'on tire à plaisir !

DURAND.

C'est cela !... pour passer une heure de loisir !
Que voulez-vous de plus ?... il semble à vous entendre,
Qu'il n'est d'honneurs auxquels ils ne puissent prétendre ?
Si j'étais au pouvoir, ils auraient de l'argent...
Je ne comprends ici que ceux d'un vrai talent,
Car le menu fretin qui couve des chefs-d'œuvre
N'aurait-il pas mieux fait de demeurer manœuvre,
De porter le mortier, de raboter le bois...
Que de mourir de faim, comme il advient parfois ?
En les protégeant trop, voyez la conséquence !
Gardez les dignités pour l'homme de finance
Dont la caisse, pendant les révolutions,
Offre un large crédit aux spéculations !
Voilà le citoyen ! le type du grand homme !
Le pays tout entier avec orgueil le nomme !
Et le capitaliste ? a-t-il moins mérité ?
Sans lui, que deviendrait notre société ?
Il creuse des canaux, il fonde des usines,
Ici des ateliers, il ouvre là des mines...
Il est le protecteur de tous les arts rivaux.
Tout progresse, tout marche avec ses capitaux !

Il lance sur les mers d'innombrables navires,
Il devient le lien le plus sûr des empires !
Ces grands hommes, je sais, ne sont pas amusants
Comme des bateleurs, et vos mauvais plaisants,
Mais sur eux resplendit vraiment une auréole !
Vos artistes, enfin, c'est une gent frivole
Inférieure à nous en tout... même en esprit...
Ils ne sont bons à rien... ou presque à rien ! — J'ai dit !

LA COMTESSE.

L'attaque a de l'entrain !... décidément la banque
L'emporte !... Pauvres arts !... c'est complet, rien n'y manque,
Excepté la réponse !... Où sont les défenseurs ?

SAUNDERS, froidement à Durand.

Vous portez ce sujet à de telles hauteurs
Que, Monsieur, je m'abstiens !

EUGÈNE.

Je plaide le contraire !

DURAND, furieux.

Monsieur de Lévincour !

LA COMTESSE, à Durand.

Pourquoi pas ? laissez faire !
Craignez-vous, par hasard, d'en être compromis ?
Eugène a du bon sens ; il est de mes amis
Et des vôtres...

DURAND, stupéfait.

A moi ?

EUGÈNE.

Monsieur, les industries
Qui méritent très-bien toutes vos flatteries,
Relèvent, ce me semble, un tant soit peu de l'art
A qui vous octroyez une trop mince part.
Veuillez, sans passion, envisager les choses.
Pour bien apprécier, il faut peser les causes !
Les sciences, les arts se tiennent par la main ;
Et c'est par leur concours que le génie humain
Accomplit fièrement ses hautes destinées ;

15

Inséparables sœurs , ensemble elles sont nées !
Les grands industriels sans l'art !... comprenez-vous?
L'art ?... mais l'art est partout ! il nous enlace tous !
Comment , c'est à cette heure où toutes les merveilles
S'entassent sous nos yeux ébahis... sans pareilles ,
Dans ce siècle fécond où l'industrie et l'art
S'unissent , qu'on viendrait , de mille ans en retard ,
Soutenir faussement une telle hérésie ?
Monsieur , votre thèse est mauvaise et mal choisie !
L'art élève l'esprit , il anoblit le cœur ,
Et je crie à celui qui n'y croit pas : malheur !
Malheur ! il ne connaît que la vile matière...
Ses Dieux sont de faux Dieux !... et la nature entière
Sous sa folle puissance aurait beau s'asservir ,
Dans son âme bientôt éclôrait un désir !...
L'homme peut s'endormir roi de la créature ,
Mais il a son réveil !... sa royauté future
Est la seule enviable et se retrouve en Dieu !
La chute ou le triomphe !... il n'est pas de milieu !
Or tout ce qui grandit notre esprit et notre être
Nous vient de l'art !...

LA COMTESSE , à Durand.

Monsieur , qu'en pensez-vous ?

DURAND.

Peut-être !

Cela n'est pas répondre à mon objection !
Les artistes et l'art !

SAUNDERS , avec un phlegme britannique.

Cette discussion...

Intéressante... vient me remettre en mémoire
Un ana qui tiendra place dans votre histoire
Des beaux arts, si jamais, Monsieur , vous l'écrivez.
Je l'ai lu dans Méry...

DURAND.

Je vous écoute , allez !

SAUNDERS.

Il existe à Greenvich un illustre musée
Dont la foule... ignorante a fait une risée...
Défense était donnée au peintre officiel
De peindre avec trop d'art ou la mer, ou le ciel,
— Un chef-d'œuvre pouvant distraire de l'histoire. —
Or, notre artiste s'est, de façon méritoire,
Acquitté de sa tâche ; il a peint les vaisseaux
Sombrant et disparus jusqu'aux mâts sous les eaux !
C'est assez pittoresque !... il figure l'escadre
Par de petits points noirs à l'horizon... le cadre
Est doré... splendide... il est même si beau,
Qu'on pouvait aisément se passer du tableau.
Si je vous ai compris, Monsieur, votre pensée,
A Greenvich serait, de bien loin, dépassée...
A quoi bon le pinceau des Vernet, des Gudin ?

DURAND.

Mais oui, c'est mon avis... vous le trouvez badin ?
Je prise les hauts faits de la marine anglaise
Plus que des Raphaël, Mylord, ne vous déplaise !

SAUNDERS, souriant.

Je suis trop bon anglais, pour vous le contester.

LA COMTESSE.

Voilà ce qu'on appelle au moins argumenter !

EUGÈNE, à Saunders.

Les meilleures raisons ne sont pas nécessaires ;
On ne confond jamais de pareils adversaires !

LA COMTESSE.

Messieurs, laissons les goûts s'exprimer librement,
Chacun parler, agir suivant son sentiment...
Qu'on se trompe, tant pis !... mais que par courtoisie,
On tienne des discours empreints d'hypocrisie,
C'est méprisable et vil !... Que de gens dévoués
En paroles, bientôt se trouvent déjoués !
Essayez pour cela, de les mettre à l'épreuve,
De leur grand dévouement vous acquerrez la preuve !

SAUNDERS.

Le dévouement suppose une abnégation
Sincère, illimitée, et sans restriction.

LA COMTESSE , avec ironie.

Mylord , dans notre siècle, il serait grandiose !

SAUNDERS.

D'un rival préféré favoriser la cause ,
Est-ce du dévouement ?

LA COMTESSE.

Fort beau !

SAUNDERS.

Sacrifier ,
Ses rêves les plus chers, son repos tout entier
Au caprice... au bonheur d'une femme qu'on aime ?

LA COMTESSE , toujours avec ironie.

Cette abnégation est poussée à l'extrême !
Je la trouve admirable et faite pour toucher !
Sauriez-vous d'un amour profond vous détacher
Saunders fait un signe affirmatif.
Ainsi ?... Mais c'est sublime ! et je vous félicite.

MONTENDRE.

Protéger un rival !... hâter sa réussite !...

SAUNDERS , sévèrement à Montendre.

Si le rival , Monsieur , méritait cet amour ?

MONTENDRE , s'approchant de Saunders avec effusion.

Comptez sur moi , Mylord , à dater de ce jour.

SAUNDERS.

D'un pareil dévouement, Marquis , seriez vous digne ?

MONTENDRE , piqué.

Pourquoi non , s'il vous plaît ?

LA COMTESSE.

Quel héroïsme insigne !
Très franchement , Mylord , pour moi , je n'y crois pas !
Voilà de bien grands mots... rien que des mots , hélas !

SAUNDERS , balbutiant.

Madame la Comtesse a raison... je retire

Ma sotte théorie... elle dispose à rire...
C'est niais en effet de ne pas profiter
D'une position...

LA COMTESSE.

Sans doute, il faut tenter !

MONTENDRE, avec ironie.

Surtout, lorsque l'on tient tous les fils de l'affaire !

LA COMTESSE.

C'est le rêve, Mylord, d'un très beau caractère.

SAUNDERS, à demi-voix à la Comtesse.

Je ne rêve jamais !...

LA COMTESSE.

Pas même maintenant ?

MONTENDRE, bas à Durand.

Mylord lui parle bas !... il est entreprenant !

DURAND.

Moi, je ne vois rien là qui ne se puisse admettre.

MONTENDRE.

Vous croyez ?

La Comtesse s'assied. — Durand à sa droite. — Montendre, Saunders, Eugène,
à sa gauche, on prend le thé.

LA COMTESSE, en s'asseyant, voit la lettre et la lit bas.

Que veut dire ? ah ! la drôle de lettre

Qui vous épargne peu, Messieurs, dans ses conseils...

Mouvement d'attention... elle examine chacun tour à tour.

Je ne vous la lis point... car des écrits pareils,

Elle la brûle... à un mouvement de Montendre.

Voici ce que l'on fait... j'en suis sûre, la prose

Tirant le sonnet de l'album.

Est du Marquis !... c'est bien !... ceci... c'est autre chose...
Dans cet album fleurit un bouquet à Chloris !
Si vous me promettiez de dire votre avis,
Je lirais... voulez-vous ?

SAUNDERS.

Moi, Madame, j'admire

Byron, Moore, Addisson, Pope, Milton, Shakspeare....
Mon respect m'interdit de m'essayer en vers...

LA COMTESSE.

Scrupule trop pieux !... on rime de travers !

SAUNDERS.

Pour cela, je m'abstiens !

LA COMTESSE.

La raison n'est pas bonne !

Quand cet innocent jeu ne peut nuire à personne ?

SAUNDERS.

Le ridicule alors retombe sur l'auteur !

LA COMTESSE, à Durand.

N'êtes-vous pas poëte...

DURAND, s'excusant.

Oh ! poëte amateur !

Je n'en ai pas le temps !

MONTENDRE.

Et sans doute, pour cause !

DURAND, fièrement,

Monsieur, qu'entendez-vous par là !

MONTENDRE.

Monsieur !

LA COMTESSE.

La chose

D'elle-même s'entend... Messieurs, notre poëte

A produit un sonnet !

MONTENDRE.

Un sonnet ? quelle tête !

C'est mauvais !...

DURAND.

Qui l'a dit ?

MONTENDRE.

Je le critiquerai.

DURAND, avec dédain.

Vous, Monsieur le Marquis... moi, je le défendrai !

LA COMTESSE.

Bravo ! nous arrivons à ce sonnet d'Oronte

Que son auteur défend sans pudeur et sans honte

Contre les quolibets de critiques jaloux,
Avec ce changement qu'il n'est point parmi nous
De poète orgueilleux ou d'esprit lycanthrope,
Car, Monsieur le Marquis n'est pas le misanthrope
Alceste... il n'est ici d'Oronte vaniteux...
Nulle comparaison n'est donc possible entre eux?

MONTENDRE, bas et doucereux à Hortense.

Puisque votre mémoire à Molière nous mène,
Je suis Alceste, soit !... vous êtes Célimène.

LA COMTESSE, bas et riant

Votre prose, Marquis, me flatte et me ravit !

MONTENDRE, à part.

Je suis en bon chemin ; je me sens en esprit !

SAUNDERS, à part.

Par ces frivolités prendrait-il l'avantage?
La Comtesse n'a pas le cœur assez volage?
Observons !...

LA COMTESSE.

Le sonnet, Messieurs, est sur vélin !

MONTENDRE.

La Comtesse sent le papier.

Ne sent-il pas le musc? Madrigal de vilain !

LA COMTESSE.

Monsieur, vous critiquez d'une façon amère !

MONTENDRE.

Comtesse, c'est mon droit !... j'ai déclaré la guerre !

DURAND, éclatant.

Apprenez-nous, Marquis, en quoi ce madrigal...
Comme vous l'appelez ! — et ce m'est fort égal
A moi, croyez-le bien., — exhale la rôture !

MONTENDRE, surpris.

En rien je n'ai voulu, Monsieur, vous faire injure.

DURAND.

Mais, l'ai-je pris pour moi?

MONTENDRE.

Ces apprêts recherchés

Dénotent peu de goût et des desseins cachés...
Sous un petit esprit s'abrite un très-pauvre homme,
Et je ne peux voir là des airs de gentilhomme.

DURAND.

Je n'eus pas pour aïeux, des marquis, d'anciens preux !

LA COMTESSE,

A Durand.   A Montendre.

Oh ! vous allez trop loin ! — Montrez-vous généreux !

SAUNDERS , bas à Eugène.

En personnalités le combat dégénère...

LA COMTESSE.

Revenons s'il vous plaît, au sujet littéraire !

DURAND , avec empressement.

Oui, voyons le sonnet !... Comtesse, lisez-vous ?

LA COMTESSE.

Patience, Monsieur !... avant, permettez nous,
— Et sans influencer en rien votre sentence —
De vous dire *qu'on* a senti l'impertinence
Du sonnet, et *qu'on* a par un autre sonnet
Au premier répondu... c'est faible, mais franc, net !

A Durand.

Tenez, Monsieur Durand... donnez-nous la réplique.

DURAND.

Comment, Madame, moi ?

SAUNDERS , à Eugène.

Tout cela se complique !
Monsieur de Lévincour comprend-il mieux que moi ?
Je ne vois ni le but ni le prix du tournoi !

EUGÈNE.

Dans cette comédie il est une pensée
Que je ne saisis pas...

MONTENDRE , bas à Hortense.

De mon âme blessée
Madame, par un mot, chassez le désespoir !

LA COMTESSE , bas à Montendre.

C'est assez d'un sonnet, Marquis !... un autre soir !

SAUNDERS , regardant Durand, à Eugène.

Voyez Monsieur Durand !

EUGÈNE.

On dirait qu'il hésite.

LA COMTESSE , à Durand.

Êtes-vous prêt ?

DURAND , faisant un bond sur sa chaise.

Madame !

MONTENDRE.

A lire on vous invite !

LA COMTESSE.

Lisant.

Je commence ! « A Phylis ! » Messieurs, c'est la beauté
Du poëte... le nom vient de l'antiquité.

MONTENDRE , feignant de flairer.

Cela vous sent l'idylle et l'églogue... et la plainte.

LA COMTESSE , à Durand.

A vous, Monsieur Durand !... « A Phylis ! »

DURAND , décontenancé, lit.

« A Phylinthe! »

MONTENDRE , riant.

Bravo !

DURAND.

Je ne vois pas ce qui peut provoquer
Vos extases, Monsieur ?

MONTENDRE , riant plus fort.

Faut-il vous l'expliquer ?
La Phylis, le Phylinthe à mes yeux ont des charmes !
Il est si bon de rire !

DURAND , impatienté.

Eh ! riez jusqu'aux larmes !
Moi je ne hais rien tant que de voir sans sujet
Les gens s'épanouir !

MONTENDRE , riant.

Vous ! vous êtes parfait !
Et je suis loin, Monsieur, d'être de votre force !
Après tout, avec nous, de rire, qui vous force ?

DURAND.

Riez... et laissez moi, Monsieur, tel que je suis !

LA COMTESSE.

Ménagez-vous, Messieurs... écoutez ; je poursuis.

Lisant avec emphase.

« A Phylis,

» Dans un rêve enchanteur, j'ai cru, belle maîtresse
» Sur mon cœur palpitant sentir battre ton cœur !
» Dois-je espérer, hélas ! ou n'est-ce qu'une erreur,
» Oh ! daigne dissiper ce doute qui m'oppresse ! »

MONTENDRE, *riant.*

Quel Phœbus ! quel Pathos ! les vers sont plats et lourds !
D'un rustre maniéré voilà bien le discours !

DURAND, *cherchant à se contenir.*

Hein ? je ne trouve rien de si mal ? la licence
Poëtique autorise à mes yeux...

LA COMTESSE.

Une offense ?

MONTENDRE.

Ce poëte est un cuistre !... il manque de bon sens !

LA COMTESSE.

Si les vers sont mauvais, ils sont divertissants !

DURAND.

Permettez-moi pourtant, d'être d'avis contraire...
On y trouve de l'art !

MONTENDRE.

D'accord !... l'art de déplaire.

SAUNDERS.

Ils sont compromettants !

EUGÈNE.

Pauvres d'invention !

DURAND, *se levant, à Eugène.*

Monsieur !

LA COMTESSE, *d'un geste le faisant rasseoir.*

Là ! là ! lisez !... Messieurs... attention !

DURAND , lit avec embarras.

« A Phylinthe ,

» Votre rêve enchanteur, cher Monsieur, m'intéresse...

» Mais moi je rêve peu !... jamais de votre cœur

» Je n'ai senti le choc... donc, le rêve est menteur

» Et fort impertinent mon titre de maîtresse. »

SAUNDERS.

J'aime assez la réplique... elle a de l'à-propos !

DURAND , hébété.

Vous trouvez ?

SAUNDERS.

Ce couplet est d'un esprit dispos.

DURAND.

Peut-être de l'esprit ! du cœur, c'est autre chose !

EUGÈNE.

Avec un peu de tact, à cela qui s'expose ?

DURAND , furieux , à Eugène.

Monsieur !

LA COMTESSE , le modérant.

Monsieur Durand !

MONTENDRE.

Quoi, vous vous emportez ?

DURAND , à Hortense.

Comtesse, on est injuste... et

MONTENDRE.

Vous vous comportez

Comme un auteur sifflé !... pourquoi ce patronage !

DURAND.

Monsieur , j'aime ces vers !

LA COMTESSE , riant.

Ils sont mauvais !

DURAND, à part.

J'enrage !

LA COMTESSE, à Montendre, Saunders.

Nous en sommes à peine à moitié du sonnet !

MONTENDRE.

De plus fort en plus fort !

LA COMTESSE.

Comme chez Nicollet !

Nous entrons de plein pied dans la Mythologie,
Style de Desmoutiers...

MONTENDRE.

Mais, c'est toute une orgie !

LA COMTESSE , lisant sur le même ton.

« Ariane, par pitié, donne un fil conducteur
» Qui me fasse arriver à cette forteresse
» Que l'on nomme ton cœur !... Sans cette douce ivresse
» Il me faudra mourir ! aurai-je ce malheur ? »

MONTENDRE , riant avec explosion.

Ce *malheur* me ravit ! d'ici, je crois t'entendre,
Poëte chevillard au vers mielleux et tendre...
Ce serait bien à toi !... mais, tu ne peux mourir,
Ce mot t'immortalise, ô poëte martyr.

DURAND , furieux.

Marquis, ne raillez pas, vous me jetez l'injure !

MONTENDRE.

En êtes-vous l'auteur ?

DURAND , avec précipitation.

Moi, Monsieur, je vous jure !

MONTENDRE.

Alors, que vous importe, à vous, ce que je dis !

DURAND.

En effet , que m'importe ?

LA COMTESSE.

Eh ! sans doute , Marquis !

De ce que fait Monsieur , moi , je le remercie...
Il défend mon sonnet... poursuivez , je vous prie...

Jeu de scène.

DURAND, lisant.

« Vous me parlez d'Ariane et d'un fil conducteur !
» J'en connais un... il mène à cette forteresse

» Que l'on nomme l'honneur... portez à son adresse,

» Ceci, Monsieur D*** ! salut à l'entendeur ! »

MONTENDRE.

Comment avez-vous dit ? Monsieur D*** deux syllabes ?

DURAND , avec précipitation.

D...x , Djennir , Djennar !...

MONTENDRE.

Ce sont des noms arabes !

Ce galimatias met la langue aux abois.

Le sonnet est arabe , et l'auteur iroquois !

Long silence ; rires.

LA COMTESSE , lisant.

« Errant, silencieux sous les épais ombrages,

» Je murmure ton nom, mon symbole d'amour,

» La nuit, je ne dors pas, et je rêve le jour.

» Dans le fond de mon cœur s'amassent les orages ,

» De mon anxiété dissipe les nuages.

» Par un mot donne-moi l'espoir d'un doux retour !

DURAND , prié par la comtesse , lit.

» Il est dur, en hiver, de braver les orages ,

» Les rhumes de cerveau font maudire l'amour,

» Pendant la nuit dormez... et rêvez moins le jour.

» Quittez bourgeoisement votre char de nuages,

» Du logis conjugal regagnez les rivages,

» Songez que votre femme attend votre retour !

MONTENDRE.

Il serait marié , le poëte volage.

LA COMTESSE.

Il paraît !

MONTENDRE.

Il doit être aussi d'un certain âge ?

Durand est anéanti.

SAUNDERS , à Eugène.

Rien n'y manque... lazzis... mystifications.

EUGÈNE.

C'est un cruel échec pour ses prétentions !

DURAND , à part.

Oh ! je me vengerai !

LA COMTESSE , à part.

Je crois la leçon bonne !

A Durand.

De ce sonnet , Monsieur , ne parlez à personne...
Ceci , c'est entre nous !... en petit comité
On peut rire...

DURAND , avec un sourire contraint.

Sans doute... en toute liberté !

LA COMTESSE ; à Durand qui se dispose à partir.

Vous partez ?...

DURAND , d'un ton bourru.

Oui , Madame !

LA COMTESSE.

Encore , qui vous presse ?

DURAND.

Il le faut !

LA COMTESSE.

Revenez !

DURAND.

Madame la Comtesse !

LA COMTESSE.

Dans une heure , au plus tard !... revenez... je le veux !

DURAND.

Puisque vous l'exigez !

LA COMTESSE.

Vous me connaîtrez mieux !

DURAND.

Je vous obéirai !

LA COMTESSE , en minaudant.

Revenez... pour me plaire !

Bas et mystérieusement.

Nous avons à causer encor de l'autre affaire !

DURAND , furieux , passant devant Eugène.

Demain , sans plus tarder , nous devrons nous revoir !

LA COMTESSE , en riant, à Durand.

Nous nous reverrons tous , ici même , ce soir.

Durand salue la Comtesse avec une froide politesse et lance à tous, surtout à Eugène, un regard de défi.

EUGÈNE , saluant.

Permettez...

LA COMTESSE , riant.

Prenez garde ! il a mauvaise tête !

Eugène sort.

SCÈNE VIII.

LA COMTESSE , MONTENDRE , SAUNDERS.

MONTENDRE , éclatant de rire.

Honneur aux naufragés qui bravent la tempête !

SAUNDERS.

Monsieur Durand serait l'auteur de ce sonnet ?
Dans ce cas , je le plains , et je le dis tout net.

LA COMTESSE , à Saunders.

Et pourquoi , s'il vous plait ?

SAUNDERS.

Madame , on est à plaindre
Lorsque l'on a du cœur , d'être obligé de feindre !
Il vient de recevoir un rude châtiment.

LA COMTESSE , avec dédain.

Vous pardonnez , Mylord , bien généreusement !
Mais lorsque froidement on médite un outrage
N'est-ce pas lâcheté.

SAUNDERS , s'excusant.

C'est un sot badinage !

Silence.

Ne vous connaissant pas , Madame !... vous doutez ?

LA COMTESSE , feignant l'étonnement.

Y pensez-vous , Mylord ? vous vous compromettez !

SAUNDERS, s'approchant de la Comtesse à demi-voix.

Comtesse !... votre cœur pour une erreur... coupable
Que je rachèterai !... serait inexorable ?
Et l'on ne pourrait plus trouver grâce à vos yeux ?

Silence.

Vous êtes sans pitié... recevez mes adieux !

LA COMTESSE , sardonique.

Vous nous quittez aussi ?

SAUNDERS.

Madame la Comtesse !
Votre sévérité me navre de tristesse.

LA COMTESSE , étonnée.

Vous me trouvez sévère ?... eûtes-vous quelque tort ?

SAUNDERS.

Je sors désespéré...

LA COMTESSE.

C'est étrange , Mylord !
Vous vous reprochez donc envers moi quelque offense?
Ce qu'on dit serait vrai ?

SAUNDERS.

Ma folle extravagance
Madame , m'interdit le droit de supplier...

Il sort.

Vous ne pardonnez pas ? puissiez-vous oublier !

SCÈNE IX.

LA COMTESSE , MONTENDRE.

LA COMTESSE , à Montendre.
A part.

Mylord , je n'en crois rien !... Mais , que compte-t-il faire ?

MONTENDRE.

Comtesse , ce qu'on fait quand on manque une affaire ;
On court après une autre...

LA COMTESSE.

Où va-t-il de ce pas ?

MONTENDRE , avec indifférence.

Peut-être se tuer !

LA COMTESSE.

Un pari , n'est-ce pas ?
Lord Saunders est-il fou !... cruelle fantaisie !
Avec des qualités , autant d'hypocrisie !

Après un léger silence.

Comment connaissez vous , ce mystère , Marquis ?
Vous l'avez acheté !... mais encore , à quel prix ?
Vous vous taisez , Monsieur ?

MONTENDRE.

Comtesse , pour vous plaire
Que ne braverait-on , que n'oserait-on faire ?

LA COMTESSE.

Même une lâcheté ? par cette trahison ,
N'avez-vous pas souillé , Marquis , votre blason ?

MONTENDRE.

Madame , Lord Saunders était trop redoutable ,
Il fallait l'éloigner !

LA COMTESSE.

Un rival honorable
L'aurait fait oublier !

MONTENDRE.

J'ai tort de vous aimer ?

LA COMTESSE.

Je n'aime que les gens que je puis estimer !

MONTENDRE.

Comtesse , en vérité , vous vous montrez injuste !
Vous m'appréciez mal !

LA COMTESSE.

Non , Monsieur , je suis juste !

MONTENDRE.

Tant de sévérité !... de vous j'attendais mieux.

LA COMTESSE , avec hauteur.

Qu'attendez-vous , Monsieur... parlez ?

MONTENDRE.

Des envieux
Madame, auprès de vous, m'ont desservi, peut-être?
Mais je les confondrai... faites les moi connaître !

LA COMTESSE.

Permettez-moi, Monsieur, de ne rien ajouter...

MONTENDRE.

Soyez plus indulgente... et daignez m'écouter !
On m'a calomnié... pourquoi voulez-vous feindre?

LA COMTESSE, avec orgueil.

Qui me ferait ici la loi de me contraindre?

MONTENDRE.

Personne !... mais malheur à qui jette le gant !
Je le relèverai !

LA COMTESSE.

Ce langage arrogant
Est déplacé chez moi !

MONTENDRE.

Madame la comtesse,
Que ne le dites-vous?... ma défense vous blesse?

LA COMTESSE.

Vous vous trompez, Monsieur... terminons ces débats,
Cessez...

MONTENDRE·

Encore un mot !... vous ne m'écoutez pas ?

LA COMTESSE.

Parlez, je me tairai !

MONTENDRE, très animé.

Votre silence est pire.

LA COMTESSE.

Je ne vous chasse pas, Monsieur !... je me retire !...

Elle sort et sonne, John paraît.

MONTENDRE, voyant entrer John.

John !

SCÈNE X.

MONTENDRE, JOHN.

JOHN , s'avançant . doucereux.

Monsieur le Marquis ne craint plus de revers,
Les rivaux sont en fuite , et même Lord Saunders ?

MONTENDRE , haut.

Tes airs impertinents passent la raillerie !

JOHN.

Veuillez parler moins haut ! Monsieur , je vous en prie,
Si , par hasard, Madame, entendait vos discours ?

MONTENDRE.

Eh bien !... elle entendrait ce qu'on dit tous les jours.

JOHN , se rapprochant.

Et que dit-on , Monsieur ?

MONTENDRE , avec mépris.

Aux gens de votre espèce ?

Il devient pensif.

JOHN.

D'un ton de reproche.

Oh ! Monsieur le Marquis !... pourtant , dans la détresse
C'est à tort qu'on fait fi d'un plus petit que soi
Cette fable au besoin, pourrait en faire foi !

« Le long d'un clair ruisseau buvait une Colombe
» Quand sur l'eau se penchant, une fourmis y tombe;
» Et dans cet Océan l'on eut vu la fourmis
» S'efforcer mais en vain de regagner la rive...
» La Colombe aussitôt usa de charité ;
» Un brin d'herbe dans l'eau par elle étant jeté
» Ce fut un promontoire où la fourmis arrive... »

MONTENDRE, à part.

Orgueilleuse comtesse , à mon tour maintenant !
Monsieur de Lévincour est le seul prétendant
Dont la chance persiste... il faudra le convaincre...
Rien n'est désespéré... Là, je puis encore vaincre ?

SCÈNE XI.

JOHN, seul.

Mylord est évincé... le Marquis furieux...
Et le Durand?... le mal devient contagieux!
Tirant des papiers de sa poche.
Ah! mordieu! ce marquis avec son air farouche
M'a fait perdre la tête en me clouant la bouche!
Lord Saunders m'a remis ces papiers importants
Tout à l'heure pour lui! quel fâcheux contre temps :
— En me gratifiant de ce nouvel office,
« Tiens, porte, m'a-t-il dit, c'est le dernier service
» Que j'exige de toi, porte au rival heureux,
» Sans me nommer, ceci, seul obstacle à ses vœux. »
Puis il a murmuré quelques mots sans suite
Que je n'ai pu comprendre... « Oui, que ma conduite
» Désarme la Comtesse!... Est-ce du dévouement?
» Ai-je expié mes torts?... et cœtera! » — Comment
Rejoindre le Marquis?... j'en ai fait la promesse!
Cherchons à réparer au mieux ma maladresse!

                                     Il sort.

ACTE QUATRIÈME.

Le parc éclairé à giorno.

SCÈNE PREMIÈRE.

EUGÈNE DE LÉVINCOUR, seul.

Ce gentleman anglais, avec ses monceaux d'or,
A quelques qualités, soit ! pour lui passe encor,
Mais ce faquin titré, chevalier d'industrie
N'est-il pas un complet type d'effronterie ?
Comment séduirait-il un aussi noble cœur ?
De la course au clocher reviendrait-il vainqueur ?

Regardant sa montre.

C'est impossible ! — Ici John m'a dit de l'attendre ;
Que peut donc me vouloir ce marquis de Montendre ?

SCÈNE II.

EUGÈNE DE LÉVINCOUR, MONTENDRE.

MONTENDRE.

Vous me voyez exact !

EUGÈNE.

Monsieur, que voulez-vous ?

MONTENDRE.

Vous aimez la Comtesse !

EUGÈNE, *ironique.*

En êtes-vous jaloux ?

Quand ce serait, Monsieur ?

MONTENDRE , lui montrant des papiers.

Cette correspondance

Va vous édifier sur son compte , je pense.

EUGÈNE.

Qui vous pousse , Marquis , à ce dénigrément ?

MONTENDRE.

Moi?... rien... la vérité !

EUGÈNE.

Dites par dévouement.

Vous a-t-elle éconduit ?... toute espérance est morte ?

MONTENDRE.

Je ne suis pas en cause... écoutez-moi...

EUGÈNE.

De sorte

Que vous ne l'aimez plus ?

MONTENDRE , à part.

Sachons nous maîtriser !

Haut.

Monsieur , que voulez-vous à des faits opposer ?

EUGÈNE , souriant.

Il existe des faits ? Malgré cela, je doute !

MONTENDRE.

Moi , j'affirme , Monsieur !... vous faites fausse route !

EUGÈNE.

Qu'en prenez-vous souci ?

MONTENDRE.

Votre incrédulité

Ne peut se refuser à la réalité.

La Comtesse , depuis six mois , demeure en France.

EUGÈNE.

Après ?

MONTENDRE.

Avant , plutôt... elle habita Florence.

EUGÈNE.

Je le sais !

MONTENDRE.

Son mari privé de la raison
Succomba lentement sous l'effet du poison.

EUGÈNE.

Il fut empoisonné ?

MONTENDRE.

Par l'épouse infidèle !

EUGÈNE.

Vous mentez !

MONTENDRE, s'avance rapidement vers Eugène, puis réprimant
aussitôt ce mouvement, il continue froidement.

Attendez !... follement épris d'elle
Un noble Milanais comblé de son amour,
Croyait son paradis éternel... mais un jour,
La Comtesse oublia dans sa nouvelle ivresse
Le passé... ses serments... elle était la maîtresse
D'un...

EUGÈNE.

Vous mentez encore !...

MONTENDRE, même mouvement réprimé.

Que j'achève du moins !

EUGÈNE.

Marquis, je le répète !...

MONTENDRE, avec dédain.

Ici... seuls... sans témoins,
Je m'inquiète peu d'une telle bravade...
Vous rétracterez-vous si je vous persuade ?

EUGÈNE, décontenancé.

Alors dites, Monsieur, mais dites promptement !

MONTENDRE.

Veuillez donc m'écouter, et vous saurez comment
Les faits se sont passés. — L'amoureux gentilhomme...
— Je parle du premier — la suivit jusqu'à Rome...
Comme on ne l'aimait plus, il voulut se venger.
La chose était facile avec un étranger...
— Il s'agit du second... l'amant de circonstance —

En Italie , à Rome , à Milan , à Florence ,
La police , surtout dans les Etats romains ,
Des amants , des maris , seconde les desseins...
Vous avez un rival ?... on le transforme en traître ,
En homme dangereux... on le fait disparaître
Et puis , le lendemain... on n'en reparle plus...
Les soins pour le trouver deviendraient superflus...
Donc , notre Milanais contre lui porta plainte
Comme conspirateur... il obtint la contrainte ;
Mais il l'a payé cher , car devant sa maison
Il fut assassiné la nuit par trahison...
Le but était atteint... et de cette manière
L'amant ne fut pas seul à gagner la frontière ,
Car le crime commis , notre couple amoureux ,
Encor souillé de sang , s'éloigna...

EUGÈNE.

          Malheureux !
Mais d'où savez-vous donc cette lugubre histoire ?
Quelle preuve avez-vous ?

MONTENDRE.

        L'aventure est notoire ?

EUGÈNE.

Les morts reviennent-ils ?

MONTENDRE.

        Ils laissent des amis !
A ces derniers sans doute il peut être permis
De n'être pas discrets ?... or , connaissant le crime ,
C'est un devoir pour eux de venger la victime !

EUGÈNE , saisissant les papiers.

Voyons Monsieur... voyons ; que je lise mon sort ,

A part.

Si cet homme dit vrai , c'est mon arrêt de mort !

Après avoir parcouru.

On raconte les faits , Monsieur , comme vous-même ,
En tous points... cependant , ma surprise est extrême ,
Rien n'est signé... ceci serait-il inventé ?

MONTENDRE.

Croyez... ne croyez pas... voilà la vérité !

EUGÈNE , feuilletant.

Turpitude partout !... pour moi , j'appelle crime
Un conte imaginé par un vil anonyme.

MONTENDRE.

Les faits parlent trop haut... à Rome chacun sait...

EUGÈNE.

Et moi, je ne sais rien ..

MONTENDRE.

Votre doute me plaît !

EUGÈNE.

Je crois , Monsieur , que si dans l'ombre l'on s'efface ,
C'est qu'on fait mal ; il faut qu'un homme face à face ,
S'il a du cœur , regarde un traître qui lui nuit...
Je crois que lorsqu'on est , ainsi que vous , réduit
A ces honteux moyens pour atteindre un coupable ,
Mille fois plus que lui ; l'on est un misérable...
Le sicaire embusqué tuant son ennemi
Le frappant lâchement quand il est endormi ,
Tout criminel qu'il est trouverait plutôt grâce
Qu'un anonyme obscur sur tout faisant main basse...
On accuse , on condamne en plein jour , au soleil ,
Un malfaiteur !... ici, dans un acte pareil ,
C'est pure calomnie... un besoin de mal faire...

MONTENDRE , souriant.

Oui , vous avez raison et j'aurais dû me taire !

Sèchement.

Rendez-moi ces papiers !...

EUGÈNE , à part.

Pourtant , s'il était vrai ?

Haut.

Non je les garde encor... je l'interrogerai...
Car, je veux la revoir !... Oh ! Marquis , prenez garde !

A part.

Votre sang ou le mien coulera... Qu'il me tarde

De savoir !... jusque-là respectez ce secret...
Si j'ai besoin de vous , vous trouverai-je prêt ?

MONTENDRE.

Où nous reverrons-nous ?

EUGÈNE.

Mais, chez vous, dans une heure...

MONTENDRE.

Soit, Monsieur !... — Vous sortez ?...

EUGÈNE.

Non, Monsieur, je demeure !

MONTENDRE.

Je puis les laisser seuls , le grand coup est porté !

Il sort.

SCÈNE III.

EUGÈNE DE LÉVINCOUR , seul.

Me taire en ce moment est une lâcheté !
Hortense n'a jamais pu commettre un tel crime !
Le Marquis cependant affirme... Quel abîme ,
Quel dédale profond à perdre la raison !
Le sort est jeté !... Si c'est une trahison
Je la pénétrerai... mon amour me l'ordonne !

Il se dirige vers le pavillon ; Hortense en sort aussitôt ; ils se trouvent face à face.

SCÈNE IV.

EUGÈNE DE LÉVINCOUR , LA COMTESSE.

EUGÈNE , réculant devant la Comtesse.

Madame !

LA COMTESSE.

Je croyais ne rencontrer personne !

Vous ici, qu'avez-vous ? vous semblez agité ?
Enfin, qui cherchez-vous ? Monsieur ?

EUGÈNE.

La vérité !

Cruelle, sans pitié ! je vous ai méconnue !

LA COMTESSE, souriant.

Dois-je m'en applaudir ou non ?

EUGÈNE.

L'heure est venue !

LA COMTESSE, souriant.

Depuis quand avez-vous vu Madame Durand ?

EUGÈNE.

Madame, écoutez moi !

LA COMTESSE.

Le mal n'est pas si grand !

Jane est charmante...

EUGÈNE, avec impatience.

Encor !

LA COMTESSE, changeant de ton.

Parlez !

EUGÈNE.

Veuillez entendre
Un secret qui vous touche et que je viens d'apprendre...
Mais avant, jurez moi !

LA COMTESSE.

Que je jure ?... un serment
Solennel et sacré !... vous m'effrayez vraiment ?

EUGÈNE, avec force.

Je veux la vérité.

LA COMTESSE, sérieuse.

Vous l'aurez, je me lie !

EUGÈNE.

Vous avez séjourné longtemps en Italie ?

LA COMTESSE.

Dix-huit mois à peu près !

EUGÈNE.

A Venise ?... à Milan ?

LA COMTESSE.

A Florence, six mois, et puis à Rome, un an.

EUGÈNE.

C'est à Rome, je crois, qu'a succombé le Comte ?

LA COMTESSE.

Vous le savez !... faut-il que je vous le raconte ?
De grâce, calmez-vous ! mais, dites, à quoi bon
Evoquer ces douleurs ?

EUGÈNE

Il perdit la raison ?

LA COMTESSE.

Oui. Le Comte miné par une fièvre lente
Avait une existence alors fort chancelante.
Ce voyage entrepris pour cause de santé
Aggrava son état, car à Rome, alité,
Il ne se leva plus... Vous savez que son âge
Fut longtemps un obstacle à notre mariage...
Enfin, je l'épousai, puis, pour lui, j'eus un jour
Un vif attachement, si ce n'est de l'amour.

EUGÈNE.

Si je suis renseigné, vous fîtes connaissance
Alors d'un gentilhomme, allemand de naissance ?

LA COMTESSE.

Dans notre intimité bientôt il fut admis...
Il est resté pour moi le meilleur des amis
Et nous sommes depuis même en correspondance.

EUGÈNE.

J'en étais informé

LA COMTESSE, inquiète.

Nul ne le sait en France !

EUGÈNE.

Madame, je le sais !

LA COMTESSE.

Je ne vous comprends pas !

EUGÈNE.

Un crime fut commis... à votre porte...

LA COMTESSE.

Hélas !.

Que me rappelez-vous ?... qui donc a pu vous dire
Cette sinistre histoire ? à peine je respire...
Parlez. Monsieur, parlez... vous me glacez d'effroi...
Je connaîtrai la fin... je vous en somme, moi !...
Puisqu'il est question de cette horrible affaire
Vous raconterez tout...

EUGÈNE.

Il vaudrait mieux me taire !

LA COMTESSE.

Il n'est plus temps, Monsieur... un soupçon odieux
Sur moi semble planer... oui, je lis dans vos yeux
Que je suis accusée... il faudra que je sache
Toute la vérité !... Vainement on la cache...
Répétez-moi, Monsieur, ce qu'on vous a dit... tout !

EUGÈNE, d'un air résigné.

Puisque vous l'exigez, je parlerai...

LA COMTESSE.

Surtout

Vous n'omettrez rien... rien... la moindre réticence,
Serait pour mon honneur une mortelle offense !

EUGÈNE, avec ironie.

Madame la Comtesse y met une chaleur
Qui m'oblige à regret, je le dis, sur l'honneur
A raconter des faits dont je rougis de honte.

LA COMTESSE, avec hauteur.

Soyez moins scrupuleux... je m'émeus peu d'un conte !
Je ne demande pas de la compassion,
Ce que je veux savoir, c'est l'accusation.
De point en point, Monsieur, racontez votre histoire !

EUGÈNE.

Madame, on vous accuse...

LA COMTESSE , d'un ton de reproche.
> Et vous avez pu croire !

EUGÈNE.

Comtesse , un mot , un seul et de ce pas je vais
Vous venger de cet homme insolent que je hais !
Changeant de ton.
Si j'ai douté de vous , ma faute est sans excuse ,
Mais je ne savais rien !

LA COMTESSE.
> Le nom de qui m'accuse ?

EUGÈNE, d'un ton de reproche.

M'aviez-vous jamais dit ce qui s'était passé ?

LA COMTESSE , à part.

Mon cœur , mon pauvre cœur , que vous êtes froissé !
Haut.
J'attends la fin, Monsieur !

EUGÈNE.
> Non , je ne veux rien dire !

LA COMTESSE.

Ces papiers ?... pouvez-vous me contraindre à les lire ?
Quel changement soudain ? — Vous entrez irrité
Et dès les premiers mots vous êtes arrêté !
Donnez, Monsieur !

EUGÈNE , les donnant à Hortense.
> Croyez , oh ! croyez bien , Madame ,
Que je suis étranger...

LA COMTESSE , après avoir parcouru.
> A cet innocent drame ?
Je ne me défends pas... il n'en est nul besoin.

EUGÈNE.

Madame , cependant !

LA COMTESSE.
> Je ne prends pas ce soin.

EUGÈNE.

Encore.

LA COMTESSE.

C'est assez, vous dis-je!...

EUGÈNE, à part.

Oh! ma tendresse!

Mes rêves enchantés, mon amour, mon ivresse!

A Hortense.

Ces infâmes propos!... vous ne répondez pas?

Avec prière.

Mais justifiez-vous!...

LA COMTESSE.

Comment, d'actes si bas.

J'irais me disculper?... un tissu d'impostures,

Un inepte ramas d'ignobles aventures!

L'invention est pauvre, elle me fait pitié,

Il faut l'attribuer à quelque inimitié...

A des projets méchants... Cette attaque est trop lâche

Pour m'atteindre!... voyez, à peine je me fâche!...

Accusez moi, Messieurs, de meurtre et de poison!

Est-ce que je frémis?

EUGÈNE.

Mais cette liaison?

LA COMTESSE, avec fierté.

La suspecteriez-vous?

EUGÈNE.

Sur qui jeter le blâme?

LA COMTESSE.

A qui donner la preuve?

EUGÈNE.

A moi, je la réclame!

J'exige...

LA COMTESSE.

De quel droit, s'il vous plait, exiger?

Depuis quand avez-vous celui de m'outrager?

EUGÈNE, avec force.

Si j'avais pris pour moi la moitié de l'injure?

Oh! je vous aime bien, Madame, je vous jure!

LA COMTESSE., se radoucissant.

Je fus plus confiante avec vous, ce matin !...
Lorsque Monsieur Durand se croyait lui, certain,
Vous m'avez affirmé que tout était mensonge ;
Eugène, ai-je douté ?...

EUGÈNE, à part.

Suis-je dupe d'un songe?

LA COMTESSE.

J'eus foi dans votre honneur, demandai-je un serment ?

EUGÈNE, ébranlé.

Que dirai-je au Marquis ?

LA COMTESSE.

Répondez-lui qu'il ment !

EUGÈNE.

Merci, merci, Madame. Il s'est conduit en lâche !
Il me faut tout son sang pour accomplir ma tâche...
Et puis, je partirai !... votre nom outragé,
Je vous promets, avant ce soir, sera vengé !

Il sort.

SCÈNE V.

LA COMTESSE, seule, le rappelant.

Eugène !... Eugène ! un mot !... c'est incompréhensible !
Et je ne voyais rien !... un duel ?... impossible !
Dans ces affreux combats, souvent l'homme de cœur
Succombe... le Marquis le tuera... sa douleur
M'a touché ! Oh ! je fus envers lui trop cruelle !

Elle sonne. John paraît

Il ne se battra pas !... dites, John, qu'on attelle !

John sort.

Cependant je ne puis, moi-même l'aller voir !

Elle sonne, John paraît.

Que l'on dételle, John... je ne sors pas ce soir !

John s'incline et sort.

Comment donc prévenir entre eux une rencontre ?

Il ne peut convenir qu'en ceci je me montre !...
Mais il court un danger !... qu'importe , je le veux !
Elle sonne encore, John reparaît
Qu'on attelle au plus vite.

Elle sort.

SCÈNE VI.

JOHN, seul.

Allons, c'est pour le mieux !
Je n'ai pas demandé les chevaux. Pauvres bêtes
Les harnais sur le dos , elles sont toujours prêtes,
Madame ne veut pas attendre... il le faut bien !

Il sort.

SCÈNE VII.

LA COMTESSE , rentrant avec un châle et un chapeau.

Je ne saurais rester ici ?... Je ne crains rien !
Si le mépris suffit pour une calomnie
Je dois intervenir quand il risque sa vie ,
Et je n'attendrai pas dans ma folle terreur
Qu'on l'assassine , lui qui défend mon honneur !

Elle s'apprête à sortir.

SCÈNE VIII.

LA COMTESSE , DURAND.

DURAND , essoufflé, lui barrant le passage.

Monsieur de Lévincour ?

LA COMTESSE , voulant sortir.

Pardonnez , je vous quitte...

DURAND.

Je le croyais ici ?... je ne le tiens pas quitte !

17

LA COMTESSE.

Il est bien question de vos jaloux soupçons ?

DURAND.

Comtesse, vous parlez à votre aise !

LA COMTESSE.

Laissons

Ce sujet, je vous prie... ou mieux, veuillez m'entendre...
Eugène est chez Monsieur le Marquis de Montendre...
Ils se coupent la gorge... en ce moment...

DURAND, étonné.

Vraiment ?

Seraient-ils rivaux ?

LA COMTESSE.

Oui.

DURAND.

Je pensais vaguement...

Oh ! Madame Durand !

LA COMTESSE.

Le péril est extrême

DURAND.

Je suis de votre avis.

LA COMTESSE.

Eugène, Monsieur, m'aime,
Et je ne veux pas, moi, qu'il expose ses jours

DURAND.

Et je n'entends pas, moi, protéger ses amours ?

LA COMTESSE.

Choisissez votre temps pour forger des chimères !

DURAND.

Je n'ai pas mérité ces paroles amères,
Et je me vengerai !

LA COMTESSE.

Fou !... je parle assez haut :
Je l'aime... il m'aime ! là ! dites-moi ce qu'il faut
De plus pour vous convaincre ?

DURAND.

Eh ! ma pauvre Comtesse
A nous tromper tous deux il a mis tant d'adresse ,
Il feint d'être aujourd'hui fort amoureux de vous ,
Pour éviter demain de tomber sous mes coups !
Et cette lettre enfin , n'est-elle pas de Jane ?
Oserait-il nier ? cela seul le condamne.

LA COMTESSE.

L'avez-vous ?

DURAND.

Oui , toujours ! Comtesse , la voilà !

LA COMTESSE , après l'avoir parcourue.

Que ne la donniez-vous donc ?... cette lettre-là ?
J'avais prié tantôt ma Jane de l'écrire.

DURAND , étonné.

Comment, en votre nom ?

LA COMTESSE.

Ne me faites pas rire !
Le triste échafaudage , homme aveugle et jaloux !

DURAND.

Quoi , Jane n'est pour rien ?... Alors , ce rendez-vous ?

LA COMTESSE.

Ne la regardait pas... Croyez en ma parole.
Votre accusation , Monsieur , était frivole.

DURAND.

Comtesse , il vous aimait ?... je saisis maintenant
Le quiproquo !... Charmant !

LA COMTESSE.

Monsieur , en attendant
Que je saisisse aussi , rendez-moi le service
D'aller chez le Marquis... car je suis au supplice !
Empêchez le duel , inventez un motif ,
A votre choix... surtout , soyez expéditif
Car le temps marche vite.

DURAND , qui se dispose à sortir, se retourne.

Et vous êtes bien sûre ?

LA COMTESSE.

Allons, dépêchez-vous !... montez dans ma voiture...
Sachez négocier avec habileté...
Promptement.

DURAND.

Ce n'est pas une difficulté !
Je vous dois le bonheur, je suis à vous, Comtesse !
Ce duel n'aura pas lieu, j'en fais la promesse !...

LA COMTESSE.

Ah ! vous devez encore aller voir lord Saunders...
Je savais son pari !

DURAND.

Quel pari ?

LA COMTESSE.

Ses revers

Ne sont dûs qu'à cela...

DURAND.

Je ne vous comprends guère...

LA COMTESSE.

Répétez seulement... ce n'est pas votre affaire !

DURAND , part , revenant.

Que je voudrais voir Jane , implorer...

LA COMTESSE.

Oui , plus tard....

Car votre mission ne souffre aucun retard...
Partez donc !

DURAND

Je m'en vais ! — Dites lui , je vous prie...

revenant sur ses pas.

LA COMTESSE , le poussant.

Bien , bien !

SCÈNE IX.

LES PRÉCÉDENTS, JANE, DURAND.

DURAND, apercevant Jane, se jette à ses pieds.

Ma Jane!...

LA COMTESSE, le poursuivant.

Allez!

JANE, voulant relever son mari.

Est-ce une moquerie?

Vous jouez vous encor?

DURAND, toujours à genoux.

Grâce!

LA COMTESSE.

Relevez-vous!

DURAND.

Jane, pardonne moi!

LA COMTESSE.

Plus tard, vilain jaloux!

Je m'en charge!

DURAND, se relevant.

Permets, Jane, que je t'embrasse!
Au revoir!... tu m'attends n'est-ce pas?... plus de trace
Il l'embrasse encore.
De nos dissentiments... je t'aime!

Il sort après une pantomime.

SCÈNE X.

LA COMTESSE, JANE.

JANE, stupéfaite.

Explique moi
Enfin sa conduite à mon égard?... et toi
Tu m'as cruellement, ce matin, repoussée!

LA COMTESSE.

Chère, n'en parlons plus... j'étais une insensée !
Comme Monsieur Durand, je pensais follement
Qu'entre Eugène et ma Jane il existait...

JANE.

Comment ?

Hortense, que c'est mal !... qui te le faisait croire ?

LA COMTESSE.

Ton mari le premier bâtissait une histoire
Vraisemblable... ta lettre...

JANE.

Écrite de ta part.

LA COMTESSE.

Chère, je l'ignorais ! par un double hasard
Elle lui fut remise et de façon étrange...
Ses termes ambigus lui donnèrent le change...
Il crut être trompé... le reste, tu le sais...
Oublions tout !

JANE, avec reproche.

Hortense !... et tu me soupçonnais !

LA COMTESSE.

Déjà j'aimais Eugène et je ne pensais guère
Que lui, de son côté, m'aimât autant, ma chère.
A l'heure où je te parle, il court un grand danger...
On m'a calomniée !... il voudra me venger !
Le Marquis est, dit-on, un terrible adversaire.
Si le sort du duel lui devenait contraire,
J'en mourrais !

JANE.

Mon mari fera tous ses efforts,
J'en suis sûre.

LA COMTESSE.

On convient rarement de ses torts.
Le Marquis repoussé, dans sa fureur rivale
Est homme à provoquer, à tout prix, du scandale...

Je tremble avec raison... Jane, si tu savais !
Oui le Marquis m'accuse... et des plus noirs forfaits !

JANE , à Hortense.

Eugène !...

SCÈNE XI.

LA COMTESSE , JANE , EUGÈNE DE LÉVINCOUR.

EUGÈNE , à Hortense.

　　　Désormais , vous n'aurez plus de crainte !
Votre honneur n'a reçu , Madame , aucune atteinte.
Un dessein criminel pouvait seul propager
Insidieusement , un récit mensonger
Inventé par la haine avec tant d'artifice...
Mais lui-même , l'auteur , vient d'en faire justice.

LA COMTESSE.

Je ne vous comprends pas !

EUGÈNE.

　　　　　Dans sa confession ,
Le Marquis reconnaît sa mauvaise action.

LA COMTESSE.

Parlez plus clairement !

EUGÈNE.

　　　　　Le Marquis de Montendre ,
M'a paru transformé... repentant... A l'entendre
Il est plus que jamais de vous admirateur.
Il se dit hautement un calomniateur ,
Lâche , perfide et vil , car il savait d'avance
Que les bruits qu'il semait , étaient sans consistance.
Après tous ses aveux , il me tendit la main...
Fallait-il , avec lui demeurer en chemin ?
‹Si vous vous repentez , Monsieur , je vous pardonne ,
Ai-je repris alors ; notre Comtesse est bonne ,
Ensemble rendons-nous près d'elle. Desormais

Votre cause est gagnée !... — Oserai-je jamais ?
Envers elle, Monsieur, je fus un misérable ! —
J'insistai vainement — Comme sur une table
Ses regards s'attachaient opiniâtrement,
Malgré moi j'y jetai les yeux ; confusément
Je vis un pêle mêle et de lettres froissées
Dont les unes en tas, les autres dispersées,
De papiers en liasse, étiquetés, timbrés,
Contraintes, jugéments, enquêtes, référés...
Le Marquis aussitôt, remarquant ma surprise
Ajouta tristement : — Le sort me favorise !
De nombreux créanciers j'étais le débiteur,
Les titres acquittés me sont remis... l'auteur
Généreux de cet acte, en me sauvant la vie,
Me conserve l'honneur. Je n'ai plus qu'une envie,
C'est de laisser Paris, de reprendre mon nom...
Je me nomme Denys... tout court. Quant à ce don,
Je ne vois là qu'un prêt offert à ma détresse !
Je le rembourserai, j'en signe la promesse !
— Et savez-vous à qui vous devez votre sort ? —
Je nommai Lord Saunders. — C'est lui, je le crois fort !...
— Puisque, Monsieur Denys, le destin nous rassemble,
Je m'associe à vous... nous partirons ensemble...
Rien ne m'attache plus à de funestes lieux,
Dont le souvenir seul me devient odieux.
Par les déceptions mon âme trop blessée
Ne guérira jamais !

　　　　　LA COMTESSE, avec dignité.

　　　　　　C'est là votre pensée ?

　　　　　　　EUGÈNE.

Tout entière, Madame, et sans restriction...
Je partirai demain...

　　　　　　LA COMTESSE.

　　　　　　La résolution
Est sagement mûrie ?... elle est inébranlable ?

EUGÈNE.

Rien ne la changera !...

LA COMTESSE.

Si c'est irrévocable,
Eh bien, n'en parlons plus !

SCÈNE XII.

LA COMTESSE, JANE, EUGÈNE DE LÉVINCOUR,
DURAND, LORD SAUNDERS.

LA COMTESSE.

Comment, c'est vous Mylord ?

SAUNDERS.

En me représentant, serait-ce un nouveau tort ?

LA COMTESSE.

Je ne sais de quel nom cette audace se nomme,
Mais vous vous comportez en parfait gentilhomme.
Vous êtes un héros, Mylord, de dévouement.

SAUNDERS.

Je le croyais aimé !

LA COMTESSE.

Étrange aveuglement !

SAUNDERS, s'approche d'Eugène et lui prend la main.

Je sais tout !

DURAND.

Lord Saunders, le croirez-vous, Madame,
Paraissait répéter une scène de drame...
Dans ses appartements, sombre il se promenait...
Il ne m'écoutait pas ; il allait, il venait,
Et sans s'inquiéter beaucoup de ma présence...
Mais lorsque je lui dis : Notre comtesse Hortense
Savait votre pari, Mylord, et *vos revers*
Ne sont dûs qu'à cela. Tout à coup Lord Saunders
S'arrête en s'écriant : Qu'en savez-vous vous même ?

Rien !... j'y mis, vous voyez, une prudence extrême.
Alors, ajouta-t-il, cette indiscrétion
Me dégage? Mylord, c'est mon opinion !...
Mais pour vous l'amener ici, que j'eus de peine !

Apercevant Eugène il va vers lui avec empressement.

Ah ! c'est vous?... Vous voilà ! d'où venez-vous, Eugène ?

EUGÈNE.

Brisons-là ; n'allez pas, Monsieur, recommencer !

DURAND , avec surprise.

En vous voyant, ne puis-je, et sans vous offenser
Eprouver de la joie... aller à votre encontre ?
Rien ne s'oppose plus à ce que je la montre.

EUGÈNE.

A l'avenir, Monsieur, tâchez de m'épargner
Vos protestations... puis, je vais m'éloigner ;
En toute liberté, vous donnerez carrière ,
Avec qui vous voudrez, à votre humeur guerrière.

DURAND.

Mon cher de Lévincour , nous sommes tous les deux

Plus bas.

De grands enfants ! Eh ! quoi, vous êtes amoureux !
Rien n'est plus naturel !... qui vous jette le blâme ?

Avec un soupir

Comme vous je connais ces tortures de l'âme !
Je l'avais deviné , mais je croyais que vous
Aimiez Jane... et voilà pourquoi j'étais jaloux !

EUGÈNE.

Qui vous le fit penser ?

DURAND.

Il la lui remet

Regardez cette lettre !...

A Jane.

Jane, n'écrivez plus !... on peut se compromettre !
Une femme d'ailleurs n'écrit qu'à son mari.

EUGÈNE , à Hortense.

Et vous me reteniez ?

DURAND , bas à Eugène.

En êtes-vous marri.

Haut.

Voilà le quiproquo !

EUGÈNE , rendant en souriant la lettre à Durand.

Sujet du coq à l'âne !

Pourtant , vous m'avez dit !...

DURAND , vivement.

J'ai toujours aimé Jane !

EUGÈNE.

A Durand.   à Jane.

Qui douterait , Monsieur ?... Madame , croyez bien
Que je suis étranger à ceci ; rien , non rien
N'a pu , dans mes discours ou dans ma conduite
Justifier Monsieur de la triste suite
Qu'il espérait donner à son fâcheux soupçon.

DURAND , à Jane.

C'est dit , n'en parlons plus !... pour moi , quelle leçon !

EUGÈNE , à Hortense.

Recevez mes adieux...

DURAND , à Eugène.

Quelle plaisanterie !

A Hortense.

Vous entendez , Comtesse ! il faudra qu'on le prie !
Allons , Madame , un mot !

EUGÈNE , à Durand.

Dans quelle intention ?

Je suis sans espérance et sans ambition...
Tout me manque à la fois ; je n'ai plus de courage...
Je m'appuyais à tort sur un faux patronage...

DURAND , avec explosion.

Pour le coup , c'est trop fort !... vous êtes un ingrat ,
Que venez-vous parler de faux protectorat ?
Dites à qui , Monsieur , ce reproche s'adresse ?
Est-ce à moi , par hasard , ou bien à la Comtesse ?

Il tire une lettre et la lui donne.

Sur ce pli du ministre, ingrat, jetez les yeux,
Qui sait? peut-être après nous jugerez-vous mieux !

EUGÈNE, après avoir lu.

Comment, je deviendrais?

DURAND.

Attaché d'ambassade !

EUGÈNE.

C'est à vous que je dois?

DURAND, à part.

Il devient moins maussade !

A Eugène.

Non, j'y suis pour très-peu... remerciez Mylord
Qui cherche à racheter je ne sais pas quel tort !
Bref, nous sommes allés ensemble au ministère...
Ce qu'on me refusait... — je ne puis vous le taire —
Il l'obtint sans férir pour notre protégé...
Le Ministre parut plus que lui, l'obligé.

LA COMTESSE, donnant la main à Saunders.

C'est bien, Mylord... c'est bien ! cet acte est admirable !

JANE, à Hortense qu'elle a un peu entraînée à l'écart.

Hortense, vois Eugène... il a l'air misérable !

LA COMTESSE, bas à Jane.

Ne devine-t-il pas le trouble de mon cœur?

DURAND, à Eugène, formant un groupe opposé.

Allons, partez, je crois complet votre bonheur !

EUGÈNE.

Ami ne raillez pas ; vous savez ma souffrance?

JANE, à Hortense.

Du moins témoigne-lui de la reconnaissance.

LA COMTESSE, avec un soupir,

Et comment?..

DURAND, à Eugène.

Si j'allais brusquer le dénouement?
C'est dit !... vous me donnez carte blanche un moment?

EUGÈNE.

Elle ne m'aime pas... et faudra-t-il encore
Me voir broyer le cœur par elle que j'adore ?

DURAND.

Pauvre aveugle !

EUGÈNE.

Tantôt, je lui fis des aveux !
M'a-t-elle dit un seul mot ?

DURAND.

Bast ! les amoureux
Ont la berlue ! eh bien, que je sois votre père
Un instant ? voulez-vous ?

EUGÈNE , à Durand.

Que prétendez-vous faire ?

JANE , à Hortense.

Mon mari prend ses gants !... que trament-ils tout bas ?

DURAND , à Eugène.

Une demande en règle...

EUGÈNE.

Oh ! je n'y consens pas !

DURAND , entraînant Eugène vers la comtesse.

A Hortense.

Silence !... — Permettez, Madame la Comtesse,
Au nom de mon ami, d'excellente noblesse,
Monsieur de Lévincour, Eugène, ici présent,
— Que j'ai trouvé, pour moi, parfois trop séduisant —
Sans vouloir exercer sur vous nulle influence,
D'oser vous demander en son nom comme au mien...

LA COMTESSE.

Achevez ?...

DURAND.

Votre main !...

LA COMTESSE.

Pour qui ?

DURAND.

Ce n'est pas bien !

EUGÈNE , à Hortense.

Madame , pardonnez !... Monsieur Durand dépasse
Ses pouvoirs... je n'aurais jamais eu cette audace !

LA COMTESSE.

Ne m'avez-vous pas dit tantôt que vous m'aimiez ?
Donc , ces hardis aveux ne sont pas les premiers !

EUGÈNE.

Madame, j'étais fou !... le dépit , la colère...

LA COMTESSE.

Si vous vous repentez... démentez votre père !
Je connais comme vous , Eugène , votre cœur.

EUGÈNE.

Pourquoi m'accusiez-vous ce matin ?...

LA COMTESSE.

J'avais peur !

Eugène lui prend la main ; elle la retire.

Monsieur , réfléchissez... il en est temps encore

Il lui reprend la main et la baise.

EUGÈNE.

Je réfléchis !

LA COMTESSE.

Assez !...

EUGÈNE , abandonnant sa main.

—Non, car je vous adore !

LA COMTESSE.

Songez !... le mariage , Eugène , est éternel !
Et peut-être , plus tard , un souvenir cruel...

EUGÈNE.

Comtesse , taisez-vous !... et , plus une parole !

LA COMTESSE.

Aujourd'hui , vous aimez... demain l'amour s'envole ,
Puis viennent les regrets !

EUGÈNE.

Ne doutez pas ainsi !

LA COMTESSE.

Le temps est un grand maître !

EUGÈNE.

Et mon amour aussi !

LA COMTESSE.

Que de rêves déçus !... si notre vie est triste
C'est que nous ressemblons trop souvent à l'artiste
Qui va chercher au loin des forêts et de l'eau
Quand il a sous Paris, Meudon, Fontainebleau.
Les méandres d'un fleuve orné de paysages !
Le bonheur fuit, hélas ! vers de trompeurs mirages !
Comme dit Béranger : il est là bas... là bas ?
On le croirait à voir chacun presser le pas !

A Durand.

Si dans les mauvais jours il s'élève un nuage,
Qu'un amour confiant rassure le ménage ;
Lui seul peut écarter les chagrins violents
Et les soupçons jaloux, insensés... poisons lents
Qui minent sourdement les natures fiévreuses...
Montrons-nous indulgents ! les âmes généreuses
Chérissent plus et mieux lorsqu'à la charité
Se joignent les douceurs d'un pardon mérité.
Sans doute il est très doux de s'enfermer ensemble
Et l'épouse et l'époux quand l'amour les rassemble
Enchaînés l'un à l'autre et vivant du même air,
Mais ce temps fortuné passe comme un éclair...
Il faut se séparer... la torture commence !
Quoi de plus douloureux qu'une première absence ?
Tandis que le bonheur vrai d'une intimité
Qu'on goûte dans le choix d'une société
Spirituelle, aimable... offre une jouissance
Dont on dédaigne trop le charme et la puissance !

DURAND.

Mirage !

LA COMTESSE , à Saunders.

Croyez-vous que l'abnégation
N'est pas souvent du cœur une aberration ?

SAUNDERS.

Non, jamais !

DURAND, à Saunders.

Cependant ! comme dans l'Évangile,
Si le froment tombait sur la pierre ou l'argile ?

SAUNDERS.

Un grain qui germerait ne donnât-il qu'un fruit,
Le ciel vous bénirait ! le bien serait produit !

LA COMTESSE.

Mirage !

EUGÈNE, à Saunders.

La leçon profitera, j'espère,
La semence est tombée en excellente terre !

DURAND, à Eugène.

Vous ne partez donc pas ?

EUGÈNE, à Durand.

Etes-vous si pressé ?

LA COMTESSE, à Durand.

A ce départ, Monsieur, serait intéressé ?

DURAND.

Non !

EUGÈNE, à Hortense.

Partirai-je seul ? parlez !

LA COMTESSE, réfléchissant et regardant Eugène.

La circonstance...

EUGÈNE, lui baisant la main.

A Durand.   A Hortense.

Je crois que non, Monsieur ! — Que je vous aime, Hortense !

LA COMTESSE, à Saunders.

Nous vous verrons, Mylord, si vous allez là-bas ?

SAUNDERS.

Et mes torts envers vous ?.

LA COMTESSE.

Je ne me souviens pas !

A Durand.

Adieu la poésie !

DURAND.

Hélas !

EUGÈNE , à Durand.

Plus d'épouvante !

DURAND.

Jamais !

SAUNDERS , bas à Durand.

De fins soupers... de boudoir amarante !

DURAND.

Hélas ! trois fois hélas !

JANE , à Durand.

Plus de soupçons jaloux !

DURAND , avec empressement.

Mais je n'ai pas cessé de t'aimer !...

LA COMTESSE , tirant Durand un peu à l'écart.

Entre nous ,
Je ne sais , ce matin, en donniez-vous la preuve ?
Par prudence évitez une nouvelle épreuve !

DURAND , à Jane.

Pour toutes mes erreurs , je demande pardon ,
Et dans la solitude !...

LA COMTESSE.

Encore un abandon ?

DURAND.

La solitude à deux en bonheur est féconde !

LA COMTESSE.

Non , non !... Mirage encor... Jane ira dans le monde !
Avec vous !

DURAND.

Vous croyez ?

LA COMTESSE , à Durand.

Craignez l'isolement !
Garons-nous du mirage et vivons autrement !
A Jane.
Redoutons les excès... Tu seras de nos fêtes

18

A Durand.

Si vous le permettez ?

DURAND, à Jane avec amabilité.

Ferez-vous des conquêtes...

Chère Jane, ma Jane ?

JANE, avec effusion.

Ah ! vous m'aimez toujours !

DURAND, à Jane.

Après l'avoir fixée avec amour.

Regarde moi !... ce sont de nouvelles amours !

A Eugène.

J'eus pendant un moment une fière venette ;

Plus bas.

Certes, je suis guéri... mais je reste en vedette.

EUGÈNE.

Vous n'êtes pas guéri ! j'épouse... et sans effroi...
Votre femme vous aime... agissez comme moi,
Confiance absolue... amitié sans contrainte !
Croyez aux nobles cœurs, vous dormirez sans crainte !

FIN.

POÉSIES DIVERSES

LA NOCE D'OR

ou

LA CINQUANTAINE.

———

Dans les pays où la foi vive
S'implante au cœur des habitants,
Plus d'une coutume naïve
Se perpétue avec le temps.

Deux vieux bergers de la montagne
Ont, à l'église du canton,
Et comme en pays de cocagne
A leur domicile, dit-on,
Hier, fêté l'anniversaire,
— Le cinquantième, entendons-nous —
Du lien que devant le maire,
Ils contractèrent comme époux.

Dès l'aurore, à grandes volées,
Les cloches ouvrirent le feu ;
Elles paraissaient endiablées,
Tant elles s'animaient au jeu.
Jeanne, Jeannette et Madeleine
Firent même un tel carillon

Qu'elles ont failli perdre haleine
Dans ce satané tourbillon.
Monsieur le bedeau, pour la forme,
Avait étendu des tapis,
Monsieur le suisse en uniforme,
Quoique grave, était un peu gris.
Les deux chantres de la maîtrise
Avaient humé ; chacun un œuf...
Un chantre qui se gargarise,
N'est plus un chantre, c'est un bœuf !...
Les clercs avaient mis leur jaquette
Et leur pardessus le plus beau,
Les uns tenant une clochette,
D'autres, leur éternel plateau.
La cloche est là, pour le fidèle
S'il venait à ronfler trop fort,
Moyen de réveiller... son zèle !...
On ne donne pas quand on dort !
J'ai gardé pour la bonne bouche
Le très-vénérable curé,
Un curé de la vieille souche...
Le meilleur, le plus adoré.
Il ménage aussi sa surprise,
Quelle est-elle ? c'est son secret !
Vous comptez sur une traîtrise
De ma part !... Non !... il le saurait !

Or, hier matin, de la montagne
On vit descendre triomphants
Le père Blaise, sa compagne,
Ses enfants, ses petits enfants,
Marchant sur une longue file
Garçons et filles deux à deux.
Loin de se faire de la bile
Ils riaient tous à qui mieux mieux !
Ils étaient bien là cent quarante

Fils, filles, cousines, neveux,
Troupe de fous, troupe bruyante
Emplissant l'air de cris joyeux.
Tous les oiseaux du voisinage
Sortaient la tête des buissons
Et voltigeaient sur leur passage
Mêlant leurs chants à leurs chansons.

Lorsque déboucha le cortège,
Le spectacle fut des plus beaux,
Il fallut entreprendre un siège
Pour percer les rangs des badauds.
Sous tant d'efforts, la multitude
Se dispersa, puis grâce à Dieu,
La troupe, sans inquiétude
Put pénétrer dans le saint lieu.
Là, chacun était sous les armes
Comme nous l'avons dit plus haut,
Éblouis, les époux, en larmes,
Se pamèrent, ou peu s'en faut!
Puis, plus tard une patenôtre
Succédant à deux *oremus*
Ils se penchèrent l'un vers l'autre
Et demeurèrent fort émus.
Que se passa-t-il à cette heure?
Personne jamais ne l'a su
Car sur un visage qui pleure
Qui de nous prétend avoir lu?
Enfin le curé monte en chaire...
Pour le bouquet! Nos deux époux,
Que l'esprit saint soudain éclaire,
Se précipitent à genoux.
Après une courte prière
Ils se lèvent bientôt, sachant
Le grand honneur que va leur faire
L'excellent pasteur, en prêchant.

Grand n'est pas le mot, c'est *insigne !*
Et vous allez savoir pourquoi :
On peut être un curé très-digne,
Devenir martyr de sa foi
Sans avoir la moindre éloquence.
Le curé l'avait dit souvent :
« Comment ? j'aurais l'outrecuidance
» De vouloir parler pour Dieu... quand
» En public je ne sais rien dire
» — Je suis un âne, je le sens —
» Je viendrais de moi faire rire
» Parler en dépit du bon sens ;
» Puis, après quelque faribole
» Digne d'un fat ou d'un nigaud
» J'ajouterais : Cette parole :
» Est la parole du Très-Haut ?
» Laissons aux maîtres de la chaire
» De s'exprimer au nom de Dieu !
» Notre devoir est de nous taire,
» D'agir dans notre humble milieu ! »
Malgré sa sage remontrance
Il avait prêché par deux fois
Et vraiment il n'eut pas de chance
De vouloir pousser jusqu'à trois ;
Jugez, il commença : « Mes frères ! »
Puis se moucha, cracha, toussa...
Avec plus d'âme encor : « Mes frères ! »
Reprit, se tut, recommença...
Si bien que dans tout l'auditoire
Très-grande fut l'impression
Non pour son talent oratoire
Mais pour sa divine onction.
Cette musique avait des charmes ;
Avec ces deux mots seulement :
« *Mes frères !* » il tira des larmes
De tous les yeux abondamment.

En vain tenta-t-il de reprendre,
Les sons ne sortaient qu'étranglés...
Comme orateur, il'dut comprendre
Que ses comptes étaient réglés.
Il leva la main dans l'espace
Coupant court à l'émotion
Et fit, de la meilleure grâce,
Part de sa bénédiction.

En revenant : « — *Femme !* » dit Blaise,
« Nous voilà donc, dans nos vieux ans
» Remariés, j'en suis fort aise,
» Mais ce n'est pas pour bien longtemps !... »
« — Je vous laisserai la première !
» Je n'en rends pas grâce au Seigneur,
» Tout seul avec votre douleur ?
» Oh !... Comme vous serez à plaindre !
» — Là, là !... ma chère, écoutez-moi :
» De Dieu nous n'avons rien à craindre !
» Nous sommes ses enfants... Pourquoi
» Douterions-nous de sa clémence ?
» — Mon ami, je n'en doute pas !
» Seulement, mon heure s'avance
» Et je tremble pour vous, hélas !
» Car pendant le sermon, vous dis-je,
» Je croyais voir tout tournoyer !
» J'éprouve ce même vertige,
» Et je sens mes jambes ployer...
» Venez à mon aide ! » — « Courage ! »
Dit Blaise en lui prenant le bras...
« — Allons, enfants !... à l'hermitage ! »
S'écria-t-il. « Pressons le pas !
» Que les jeunes marchent en tête,
» De notre mieux nous vous suivrons.
» N'oubliez pas que c'est ma fête,
» A table nous nous trouverons. »

A ces mots la joyeuse troupe
Se rémit en route en chantant,
Aspirant l'odeur de la soupe
Aux choux et du gigot saignant.

Blaise eut énormément de peine
A ramener à la maison
Sa pauvre femme hors d'haleine
Prête à tomber en pamoison.
« — Holà, vous autres ! vite ! vite ! »
Dit-il, les voyant ébahis,
« Apportez-moi de l'eau bénite,
» N'oubliez pas le brin de buis,
» Elle se meurt, ma pauvre femme,
» Ayez pitié de moi, Seigneur !
» Prenez, au lieu de sa belle âme,
» Celle de votre serviteur ! »
Entendit-elle sa prière,
Dieu seulement doit le savoir,
Mais elle entrouvrit la paupière,
Chercha Blaise et parut le voir.
Un sourire erra sur sa bouche
Pendant quelques instants encor.
Puis elle tomba sur sa couche.

Ainsi finit la noce d'or !

LA VALLÉE DES LARMES

Allons encor... encor... encor... ris à ta mère !
Ton rire, cher bébé, ne dit-il pas : espère !
Si tu ris, mon amour, c'est que tu souffres moins.
Depuis bientôt huit jours, les cieux me sont témoins,
Tu ne m'as pas donné la plus petite joie !
Depuis huit jours, mon cœur dans les larmes se noie.
Hier, tu suffoquais encor... le médecin
Me disait soucieux : « Il ne prend plus le sein,
» Mauvais signe ! tant pis ! » Et puis, hochant la tête,
Il disparut... Hier ?... Mais aujourd'hui, quelle fête !
Tu respires, tu ris ! Les noirs pressentiments
De notre bon docteur, qui me glaçaient les sens,
N'étaient pas fondés, mon fils revient à la vie !
L'espérance, autrement, me serait donc ravie ?
J'ai perdu Julien, il n'y a pas un mois
Et Dieu m'enlèverait tous les miens à la fois !

Nous nous étions couchés par une nuit sauvage,
Les houles se dressaient et le vent faisait rage.
A minuit il s'éveille... il écoute la mer ;
Le canon de détresse appelait... sort amer !
« *Pilote, à ton devoir !* » Défiant la tempête,
Il sauta dans sa barque... il y jouait sa tête !

Ils furent tous sauvés, tous revinrent chez eux...
Excepté Julien... un ressaut furieux
L'avait pris sur le pont et lancé dans l'espace...
Je ne l'ai plus revu... La mer ne fait pas grâce !

Lorsque je pleure encore et que mon cœur se fend,
Le ciel n'épargnerait la mère ni l'enfant ?

Non , Dieu n'est pas barbare ! Ardemment je le prie !
J'ai promis à sa mère... à la Vierge Marie
L'œuvre de Julien au foyer paternel ,
De ce vaisseau béni j'ornerai son autel ;
Quand je te conduirai , le dimanche , à la messe :
« Mon enfant , te dirai-je , avec une caresse ,
» Le travail de ton père ! en le mettant ici
» J'implorais pour ta vie... à ton tour , dis merci ! »

Qu'est-ce donc ? sur son front passe comme un nuage !
Une nouvelle angoisse a plissé son visage.
La toux !... encor la toux !... toujours cet aboiement
Rauque , sinistre, affeux !... On dirait par moment.
Que des chiens acharnés déchirent sa poitrine...
Avec cela , la lèvre est rose , purpurine !...

Mais faites donc , mon Dieu , si mon fils doit mourir ,
Qu'il meure de suite , hélas ! sans plus souffrir !
Pourquoi torturez-vous d'innocentes victimes ?
Ces enfants ne sont pas complices de nos crimes !
Quand nous avons pêché , Seigneur , accablez-nous ,
Mais au moins que sur eux ne tombent pas vos coups !
Et puis , si vous prenez le fils... prenez la mère !
Je ne pourrais plus rien ici , moi ?... la misère ,
Les pleurs, les souvenirs m'assailliraient toujours !
Sans époux , sans enfant... où trouver du secours ?
Mon Dieu , je t'aime !... Mais malgré ma foi robuste
Si j'allais blasphémer ?... Le malheur rend injuste...
Je ne verrais jamais une mère passer
Avec son fils au cou , dans ses bras l'enlacer ,
Sans avoir contre toi quelque plainte à la bouche ?

Il s'endort , oh ! merci !... Ma prière vous touche ,
N'est-ce pas , doux Jésus ? Je ne perds pas l'espoir ,
Allez... si vous voulez , je sais qu'avant ce soir ,
Vous aurez donné fin à cette rude épreuve

Et rendu le repos à votre pauvre veuve !
Mon Dieu, je vous bénis du profond de mon cœur !
Je ne demande plus rien... j'espère, Seigneur !

Et la mère en dépit de sa sollicitude,
Sur le pied du berceau, tombe de lassitude,
La nature l'emporte... Or, pendant ce temps-là,
Le mal prit le dessus et l'orphelin râla.
Sa poitrine s'emplit, la toux devint sifflante
Chaque inspiration saccadée et plus lente
Trahissait maintenant comme un dernier effort
Des organes, présage assuré de la mort.

Qui les eût vus tous deux à cet instant suprême,
La mère souriant en dormant... l'enfant blême,
La paupière immobile, et les yeux convulsés,
Eut frissonné...

        Seigneur, n'est-ce donc pas assez
Que dans d'âcres douleurs nos mères nous enfantent,
Les héroïques !... Tous les dévouements les tentent !
Elles ont pressenti notre premier désir
Et veulent recueillir notre dernier soupir.
Leur amour infini ne connaît pas de terme,
Et si leur désespoir est sombre et se renferme
C'est que le bienaimé succomba loin, hélas !
Et qu'elles ne l'ont pas vu mourir dans leurs bras !

Le baiser déposé sur des lèvres mourantes,
De l'esprit défaillant les lueurs expirantes,
Un sourire ébauché... tout fait de cet adieu
Un talisman d'amour pour nous unir en Dieu !

Mais que se passe-t-il ?... Elle s'est redressée
D'un seul bond, l'œil en feu, haletante, oppressée...
Jouet d'un cauchemar sans doute ?... Non... ses yeux
Rencontrent le berceau... le râle striduleux

Est plus horrible encor. — Ni l'art ni la prière
N'ont conjuré le sort ! C'est bien l'heure dernière !
Il va mourir... il meurt ! L'air ne pénètre plus
Dans les poumons, le cœur n'a que des bruits confus,
La bouche reste ouverte et la lèvre pendante.
La respiration est de plus en plus lente.
Le thorax se dilate avec un grand effort,
Le peu d'air inspiré brusquement en ressort.
La mère, d'une main lui soulève la tête,
Et plongeant un de ces regards que rien n'arrête,
Jusqu'au fond de son âme elle semble scruter
Pour savoir s'il est temps encore de lutter.
Soudain elle se penche ! — A-t-elle le vertige ?
Son fils a murmuré quelques mots... ô prodige !
Même elle a cru surprendre un faible mouvement...
Mais il n'est donc pas mort?... Illusion amère
Et que seule ici bas peut se faire une mère !...
La tête est retombée !... Un liquide visqueux
S'épanche de sa lèvre, et l'éclat de ses yeux
S'est obscurci déjà !... Vainement elle écoute...
La vie a disparu... maintenant, plus de doute !...

Tout à coup sur le seuil paraît le médecin.
D'où vient-il ? Que veut-il ? et quel est son dessein ?
Hélas, il a sondé les douleurs de ce monde
Et celle d'une mère est toujours si profonde
Qu'à cette heure il a cru devoir intervenir !
Quand le présent échappe... il reste l'avenir.

La bouche de la mère est si près de la bouche
De l'enfant, qu'il s'effraie... à l'épaule il la touche
Doucement de la main... il la prend par le bras...
Il voudrait l'éloigner... elle ne répond pas...
Il insiste... La pauvre avec peine se lève
Droite et tout d'une pièce... ainsi que dans un rêve.
Ses yeux quoique hagards, n'ont rien de menaçant,

A quelque injonction d'une occulte puissance !

Elle fait plusieurs pas, vers le docteur s'avance :

« Ne le réveillez pas, dit-elle, il dort... il dort

» D'un sommeil calme ; chut !... Ne plaignez plus mon sort !

» Enfin il m'est rendu, grâce à la sainte Vierge !

» Je vais à son autel faire brûler un cierge.

» Venez-vous avec moi ? — Non !... Alors pas de bruit !

» Il ne s'éveillera maintenant qu'à la nuit...

» Au revoir, cher Docteur... adieu, je me retire !

» Adieu !... silence !... »

                               Ainsi commença son délire !

Elle fut à l'église, et là, s'agenouillant

Elle remercia la Vierge... en revenant

Elle ne parla plus de son fils... Les voisines

Avaient mis l'enfant chez une de ses cousines.

Elle est folle, dit-on... je l'ignore !... Au surplus

Si la raison lui manque... elle ne souffre plus !

SIMPLES CONSEILS

Suis-je vieux ? Suis-je jeune encor ? Je n'en sais rien...

Voir à l'État-civil... Mais ce que je sais bien,

C'est que mon cœur s'émeut devant une misère,

Tressaille quelquefois... aime... surtout espère...

Malgré l'expérience acquise par les ans,

Mon automne fleurit encor comme au printemps ;

Il enferme un amas de tant de bonnes choses,

Que j'y trouve enfouis... pêle mêle, des roses,

De suaves parfums, des primeurs de l'été,

Et des fruits de l'hiver, mûris sans âpreté...
Hélas ! si j'ai perdu cet esprit juvénile,
Insoucieux, ardent, trop enclin au futile,
J'ai gardé de ce temps assez le souvenir
Pour charmer le présent, endormir l'avenir...
L'avenir !... Blanc fantôme avec ses rêveries
Si douces à vingt ans !... à quarante, flétries...
Mirage éblouissant aux horizons trompeurs...
Rocher sombre à descendre... à gravir, plein de fleurs !

La vieillesse sans doute est un âge honorable,
Elle a droit aux égards... et quiconque est blâmable
De manquer de respect aux vieillards épuisés ;
Enfants, ils ont rempli des devoirs malaisés !...

Néanmoins je ne puis voir sans inquiétude
Arriver la vieillesse et la décrépitude.
Regardez ce vieillard courbé... son pas est lent,
Et malgré son bâton son corps est chancelant !
Son cerveau desséché, son estomac débile
S'engourdissent sans vie... et son esprit stérile
Ne saurait méditer sur un grave sujet.
Toute son existence enfin n'a qu'un objet :
La conservation !... — Il faut un lit tiède
A ses membres glacés !... La chaleur qu'il possède
Désormais impuissante à rendre la vigueur
En figeant tout son sang, l'énerve de langueur.
Il repousse des mets la fibre généreuse,
Car hier, en mangeant... chose malencontreuse,
Un pepin égaré, broyé par accident,
A privé son palais de sa dernière dent !
Il vous répond à peine ; il a l'humeur maussade,
Il est quinteux, hargneux, se croit toujours malade...
Il fuit les jeunes gens, jalouse leurs plaisirs,
Il les hait, l'égoïste !... Il n'a plus de désirs !...
Ses lèvres sans couleur se confondent ensemble,

Son nez et son menton se touchent... son chef tremble,
Ses yeux ternes et froids sont rouges sur·le bord...
— Est-ce un homme?... vit-il? — Sur mon âme, il est mort!
Peut-être ce vieillard fut un bouillant jeune homme
A l'allure hardie, aimant les filles, comme
On les aime à vingt ans !... Air fier, moustache en croc !
Bravant tous les périls !... Solide comme un roc
Il défiait sans doute, au sortir de l'orgie
Ses rudes compagnons, sans souci de sa vie?
Que reste-il de lui? Malheur, trois fois malheur !
Une ruine, hélas !... Un spectre sans chaleur,
Un cadavre essoufflé, trébuchant dans sa marche,
Et cela voudrait vivre autant qu'un patriarche !
Tirons un voile épais sur ce hideux tableau !
Que ce vieillard est laid !... mais que cet autre est beau !

Ses longs cheveux soyeux et blancs comme la neige
Font à ses nobles traits un imposant cortège !
Ses yeux ont des éclairs d'une digne fierté,
Où semblent respirer l'honneur et la bonté.
Il a lu longuement au livre de la vie ;
Il sait des passions la rage inassouvie,
Aussi plaint-il plutôt qu'il ne blâme... Souvent
Par un simple conseil, par un mot indulgent
A des cœurs ulcérés il rendit l'espérance !
On aime tout de lui... même une remontrance.
Sa mémoire est vivace... On voudrait retenir
Ses récits enchanteurs. Le moindre souvenir
Du bon temps d'autrefois, comme il dit, étincèle
D'esprit... il est conteur. Chaque conte recèle
Un sage enseignement sans morgue, sans ennui.
Quel aimable vieillard !... On accourt près de lui.
Comme il est recherché, choyé par la jeunesse !
Il sait s'en faire aimer. Il y met quelque adresse !
Le lui reprochez-vous? — S'il souffre, il ne sort pas,
Il consigne sa porte et gémit seul, bien bas...

Jamais on ne le voit dans un bal , une fête.
Parler hors de propos de son cœur , de sa tête ,
De son pauvre estomac qui ne digère plus...
— « Eh ! restez donc chez vous, chers collègues perclus ,
» Dit-il , n'étalez pas ainsi votre misère !
» On rit , on danse ici... de vous on n'a que faire ! »

Avisons au plus vite , il en est encor temps ;
Préparons la vieillesse avant que les autans
N'aient glacé tous nos sens de leur souffle perfide.
Chaque jour , notre front se creuse d'une ride
Nouvelle... Hâtons-nous ! cet avertissement
Et tant d'autres encor disent suffisamment
Que peut-être demain un douloureux présage
Fera tinter notre heure à l'horloge de l'âge.
Prenons exemple enfin sur ce vieillard charmant
Dont je vous ai parlé , sans nous faire un tourment
Des lois de la nature , hélas ! inexorable.
Dans le monde sachons , d'un sort inévitable
Cacher à tous les yeux , les terreurs , les soucis ;
C'est ma moralité... N'est-ce pas votre avis ?

DOUTE

I

Lorsque vous visitez une église gothique
Vous admirez d'abord sa sculpture mystique,
Ses arceaux, son portail et ses groupes de saints.
Vous dites : « *Cette entrée austère, solennelle*
» *Elève l'âme à Dieu, prépare le fidèle*
» *A son culte pieux, à ses secrets desseins.* »

II

Ainsi devant la mort notre raison se trouble,
L'horizon s'emplit d'ombre et la terreur redouble.
Le plus altier jadis s'arrête irrésolu.
Il tremble de ne pas avoir rempli sa tâche
Et saisi de vertige, il s'arrête, le lâche,
Avant de s'exposer sur un pont vermoulu !

III

Il nous faut donc choisir dans cette triple route
Entre l'ardente foi, la science et le doute !
La science a son but et suit droit son chemin.
Croyant, je n'admets pas que la foi se raisonne
Et puisse devenir dans l'esprit de personne,
Vérité pour un jour, mensonge au lendemain.

IV

La science et la foi ne sauraient vivre ensemble,
Leur but diffère ; seul, le hasard les rassemble.
L'une cherche toujours, l'autre a posé sa loi
Finie, infranchissable... A qui l'a violée
Pourrait échoir encor le sort de Galilée...
La science est impie en matière de foi.

* * *

Je n'ai jamais compris, pour ma part, sur mon âme,
Qu'on puisse se targuer d'une action infâme,
Et qu'on fasse le mal, pour le mal seulement.
Mais je comprends qu'après une sanglante offense
On fasse tout... mais tout pour obtenir vengeance !
   Et qu'on s'en vante ouvertement !

Je n'ai jamais compris le jeu de ces bégueules
Chastes, prudes le jour, qui, pour n'être pas seules
La nuit, dans une alcôve attirent leur amant.
Mais je comprends très-bien une fille hardie
Qui ne se prête pas à cette comédie
   Et s'affiche résolument !

Je ne saurais comprendre encore l'apostasie
De gens sans foi ni loi qui par hypocrisie
Et par cupidité s'approchent des autels,
Mais ce que je comprends, même ce que j'envie
C'est une ardente foi, l'espoir d'une autre vie
   Et le mépris des biens mortels !

ON NE SERT PAS DEUX MAITRES A LA FOIS

Claudine porte le scrupule
Parfois jusqu'à l'étrangeté.
Jugez-en : — Sa vertu recule
Devant une infidélité,

Son mari présent , sans émule
Peut dormir en sécurité.
S'il décampe , elle capitule
Sans la moindre difficulté.

La femme , qui n'est pas parfaite
A ses yeux ne serait pas faite
Pour vivre dans l'isolement.

Nul ne sert deux maîtres ensemble ,
Mais il faut toujours , il lui semble ,
En servir un fidèlement.

LA MORT DU MATÉRIALISTE

Je suis venu , je pars... ainsi veut la nature !
De tout être créé , n'est-ce pas le destin ?
Puis quand mon corps sera réduit en pourriture
Le ver entonnera l'hymne sourd du festin.

Je n'exagère pas à plaisir la peinture.
Cela se passe en bas , tenez-le pour certain.
Aussi , pour réjouir en haut ma sépulture ,
Cimentez , mes amis , ce lien clandestin :

Lorsque s'accompliront ces souterraines choses
Sur ma tombe jetez à pleines mains des roses ,
Plantez des arbrisseaux aux rameaux toujours verts.

La vie est dans la mort , et la mort dans la vie ,
Perpétuel échange auquel tout nous convie !
Et voilà le secret des lois de l'univers !

L'ATHÉE

Je vis un moribond se tordre sur sa couche ;
Sa face grimaçait, livide de terreur,
Les deux poings menaçants et l'écume à la bouche
Il exhalait sa rage, et, blême de fureur !

« Dieu, mot sonore et vain, s'écriait-il farouche,
» Je te brave, tu n'es que le Dieu de l'erreur !
» A quoi bon te prier, puisque rien ne te touche ?
» Sois maudit, impuissant ! Dieu, tu me fais horreur !

» J'ai de l'or, je suis jeune, avide de tendresses
» Et lorsque je m'abreuve à toutes les ivresses
» Je sentirais ma vie à sa source tarir ? »

Notre épicurien, tout à la jouissance
En appelle au néant, et, comble de démence
Il meurt en rugissant : « *Je ne veux pas mourir !* »

————

LE SUICIDE

Le suicide, presque un éclair d'héroïsme
Chez le pusillanime, un jour de désespoir,
Est une défaillance en face du devoir,
Mais un trait de génie aussi de l'égoïsme.

Le suicide lent, produit de l'ascétisme
Révolte contre Dieu, crime pour qui veut voir,
Ne se justifierait que par le fanatisme
Si la raison pouvait jamais le concevoir.

Le journalier gagé, le matin, dans la rue
Pour défoncer le sol ou tenir la charrue,
Doit son temps, jusqu'au soir, s'il ne l'a racheté.

Ainsi l'homme contracte, en entrant dans la vie,
Une obligation envers tous, qui le lie.
Agir autrement, c'est folie ou lâcheté.

LA MORT DE L'ENFANT NAISSANT

I

Il est né sans souffrir, il est mort sans se plaindre ;
Ses yeux se sont ouverts à peine aux feux du jour,
De la vie il n'a su rien désirer ou craindre,
N'ayant jamais connu la haine ni l'amour.

Dieu sait à quels sommets, homme, il devait atteindre,
Flambeau vivifiant de ce morne séjour,
Dans quel réseau de fer, Satan pouvait l'étreindre,
Honte, opprobre, oppresseur, opprimé tour à tour !

Ange il s'est envolé, paré des blanches ailes,
Ignorant l'avenir, nos stériles querelles,
Et sans fouler du pied cette terre d'exil.

Puisqu'il a méconnu la joie et la souffrance
Qu'il vécut sans remords, mourut sans espérance,
Il n'a rien mérité... Pourquoi donc naissait-il ?

II

Il naissait pour confondre, homme, ton insolence,
Défier ton orgueil et ta témérité,
Il naissait pour montrer encor ton impuissance
A sonder les secrets de la Divinité.

Tu bâtis sur le sable, un monument immense,
Et fou rêveur, tu crois à son éternité.
Au premier coup de vent, la débâcle commence
Et l'édifice croule, au néant emporté.

L'enfant naît, l'enfant meurt !... et cela te déroute !
« La justice éternelle aurait fait fausse route,
» Tout être qui naît, doit accomplir son destin ! »

Tu mesures le grand Créateur à ta taille,
Peut-être penses-tu qu'il ne fait rien qui vaille,
Philosophe arrogant, homme ! atòme ! crétin !

LA FOI

Qu'elle est belle la vierge à sa treizième année
Quand son front s'illumine aux splendeurs de la foi,
Et que le jour venu, de longs voiles ornée
Elle se voue à Christ, meurt ou vit sous sa loi !

Elle n'a rien d'humain. A l'autel prosternée
Bien loin d'envisager la mort avec effroi
Elle demande à Dieu : « Pourquoi donc suis-je née
« Si je suis votre épouse, avec vous prenez moi ! »

Dieu te bénit , enfant , pour ta sainte croyance !
Tâche de conserver la même confiance
Car tu n'as pas encore connu les mauvais jours.

Si tu pars aujourd'hui , créature débile ,
Tu n'auras pas lutté !... la lutte est difficile !
En dépit de la foi, l'on n'en sort pas toujours !

PHILOSOPHIE

La rose a des parfums et l'oiseau des chansons ;
La mer des flots d'azur , et le ciel , son mystère !
Irez-vous demander des parfums aux pinsons ,
Les chants du rossignol à la fleur du parterre ,

Un motif de Mozart au désert solitaire ?
Non !.. les décrets de Dieu sont autant de leçons ,
Notre terre est stérile... attendons de la terre
Peu de fruits... et beaucoup de ronces aux buissons.

A chacun son destin... mon adorable amie !
Vous aimez pour un jour , et moi , c'est pour la vie ,
Laissons en paix nos cœurs... qu'ils suivent leur chemin !

Votre amour change... eh bien !... acceptons quand il donne !
Comme à cette heure , il n'est, dites-vous , à personne ,
Vous me l'offrez , merci !... reprenez-le demain !

INDEX

—

La Rochelle , Typ. A. SIRET.